꿈꾸는 우리 가족

꿈꾸는 우리 가족

1쇄 발행일 | 2023년 06월 30일

지은이 | 김영강
펴낸이 | 윤영수
펴낸곳 | 문학나무
편집 기획 | 03085 서울 종로구 동숭4나길 28-1 예일하우스 301호
이메일 | mhnmoo@hanmail.net

출판등록 | 제312-2011-000064호 1991. 1. 5.
영업 마케팅부 | 전화 | 02-302-1250, 팩스 | 02-302-1251
ⓒ 김영강, 2023

김영강 중편소설

꿈꾸는 우리 가족

문학나무

망설이고 망설였지만……. 출간 결정 후에는, 진행하는 일들이 보람되고 만족스러워

마산에서 태어난 저는 아버지의 전근지를 따라 초등학교를 진주, 삼천포, 부산 등지의 세 도시로 전학을 다녔습니다. 여학교는 부산에서 서울로, 그리고 결혼을 한 후에는 한국에서 미국으로…… 그러니까, 저는 떠돌아 다녀야 하는 팔자를 타고 났는지도 모르겠네요. 요즘 많이 언급되는 디아스포라인 셈입니다.

완고한 저희 친정집에서는 한국을 떠나 산다는 자체에 거부감을 가지고 있었어요. 미국에 올 때도 주재원인 남편을 따라 왔기에 집안 어른들은 임기 끝나면 도루 돌아오리라 믿었고요. 그러나 저는 그만 미국 땅에 눌러 앉아 디아스포라가 되었습니다.

그리고 소설가라는 이름표를 달았습니다. '디아스포라'라는 단어를 언급하고 보니, 제 소설은 항상 그 배경이 한국과 미국을 넘나들고 있다는 사실을 새삼스레 느낍니다. 끈이 두 나라를 잇고 있는 것입니다. 과거는 한국이고 현재는 미국으로 이어집니다. 디아스포라 문학에 몸담고 있는 거지요.

돌이켜보니, 제 인생에서 가장 잘 한 일 중의 하나가 소설가가 된 것입니다. 또 하나 잘 한 일은 한국학교에서 2세들을 가르친 일이구요. 참으로 보람찬 일이었습니다. 그 보람은 결국 나 자신에게도 이득을 가져다주었어요. 가르치기 위해 공부한 것들이, 지금은 소설쓰기에 크나큰 도움을 주고 있기 때문입니다.

어릴 적에 글짓기 대회에 뽑혀 나가 상도 받았고, 대학 때에는 국문학을 전공했으나 저는 어학, 문법, 작품분석, 평론 등에 흥미가 있었답니다. '소설가가 되어야지' 하는 그런 생각은 해본 적이 없었어요.

한데, 우연한 기회에 친구의 수필을 봐주다가 저도 글을 쓰게 되었습니다. 그렇게 시작한 글쓰기가 소설 쪽으로 치달았습니다.

소설 쓰는 일이 어찌나 신나고 재미있는지 등뒤에서 해가 뜨는지 지는지도 모르고 컴퓨터에 매달려 있었어요. 쓰지 않고는 견딜 수가 없었습니다.

써 놓고는 고치고 또 고치고…… 퇴고를 하는 것도 재

미있었습니다. 문장 한 줄, 단어 하나 때문에 자다가도 벌떡벌떡 일어나곤 했어요. 마음에 들게 고치고 나면 기분이 날아갈 듯 좋았고요.

어느 날은 입술이 부르터 '힘든 일을 한 것도 없는데 웬일이지?' 하고 곰곰 생각을 해보니 범인은 소설이었습니다. 며칠 밤을 꼬박 새웠기 때문이었어요.

하지만 그 열정이 이제는 가물가물해지고 있습니다. 그리고 능력과 체력도 딸립니다. 나이 탓일까요?

그러나, 지금 저는 글을 놓지 않고 계속 쓰고 있습니다. 소재가 떠오르지 않다가도 '써야지. 써야지. 꼭 써야지.' 하고 마음을 먹으면 어느새 소설 한 편이 이어지고 있더라고요. 이 마음은 제 스스로 먹은 것이 아닙니다.

마음을 먹게 해주는 선생님과 주위 분들이 계십니다. 바로 장소현 선생님과 저희 글벗동인들입니다. 정말 신기합니다. '이건 숙제다. 꼭 해야 한다.' 하고 결심을 굳히면, 금세 학창시절로 돌아가 열심히 숙제를 하고 있는 제 자신을 보게 되니까요.

이번에 중편소설 모음집을 내게 된 것도 장 선생님과 글벗동인들의 덕분입니다. 요즘은 짧은 소설이 대세를 이루는 세상인데, '단편도 아닌 중편을 누가 읽어 줄까?' 하는 생각에 아주 오랫동안 망설였거든요.

10년 전에 정편소설을 낼 때도 망설이고 또 망설였지만, 일단 출간을 한 후에는 '참 잘했다.'는 자신감을 얻게 되었고, 그 생각은 지금도 변함이 없기에, 이 또한 중편소설 출간에 도움이 되었습니다.

　일단, 출간 결정을 한 후에는 작품을 다시 손질하고, 작가 노트를 붙이는 등, 진행을 하는 일이 참 즐거웠어요. 또한, 보람되고 만족스러웠습니다.

　끝으로, 이 책을 만들어주신 《문학나무》 편집주간 황충상 소설가님, 그리고 제게 용기를 심어준 글벗 정해정 동인, 곽설리 동인, 조성환 동인에게 감사의 마음을 전합니다.

　특히, '작가를 말한다'를 써주신 장소현 선생님께 깊이 머리 숙여 감사의 인사를 드립니다.

2023년 3월, 로스앤젤레스에서
김영강

차례

사실, 지금까지 견뎌온 것은 아들 힘이 큽니다.

아들만 보면 남편한테서 당한 속 터지는 일들을 잊을 수가 있거든요.

'이런 아들을 내게 준 사람이 바로 남편인데, 그거 하나만이라도 감사하자.'

하고 마음을 다독이며 기다린 거죠.

아들아이는 엄마가 참고 사는 것을 알아요.

언젠가 아들아이가 그러데요. 자기는 커서 과학자가 되겠다고요.

훌륭한 과학자가 돼서 가정 폭력을 막아주는 로봇을 발명하겠다……

그러더라고요. 그 말을 듣는 순간 얼마나 가슴이 짠하던지……

엄마인 나보다도 더 속이 깊은 아들이에요.

이제 겨우 열두 살이지만 엄마 마음을 다 알아요.

폴리스를 안 부르는 것도 엄마 속을 알아서 그래요.

그 부작용도 헤아릴 줄 알고요.

꿈꾸는 우리 가족

1. 탈출을 꿈꾸는 아이

나는 열두 살짜리 남자아이, 미국에서 태어났어요.

    우리 집은 로스앤젤레스에 있으며, 식구는 나, 엄마, 아빠 이렇게 셋이에요. 아빠는 우락부락 무섭고 툭하면 냅다 소리를 질러요. 엄마는 세상에서 제일 예쁜데, 도통 말이 없어요. 나는 아주 똑똑해요. 사람들이 날 천재라고 불러요. 그런 말 들으면 창피하지만, 내가 생각해도 머리는 정말 짱인 것 같아요.

    나는 세 나라 말을 할 수 있어요. 우리 집에서는 한국말만 쓰기 때문에 난 한국말을 잘해요. 학교에서는 영어를 쓰고, 스페인어도 할 줄 알아요. 말하기 읽기 쓰기도 다 잘하지요.

    말만 잘하는 게 아니에요. 컴퓨터도 아주 잘해요. 컴퓨터는 참 신기해요. 그 안에 들어가면 없는 게 없이 다 있어요. 그중에서도 과학 이야기가 제일 재밌어요. 가끔 한국 프로그램에 들어가다 보니 한국말도 많이많이 느는 것 같아요. 한국 영화도 보는데, 옛날 영화가 참 신기하고 재밌어요.

학교 성적도 항상 올 A이고요. 그것도 하일리 기프티드 스쿨에서요. 실은, 제가요…… 미국 전체 IQ 테스트에서 99.9퍼센타일(percentile)이라는 높은 점수를 받아 하일리 기프티드 스쿨에 들어가게 됐어요. 정말 깜짝 놀랐어요. 내 머리가 그렇게 좋은 줄은 나도 몰랐거든요. 우리 학교 애들도 다들 머리는 나만큼 좋을 거예요.

우리 반에 한국애가 나 말고 하나 더 있어요. 이름이 제이슨인데, 그 애 엄마는 영어를 굉장히 잘하더라고요. 그리고 한국말도 잘하고요. 저를 아주 친절하게 대해 주고, 저보고 한국말 잘한다고 칭찬도 해줘요.

가끔, 제이슨 아빠는 어떤 사람일까 하고 궁금했는데, 한번은 학교에 왔더라고요. 인상이 참 좋았어요. 아빠하고는 아주 달랐어요. 아들을 보자마자 덥석 안아 주었어요. 열두 살이나 먹은 애가 완전 아기 같았어요. 낯간지러우면서도 가슴에 뭐가 쏴아― 하고 지나갔어요.

제이슨이 뭐라고 얘길 하니까 "우리 아들 최고! 최고야!" 하면서 엄지를 척 치켜들고 칭찬을 해줬어요. 그리고는 옆에 우두커니 서 있는 나를 보고는 머리를 쓰다듬어 주며 말했어요.

"네가 크리스구나. 아주 잘 생겼네."

그의 손이 머리에 닿자 뭔가 머리끝에서 찌르르하고 아래로 내려왔어요.

참, 내 이름은 크리스 스미스예요. 철이 들면서 내 라스트 네임이 스미스라, 좀 이상했어요. 엄마, 아빠는 완전 한국 사람이거든요. 알고 보니 아빠가 미국 군인한테 입양이 되었더라고요. 열 살 때, 부모를 잃고 보육원에서 자랐대요. 그러니까 불쌍한 어린애였겠지요. 사랑도 못 받고요. 그래서 사랑을 줄줄도 모르나? 하는 생각을 가끔 했어요.

사랑이 없으니까 칭찬할 줄도 모르는 것 아니겠어요?

아빠는 나한테 칭찬을 한 적이 한 번도 없어요. 맨날 깎아내리는 소리만 해요. 아들이 똑똑하면 부모는 자랑스러워야 하잖아요? 그런데…… 우리 아빠는 참 이상해요. 자꾸 나를 꾹꾹 눌러서 기를 죽이려고 해요.

"아이가 아이다워야지! 도대체 너는 어찌 생겨먹은 놈이냐? 쬐끄만 놈이 벌써부터 어른 행세를 하니 말이야. 누굴 닮았는지 도대체 알 수가 없다니까? 정말 이상하다니까……."

얼굴을 잔뜩 찌푸리고는 도대체 도대체를 연발하면서 못마땅해 한다고요.

사실이 그래요. 모든 면에서 나는 너무 일찍 자라버렸어요. 사람들이 날 보고 '애늙은이'라고 그래요. 처음엔 그게 무슨 말인지 몰랐는데, 아이치고는 너무 어른스럽다는 말이라네요.

어른! 그래요. 나는 하루라도 빨리 진짜 어른이 되고 싶어요. 빨리 어른이 되어 엄마를 데리고 아빠로부터 도망치고 싶어요.

난 아주 어렸을 때부터 엄마가 참 불쌍했어요. 어떤 때는 엄마 생각만 해도 눈물이 나요.

생각할수록 이상해요. 세상에서 제일 예쁘고 착한 우리 엄마가 어쩌다가 시커멓고 우락부락하고, 거기다가 성격도 제멋대로인 아빠랑 결혼을 했는지 도대체 모르겠어요. 어떨 때는 아빠는 무서운 왕이고, 엄마는 찍소리도 못 하는 시녀 같다는 생각이 들어요. 그럼 나는 뭘까요?

그러니까 우리 집은 이상한 사람들 셋이 모여 살고 있는 셈이네요.

하루해가 저물어 어둑어둑해지면 나는 늘 조마조마해요. 아빠가 회사 끝나고 집에 들어오실 시간이기 때문이지요. 오늘은 또 무슨 트집을 잡아 엄마를 야단칠까 하고 가슴이 뛰는 거죠. 물론 당하는 엄마는 나보다 훨씬 더 불안

하겠죠.

아빠 회사는 집에서 그리 멀지 않은 곳에 있어요. 투자 전문회사인데, 아빠가 사장이에요. 사장이고, 돈도 잘 벌고 하면 기분이 좋아야 하는데, 아빠는 그 반대랍니다.

아, 드디어 차 소리와 함께 아빠가 오는 소리가 났어요. 가슴이 철커덩 내려앉으며 쿵. 쿵. 쿵. 쿵. 소리를 내기 시작하네요. 아니나 다를까? 아빠는 잔뜩 화가 난 얼굴로 문턱을 넘어서기 바쁘게 냅다 소리부터 지르네요.

"아니 어쩌자고 차를 또 저렇게 세워놨지? 이리 나와 봐!"

차를 똑바로 세우지 않고 삐뚜로 세웠다고 소리를 지르는 겁니다. 사실, 엄마가 운전이 아주 서투르기는 해요. 차를 똑바로 파킹을 하려면 몇 번을 앞으로, 뒤로 왔다 갔다 해요.

"까딱 잘못했으면 또 벽을 들이박을 뻔했잖아! 지난번에 벽 들이박은 게 얼마나 됐다고 아직도 이 모양이야? 아예 운전을 하지 마. 하지 말라구우—."

한 두어 달 전에 엄마가 차고 벽을 쳤다가 아빠한테 야단맞은 것을 생각하니 지금도 가슴에서 뭔가가 불끈 치솟아요. 그렇게 야단법석을 떤다고 해서 벽이랑 차가 어디 본래대로 돌아오나요? 이왕에 벌어진 일, 엄마가 다치지 않은 것만으로도 다행한 일 아닌가요?

"오늘은 또 어딜 싸돌아다닌 거야? 쓸데없이 나가 다니지 말고 집에 좀 가만 붙어 있으라구우우우ㅡ."

아빠는 엄마가 나가 다니는 것을 아주 싫어해요. 괜한 트집을 잡는 거지요.

'차가 비뚤어졌으면 바로 세우면 되지 왜 그렇게 소릴 지르고 야단이에요?' 하고 한마디쯤 하면 좋으련만, 엄마는 항상 아무 말도 안 해요.

아빠는 가만있어도 되는 일에 괜히 소리를 버럭버럭 지르고, 엄마는 꼭 소리를 질러야 하는 일에도 침묵을 지키고…….

어쨌든 우리 집은 완전 거꾸로 된 집안이에요.

아빠가 이 세상에서 제일 사랑하는 것, 그게 와이프도 아니고, 아들도 아니고 자동차예요. 우선순위 1위가 자동차이니까요.

자동차! 그래요. 자동차!! 그만큼 아빠가 자동차에 미쳐 있는 겁니다.

네 살 때 있었던 일을 나는 지금도 생생하게 기억하고 있어요. 아빠가 페라리라는 아주 비싼 차를 새로 샀었는데, 내가 잘못해서 그만 오렌지주스를 컵째 뒷좌석 바닥에 엎질렀지 뭐예요.

아빠는 내 뺨을 후려쳤어요. 지금도 그 생각만 하면 뺨이 얼얼하게 아파 와요. 숨통이 멎는 것 같아 울음소리도 제대로 내지 못하고 있는데, 아빠는 우악스러운 손으로 내 멱살을 잡고는 나를 번쩍 치켜들더니…… 뒷좌석에다 내 동댕이쳤어요. 하나밖에 없는 아들을 내동댕이치다니, 그 것도 네 살밖에 안 된 아이를! 나는 새파랗게 질려 몸을 새우처럼 오그리고 무서워서 벌벌 떨었어요. 아빠가 그림 에서만 보던 바로 그 악마 같았어요.

엄마는 나를 얼른 보듬어 안고 집 안으로 피했지요. 나 를 꼭 껴안은 엄마의 가슴에서 쿵쾅거리는 소리가 내 가슴 에까지 전해 왔어요.

잠시 후에 아빠가 따라 들어왔어요. 나는 아빠 얼굴을 보는 것조차 무서워 눈을 꼭 감고 엄마의 가슴을 파고들었 어요. 아빠의 목소리가 들렸어요. 소름이 오싹오싹 끼쳤지 요.

"미안해. 내가 잠깐 돌았었나 봐. 정말 미안해. 다시는 안 그럴게."

이 말은 아주 자주 들어온 소리예요. 폭력을 휘두른 뒤 아빠가 엄마 앞에서 무릎을 꿇고 빌면서 하는 말이거든요.

그리고 그 다음날 아빠는 엄마에게 주려고 보석반지를 사 와요. 열두 살밖에 안 된 아이가 보석 이야기를 하는 게 참 어울리지 않지요? 그러나 나는 여러 가지 보석들의 이 름도 다 알아요. 애늙은이답게…….

어느 쓸쓸한 날이었어요. 밖에는 비가 부슬부슬 내리고 있었지요.

엄마가 보석함을 꺼내놓고 들여다보고 있었어요. 모두가 다 반짝반짝 빛이 나고 색깔들이 정말 예뻤어요. 빨간색, 파란색, 초록색 등등 반지에서부터 목걸이 귀걸이가 수두룩했어요. 내가 이름을 물어보니까 엄마는 이건 다이아몬드이고, 이건 사파이어, 또 이건 루비…… 하면서 말을 하다 말고 "너는 그런 거 몰라도 돼." 하면서 얼른 보석함을 닫았어요.

그런데 엄마는 보석반지를 끼지 않아요. 가끔 들여다보기만 해요. 보석반지를 낄 때가 있긴 하지요. 집에 아빠 친구들을 불러 파티를 할 때랍니다. 친구라기보다는 회사에 필요한 돈 많은 사람들이에요. 아빠 성격에 아마 친구도 없을걸요. 집에서는 폭군 노릇을 하면서 손님들에게는 아주 최고로 해요. 완전 임금님 대접이라니까요.

그리고 둘이서 쫙 빼입고 파티에 갈 때는 보석반지를 번쩍번쩍 끼지요. 아빠한테는 아마도 와이프가 견본용인지도 모르겠어요.

세상에서 제일 예쁜 여자로 치장을 하고 보석반지를 번쩍번쩍 끼고 나갈 때는 엄마도 좋아하는 게 확실해요. 행복해 보이거든요. 물론 아빠는 더 좋아서 연상 싱글벙글하지요. 아빠가 폭력을 휘둘러도 같이 나갈 때는 사이가 진짜 좋아 보여요.

'폭력을 휘두른다.'는 말은 나 같은 아이에게는 어려운 말인데, 난 그런 어려운 말들을 많이 알아요. 늘 당하니까요.

엄마가 당할 때마다 나는 폴리스를 부를까 하는 생각을 해요. 그러나 깊이 생각해 보면, 아빠가 더 나빠질 수도 있는 일이에요. 재일에 가고, 회사에서도 알게 되고 하면, 아빠가 그 성질에 완전히 미쳐버릴 수도 있으니까요. 그리고 더 큰 사건이 일어날 수도 있어요.

언젠가 뉴스에서 봤어요. 우리 집하고 똑같은 집이 또 있었어요. 열 살 먹은 아들이 엄마가 맞는 것을 보고 놀라서 폴리스를 부른 거예요. 현장에서 애 아빠는 잡혀갔지만, 재일에서 나와 가지고 반성을 하고 좋은 사람이 된 게 아니고, 더 나쁜 사람이 된 거예요. 더 때렸대요. 그래서 와이프가 도망갔는데, 잡아 와서 차에 태우고 가다가 사고를 낸 거였어요. 둘 다 생명이 위독하다고 했어요.

저는 잘 알아요. 폴리스를 부르는 것 엄마가 절대로 원치 않는 일이에요. 엄마는 혹시라도 옆집에서 알까 봐, 아주 쉬쉬해요. 물론 옆집에서는 모르죠. 집이 크니까 굿판을 벌여도 아무도 몰라요. 미국서 난 애가 굿판을 어찌 아느냐고요? 한국 영화에서 봤죠. 너무 신기해서 안 잊어버려요.

그래서 저는 꼭 해야 할 일이 하나 있어요. 가정 폭력을 막아주는 로봇을 만드는 일이에요. 아무도 모르게 일을 다 해결해 주는 로봇이 있으면 가정 폭력은 자연히 없어져요. 다행히 나는 전 과목 중에서 과학을 제일 좋아하니, 로봇을 발명하는 것은 분명히 가능해요.

나는 잘 알아요. 엄마는 지금 아빠가 좋은 사람이 꼭 되리라는 것을 믿고 기다리고 있는 거예요. 엄마가 너무너무 착하기 때문이에요. 그러나 내 생각은 달라요. 아빠는 좋은 사람이 안 돼요. 고아로 자랐으니 그 환경이 무지무지 안 좋았겠지요. 그래서 성질이 나빠지고 남을 때리기도 했겠지요. 물론 맞기도 했을걸요. 그래서 때리고 맞는 것이 아무렇지도 않게 되어버린 거예요.

원래 성질이 좋았다면 절대로 아빠처럼 되지는 않아요. 아빠는 애초부터 욕심 많고 남 생각은 조금도 않고 자기밖에 모르는 그런 성격을 갖고 태어난 것 같아요. 불쌍한 고아였던 아빠한테 이런 소리 하는 것은 자식으로서 미안해야 하지만 나는 하나도 안 미안해요. 그리고 안 불쌍해요. 미워요.

아빠는 굉장히 부자예요. 그런데도 욕심이 어찌나 많은지요…… 소소한 것에 무지무지 쩨쩨해요. 우리 집 뒤뜰

대추나무에 대추가 너무너무 많이 열려 주체를 할 수 없어도 남 주는 것을 싫어해요. 어떨 때 마음이 내켜 회사 직원들한테 갖다 줄 경우는, 작고 못생긴 놈만 골라 담아요. 그런 건 엄마한테 그냥 맡기면 편할 터인데, 남자가 돼 가지고 참 웃겨요 웃겨! 아는 집에 초대를 받아 가도, 아주 싸구려 선물을 가져가요.

근데 식구들한테는 돈을 안 아껴요. 엄마한테도 경제적으로는 참 잘해주는 것 같아요. 어디 가면 음식도 최고 비싼 거 먹어요. 냉장고에도 항상 맛있는 것들이 꽉꽉 차 있고요. 웃기는 건 엄마가 사 오는 게 아니라 아빠가 맨날 뭘 사 온다니까요. 그리고 나한테 드는 교육비도 다 내주고, 내가 원하는 것들은 아무리 비싸도 다 사 줘요.

근데 엄마는 반대예요. 나한테 꼭 필요한 것만 사 주고요, 대추도 오렌지도 크고 좋은 것만 골라서 먼저 남한테 줘요.

어떨 땐, 좀 답답해요. 엄마 자기 생각은 않고 너무 상대방만 생각하니까요.

나와 엄마한테 돈 아끼지 않고 잘해주는 것, 그건 아빠의 좋은 점이라고 생각해요. 그 좋은 점을 말과 행동으로 다 망가트려버리는 아빠……. 왜 그럴까요?

얼마 전에 우리 학교 학부모회장 집에서 파티가 있었어

요. 과학경시대회에서 우리 학교가 우승을 해서 회장님이 한턱을 쏜 거였어요. 개인전에서는 내가 중등부 최우수상을 받았어요. 회장님 아들도 아슬아슬하게 입상을 했고요.

부모님들도 초청을 받았으나, 나는 아빠가 안 간다고 그럴 줄 알았어요. 사실은 안 가기를 바랐고요. 그런데 글쎄, "아들이 최우수상을 탔는데, 아빠가 가야지." 그러지 않겠어요? 아빠랑 같이 가야 하니 진짜 가기가 싫었어요. 그리고 나는 사람들이 많이 모이는 파티장 그런 데 가는 거는 안 좋아하거든요. 그런데 최우수상을 탔으니, 내가 안 갈 수 없잖아요.

회장님 집은 작고 허름했지만, 뒤뜰이 굉장히 넓어, 가든파티를 했어요. 파티 끝나고 집에 오는 차 안에서 아빠가 얘기를 늘어놨어요.

차를 타자마자 아빠가 한 첫마디가 뭔 줄 아세요?

"아들이 꼴찌로 입상했는데, 뭐가 그리 좋다고…… 지가 제일 좋아하데?"

아주 빈정대는 말투였어요. 그리고는 모두 다, 안 좋은 말만 했어요. 뭐가 단단히 틀린 것 같았어요.

"내가 회장에 대해서 미리 공부를 좀 했었는데, 하버드 박사에, 대학교수라며? 그리고 재벌회사 자문위원에, 또 그 뭐더라…… 아무튼, 굉장한 사람이더구먼. 근데, 그 사람 집 꼴이 어째 그 모냥이냐? 우리 집 변소간만도 못하잖아?"

나는 깜짝 놀랐어요. 우리 집 변소간만도 못하다는 말, 아들 앞에서 할 소리는 아니지만 아빠는 그런 사람이니 그러려니 했지만, 회장님에 대해 미리 공부를 했다는 말이 정말 놀라웠어요. 엄마는 워낙 아빠 말에 일체 대꾸를 안 하니까, 이번에도 침묵이에요. 나도 물론 침묵했지요.

"근데 그 너른 땅을 왜 놀리고 있지? 그 좋은 머리를 돈 버는 데 써야지…… 참 아깝다. 아까워. 어찌나 꽉 막혔는지 바늘 들어갈 구멍도 없더군!"

말 안 해도 뻔해요. 오늘 파티한 그 정원에 타운 홈을 지어라 그랬겠지요. 아니, 허름한 집채도 싹 밀어버리고 타운 홈을 지으면 돈을 수백만 달러를 벌 수 있다고 그랬겠죠. 아니면 콘도를 지으라고 했던지요. 회장님은 돈 버는 머리가 없어서 한마디로 거절을 했나 봅니다.

"회장이 글쎄, 그 집에서 태어났다는군! 참 내, 기가 막혀서. 부모님이 물려준 집이라 그대로 보존을 해야 된대나? 이거 원! 이런 돌대가리를 하버드 바보라고 하나?"

갈수록 말이 심해졌어요. 회장한테 무안을 당해 화가 난 것 같았어요. 애들 축하파티 자리인데 이런 소리를 한 건 아빠 잘못 아닌가요? 사업 이야기를 하려면 따로 만나서 해야지요.

바른말을 하면 아빠 화를 더 돋우는 격이 되니 무조건

참아야 했어요. 더구나 아빠가 운전대를 잡고 있으니, 더 참았지요.

"그리구 말야. 음식이 그게 뭐냐? 사람 불러놓고 기껏 국수야?"

국수가 어때서요? 이탈리안 파스타였는데, 그 안에 큰 새우랑 여러 가지 해산물이 들어가고 또한 크림소스가 일품이라 아주 맛있었어요. 아빠도 맛있게 먹고는, 말을 그렇게 해요. 그리고 고기 파스타가 또 있었어요. 해산물을 안 좋아하든가, 고기를 안 좋아하든가, 하는 사람들을 위해 두 가지를 마련했나 봐요. 그 배려하는 마음이 참 고마웠어요. 덕분에 나는 두 가지를 다 실컷 먹었지요.

"그리구 말야. 음식이 어찌 숲하고 살라드 달랑 세 가지밖에 없냐? 사람을 초대했으면 요리사를 불러서라도 먹는 거는 푸짐하게 했어야지. 에이— 입만 배렸다."

꼭 가짓수가 많아야 하나요? 수프와 샐러드도 참 맛있었어요. 제 입맛이 좀 한국적인데도 아주 좋았어요. 엄마도 맛있다고 몇 번이나 그랬어요. 엄마도 아빠 말을 잠자코 듣고 있었지만, 아마 나와 똑같은 생각을 하고 있었을 거예요. 드디어 화살이 엄마한테로 날아갔어요.

"야, 너는 그 집 식모냐? 왜 니가 거들고 지랄이야?"

지랄? 가슴에서 뭐가 불끈 솟아올랐어요. 숨까지 막혔어요. 엄마가 고개를 돌려 뒷좌석의 나를 보는데 의미심장한 눈초리였어요. 암말 말라는 신호인 걸, 물론 잘 알지요.

"영어를 못하면 조용히 앉아나 있지, 설치고 다니는 꼴이 아주 가관이더군! 얼굴 이쁘다고 자랑이 하고 싶었어?"

도대체 말이 안 되는 소리예요. 엄마가 거든 것도 없고 설친 것도 없어요. 사모님이 음식 차릴 때, 좀 도와준 것뿐이에요. 그건 다른 엄마들도 다 같이 했어요. 또 거기에 엄마 얼굴 예쁜 얘기는 왜 나옵니까? 와이프가 예쁘면 좋은 거 아녜요? 다른 파티에 갈 때처럼 번쩍번쩍 반지도 안 끼고, 옷도 화려하게 안 입었어요. 그냥 수수했어요. 근데 트집을 잡는 거예요.

더 기분 나쁜 건 엄마 영어 못한다는 말을 아들 앞에서 대놓고 한 겁니다. 물론 엄마가 영어 부족한 건 나도 알아요. 그러나 아빠처럼 좔좔 못 해서 그렇지 일상생활에는 지장이 없어요. 근데 엄마는 주눅이 들어서 사람들 앞에서는 말을 잘 안 해요. 매사에 자신감이 없어요. 아빠는 이런 엄마 성격에 상처를 주고요.

아빠는 운전대를 잡고 앞만 보며 계속 지껄였어요. 아빠 뒤통수를 그냥, 한 대 쾅— 쥐어박고 싶었어요. 불끈 쥔 내 주먹이 엉엉 울었어요.

드디어 차가 게이트 앞에 도착해, 아빠 말은 거기서 끊어졌어요. 육중한 게이트가 열리고 차는 안으로 굴러 들어

갔어요. 불빛 찬란한 풍경과는 달리 내 맘은 어두워졌어요. 거대한 감옥으로 들어가는 기분이 들기 때문이지요. 그리고 즐비하게 서 있는 어마어마한 저택들 속에 불을 환히 밝히고 우뚝 서 있는 우리 집, 이 역시 내게는 감옥입니다.

아! 거대한 감옥 안에 있는 또 다른 감옥으로 나는 오늘도 들어가야 해요.

우리 집은 대궐같이 어마어마하게 커요. 도대체 세 식구뿐인데 왜 이렇게 큰 집에 사는지 아무리 생각을 해봐도 알 수가 없어요. 아이라서 뭘 몰라 그런다고 할지 모르나, 나는 어른이 돼도 이런 큰 집에서는 절대로 살지 않겠어요. 돈이 아무리 많아도 나는 이렇게 큰 집은 싫어요. 감옥 같아서 싫어요.

우리 집은 높은 담으로 둘러싸여 있는 성안에 있어요. 커다랗고 높다란 쇠창살로 된 정문은 늘 굳게 닫혀 있고요. 감옥이 따로 없어요. 내가 살고 있는 성이 바로 감옥이고, 우리 집 또한 감옥이나 다르지 않아요. 그러니까 나는 큰 감옥 안에 있는 또 작은 감옥 속에 갇혀 사는 아이인 셈이지요. 내 말 아시겠어요?

나는 한 번 들은 것들은 잊어버리지 않는 기억력을 갖고 있어요. 그래서 엄마가 갖고 있는 보석들의 이름을 모조리 다 외우지요.

가끔씩 휘황찬란한 보석들이 가득 든 보석함이 내 머리를 언뜻언뜻 스칠 때가 있어요. 그 보석들은 굉장히 비싼 것들이니, 아빠로부터 도망을 쳐도 저 보석만 있으면 엄마랑 잘 살 수 있으리라는 생각을 하기 때문이지요. 그리고 어른이 되기 전에 좀 더 일찍 도망칠 궁리를 해보는 겁니다. 내가 돈을 많이 벌 때까지…….

하지만 포기했어요. 그건 죄가 되는 거니까요. 더구나 아빠와 맞서 싸울 수도 없고요. 나는 열두 살밖에 안 됐고, 아빠는 무서운 사람이거든요. 그보다 먼저 엄마가 절대로 원치 않는 일이라는 걸 잘 알기 때문이기도 하고요.

나는 자신 있어요. 게임 하나만 개발해도요…… 엄마랑 둘이 살기는 걱정 없어요. 물론 아빠처럼 부자로는 못 살지만요. 부자요? 사는 데에 불편하지 않을 만큼만 돈이 있으면 되지, 돈이 많이 없어도 아무 상관없어요. 어쨌든, 나는 아빠처럼 사는 건 다 싫어요.

아빠의 아들이니 나도 아빠를 닮으면 어쩌나 하는 걱정이 나를 괴롭히기도 해요. 죽으면 죽었지 나는 절대로 아빠는 닮지 않을 거예요. 닮고 싶지 않아요!

요즈음은 자꾸 보석함이 눈앞에서 왔다 갔다 하네요. 그

럴 때마다 나는 그만 얼굴이 화끈 달아오르고 가슴이 두근
거려요. 그리고…….

  아! 어서어서 자라서 하루빨리 진짜 어른이 되고 싶어
요.
  그래서 이 감옥에서 벗어나고 싶다구요. 불쌍한 엄마와
함께…….

2. 왕을 꿈꾸는 아빠

돈! 돈! 세상에서 돈이 최고지요! 누가 뭐래도 돈이 왕이라구요!

난 돈을 억수로 잘 법니다. 왕이 될 만큼 잘 벌어요! 일찌감치 부동산과 주식에 눈을 떠, 엘에이 바닥에서 알아주는 사장이 됐으니 말이요! 주식이나 부동산에 나보다 잘 아는 놈 있으면 나와 보라고 그러슈.

되돌아보면, 참말로 악착스레 달려온 인생길이요, 내 인생…… 너무나 배를 곯다 보니, 나중에는 뵈는 게 없더라고요, 무서운 것도 없고요. 그거 당해보지 않은 사람은 몰라요! 몰라!

그렇게 구르다 보니 돈이 세상에서 제일 최고라는 걸 애저녁에 깨달았지요. 돈만 있으면 어딜 가도 최고가 될 수 있으니까요. 왕 노릇도 할 수 있다구요, 회사에서나 집에서나!

내 집구석이요? 마누라와 아들 하나 두고 있는데, 내 나이 어느새 오십 줄에 들어섰네요. 세월 빠르네요, 참 빨라! 최신형 페라리 스포츠카보다도 더 빠른 것 같네요, 젠장!

난 지금 대학물 먹은 것들을 거느리고, 그것들 위에 군림하고 있지요, 전에는 감히 쳐다볼 수도 없었던 것들을…… 그런데도 늘 답답합니다, 답답해……. 뭐랄까, 가슴 한복판에 커다란 돌덩이 하나가 턱 얹혀 있는 기분이랄까.

사무실 분위기 역시 무거워요. 이건 원 내가 부하놈들 때문에 스트레스를 받는 건지, 직원들이 나 때문에 스트레스를 받는 건지……. 젠장, 그 망할 놈의 스트레스란 놈이 사무실을 꽉 채우고 있나 봐요. 아무튼, 직원들이 한 놈도 맘에 드는 놈이 없어요.

그리고 나는 참 이상하게도 평소엔 마누라와 그렁저렁 별 탈 없이 지내다가도 어느 순간, 마누라 얼굴만 보면 부아가 치밀어요. 참을 수가 없어요. 그러다가 결국은 주먹을 휘두르고 맙니다. 나도 모르게 주먹이 먼저 나가는 거예요. 그러고 싶지 않은데 나도 모르게 그렇게 되는 겁니다. 솔직하게 말하자면, 이런 내가 정말 지긋지긋합니다.

정말이에요.

주먹 휘두르고 나면, 엄청 후회가 되지요. 그런 날은 밤
잠도 한숨 못 자요. 정신이 들면 깜짝 놀라서, 어쩔 줄을
모르겠는 겁니다. 바로 무릎을 꿇고 사과하지요. 진심으로
잘못했다고, 다시는 안 그러겠다고 싹싹 빕니다. 그리고
다음 날은 보석을 사 주기도 하지요. 미안해서요. 이건 정
말 진짜 진심이에요.

서울 출장 중에 투자자인 강 사장 회사를 방문했다가 그
녀를 처음 보게 되었어요. 여자 하나가 사장실에 들어서는
데, 그 순간, 그만 숨이 멎을 뻔했지 뭡니까? 어찌나 가슴
이 두근거리는지…… 서른 중반도 넘은 나이에 그런 감정
이 살아 있다는 것이 내가 생각해도 정말 신기했어요. 아
니, 머리털 나고 그런 야릇한 감정은 처음이었어요. 하늘
색 하늘하늘한 긴 소매 원피스를 입었는데, 금세 훨훨 날
아서 하늘로 올라가버릴 것만 같더라구요. 내가 가방끈이
짧아서 표현을 잘 못하겠는데…… 뭐랄까…… 그래, 맞
아, 선녀! 바로 선녀였어요.

그 당시 그녀는 겨우 스물두 살 풋내기였어요. 그때 난,
그녀가 그렇게 어린 줄 몰랐어요.

강 사장 말이, 자기 회사 공장에서 오래 일을 했는데, 한
2년 전에, 큰 사고를 당해 가족을 모두 잃었다고 해요. 그

후, 한참을 쉬었다가 사무실 일을 보게 되었다고 합니다. 책임감이 강하고 일을 똑 부러지게 잘해 어디에다 내놔도 손색이 없는 여자라고 칭찬을 하더구만요. 가만 보니, 머리가 되게 좋대나요? 정상적으로 공부를 했다면 서울대학 정도는 너끈히 들어갈 수 있었을 것이라는 말도 덧붙였지요.

강 사장은 내가 형님처럼 믿는 분이지요. 세상에 믿을 만한 놈이 한 놈도 없지만, 강 사장만은 믿어요.

이건 나중 얘기지만, 강 사장이 공장에 장학회를 세워서 어려운 직원들이 공부를 계속할 수 있게끔 뒤를 밀어주었는데, 그게 다 그녀가 본보기가 되어 이뤄진 일이라는 구만요.

그 장학회가 얼마 전에 '사랑은 희망을 싣고'라는 프로에 선정이 되어 강 사장이 텔레비전에 나왔어요. '주성장학회'라는 이름하에 장학생들이 설립 때보다는 무지 많아졌더라구요. 그리고 장학회가 설립된 동기가 내 마누라 때문이라고 우리 집에까지 연락이 왔지 뭡니까? 이곳 엘에이 지사 직원이 동영상을 찍어야 한다고요. 내가 절대 반대를 했지요. 텔레비전에 나가다니요? 영화감독이 잡아가면 우짤라꼬요?

텔레비전에 마누라 이야기가 나오긴 나옵디다. 사고로 가족을 잃고 천애고아가 된 마누라를 강 사장이 많이 도와주었다구요. 그리고 사고 경위에 대해서도 강 사장이 자세히 설명을 하더군요.

　사실은 나도 고압니다. 그녀가 졸지에 부모를 잃고 천하 외톨이가 된 것이 내 처지와 비슷해서 나도 모르게 애잔한 마음이 들었죠.

　우리 아버지는 월남 파병용사였어요. 부상을 당해 다리를 몹시 절며 집으로 돌아오셨어요. 내가 여섯 살 때였어요. 어릴 적이지만 지금도 기억에 생생하네요. 전사하시지 않고 살아 돌아왔다는 것만으로도 행운이었으나 날이 갈수록 우리 집은 불행이 겹쳤어요.

　아버지는 항상 술에 절어 있었고, 성격은 날로 포악해져서 어머니를 마구 때리고 어린 저를 개 패듯 팼어요. 거기다가 엎친 데 덮친 격으로 고엽제 질병에까지 걸렸어요. 나중에 알고 보니, 이 병에 걸린 파병용사들이 무지무지 많았다는군요. 생활고에 시달리며 밤새워 간호하는 가족들에게 더 이상 고통을 줘서는 안 되겠다며, 자살을 한 전우도 많았대요.

　너무 궁금해서 백과사전을 찾아보니까, 고엽제란 초목 및 잎사귀 등을 말라 죽게 하는 농약으로 인체에 치명적인 피해를 주는 물질이라고 쓰여 있더군요. 이 고엽제는 대외적으로는 베트남 정글에 서식하는 모기를 박멸한다는 공중보건상의 목적을 내세웠으나, 사실은 밀림의 초목들을 말라 죽게 하여, 깊은 산림이나 산중에 은신 및 매복해 있는 베트콩들을 노출시키는 효과를 노린 것이었대요.

잘은 모르겠지만 내가 알기로, 고엽제 질병은 오장육부가 썩어 들어가는 병입니다. 인간으로서의 삶의 가치와 행복을 완전히 파괴하고 가정을 파괴하는 병이에요.

우리 집도 결국은 그렇게 망가져 박살나고 말았죠.

어머니는 아버지의 학대에 못 이겨 집을 나가버렸어요. 어린 저를 혼자 남겨두고……

아버지는 병원을 들락거리면서도 술은 자꾸 더 늘어갔어요. 자연히 술버릇도 심해져 내가 얻어맞는 횟수도 잦아졌지요. 엄마 몫까지 얻어맞는 나날이 계속된 거예요. 도저히 못 견디겠더라구요. 엄마처럼 도망이라도 쳐야지……. 정말, 맞아 죽겠더라구요.

그런데 아버지가 나보다 먼저 죽었어요. 한밤중에 술에 취해 집에 오다가 쓰러져서 길모퉁이에서 잠이 들었대요. 그것도 한겨울에……. 당연히 얼어 죽었지요.

내 나이 열 살 적이었어요. 세상에 이게 말이나 되는 일입니까, 이게?

만약에, 만약에 말입니다…… 전쟁이 없었다면, 아버지

가 전쟁에 나가서 다치고, 몹쓸 병에 걸려오지 않았다면, 내 팔자가 달라졌을지도 몰라요. 망할 놈의 전쟁만 없었다면…… 물론 고아도 안 됐을 거고요.

생각해 보세요. 열 살짜리 아이가 부모 없이 어찌 살았겠습니까? 보육원 직행이었지요. 한데 보육원에서도 맨날 얻어터지기 일쑤였고, 밥 굶기를 밥 먹듯 했지요. 나는 늘 말썽꾸러기였으니까요. 규칙 중의 하나가 사고를 치면 밥을 굶기는 것이었어요. 참 잔인한 세상입니다. 그래서 부엌에 숨어 들어가 몰래 밥을 훔쳐 먹다가 들켜서 또 얻어터지고…… 생각만 해도 눈물이 납니다.

견디다 못해 나중에는 보육원에서 도망을 쳤지요.

주린 창자를 움켜쥐고 여기저기 쓰레기통을 뒤지던 그 시절…… 아! 생각하기도 싫어요. 당해보지 않은 사람은 모릅니다, 알 수가 없지요, 젠장!

사실 그때 어머니 생각이 많이 났어요. 아주 많이. 엄마가 있었으면 얼마나 좋을까 하고요. 그러나 어린 아들을 버리고, 혼자만 살겠다고 도망친 엄마가 무슨 엄마입니까? 내게는 그런 엄마 있어봤자 개뿔도 좋을 게 없다고 이를 부득부득 갈았어요.

그러다가 또…… 아버지 죽고, 내가 보육원에 간 것을

알 수도 있을 터인데 찾아보지 않은 걸 보니, 혹시 죽었는지도 모른다는 그런 생각도 들었어요.

결혼하고 나서 아주 나중에 깨달은 일입니다만…… 우리 마누라 생긴 것이 우리 엄마와 비슷한 데가 많아요. 얼핏 그런 느낌이 들어서 소스라치게 놀라곤 합니다. 무섭지요. 그럴 때면 마누라가 불쑥 미워지는 겁니다.

엄마처럼 또 나를 버리면 어쩌나 하는 두려움 때문입니다. 그러면서도 마누라 얼굴이 엄마 얼굴과 아련하게 겹쳐지기도 합니다.

참 묘하고 복잡합니다. 엄마가 그렇게 미우면서도 사무치게 그리웠던 모양이지요.

점점 크면서 정신이 번쩍 들었어요. 이렇게 살아선 안되겠다 싶더라구요. 그러다 보니 운 좋게 구두닦이로 자리잡게 되었고 이래저래 끈이 닿아 하우스보이로 미군 부대에서 일을 하게 되었죠. 내게 주어진 하나의 기회요, 기적이었어요. 미군 장교에게 입양이 되어 미국에 오게 된 것은 더 큰 기적이었지요.

그분은 스미스라는 분으로 내가 손도 닿을 수 없는 아주 높은 사람이었어요. 나이가 쉰이 넘었는데도 결혼을 안 한 독신이었어요. 어느 날 저녁, 우연히 부대 근처 개울가에 나갔다가 그분이 쓰러져 있는 것을 발견하게 되어, 내가 그분 생명의 은인이 된 겁니다.

그분을 만난 다음 나는 완전히 딴 세상을 경험했어요. 아버지를 닮지 말고 이분을 '닮아야지, 닮아야지!' 하고 굳게굳게 결심도 했답니다.

그런데 말입니다. 죽어도 아버지처럼은 되지 말아야지…… 그렇게는 되지 않으리라…… 골백번 결심했는데…… 그게 잘 안 되네요, 그 간단한 게 안 되는 거예요. 돌아보면 아버지와 똑같이 폭력을 휘두르는 내가 있는 겁니다. 절망이죠, 절망!

욕하면서 닮는다는 옛말이 꼭 맞아요. 아니면 유전자의 저주일까요.

그렇게 닮기를 원했던 양아버지를 닮았으면 얼마나 좋을까요? 젠장 그게 안 되니…… 미치는 거죠. 착하고 좋은 사람 그거 아무나 되는 게 아닌 모양입니다.

만일 그때, 상이군인한테 나오는 돈이 충분해 생활만 안정됐더라면 엄마가 도망 안 가고, 아버지도 얼어 죽지 않았을까요? 그러면 내가 좋은 부모 밑에서 잘 자랐을 터이니 착한 애가 되었을까요?

근데, 아니에요.

아, 나라에서 무슨 상이군인한테 준다는 돈이 쥐꼬리만큼 나오고, 고엽제 보상금도 있었던 모양인데…… 그까짓거 아버지 술값도 못 됐지요, 젠장! 그리구 거 뭐라더라…… 아, 남은 유가족한테 주는 돈이 있다는 말도 얼핏 들은 거 같은데…… 집도 절도 없이 떠도는 어린 거지놈 한테까지 찾아서 줄 리가 있나요. 그러다가 미국으로 와버 렸으니…… 제기랄!

그러니…… 내가 뭐어— 어, 착한 사람이 됐겠어요!

마누라가 미국에 오자마자, 우선 학교에 집어넣었어요. 영어를 해야 죽이 되든 밥이 되든 살아갈 거 아닙니까.

그런데 마음을 못 놓겠더라고요. 나이도 어리고 얼굴도 예쁘니 어떤 놈이 수작을 걸 수도 있지 않겠습니까? 그렇 다고 내가 일일이 따라다니며 감시를 할 수도 없고요. 회 사 사무실에 갖다 놓을까 하는 생각도 해봤으나, 남자 직 원이 득실득실하고, 또 사장 와이프가 일을 한다는 게 말 이 안 돼, 포기를 했지요 너무 예쁘게 잘생긴 것도 탈이니, 원 세상 참 복잡하네요!

그런데 애가 생기고부터는 좀 안심이 됐어요.

나도 미국에 처음 와서는 학교부터 다녔어요. 영어는 웬 만큼 통하는 상태였지만 워낙에 기초가 없어 공부를 영 못 따라가겠습디다. 이를 재빨리 알아차린 양아버지께서는 나를 친구 회사에서 허드렛일부터 배우게 했어요. 부동산 과 주식 투자를 관여하는 회사였어요. 열심히 노력하며 일을 배웠죠. 양아버지의 눈에 들기 위해 죽을 둥 살 둥 참으로 피나는 노력을 했습니다.

그러던 중에…… 뜻하지 않게 양아버지께서 비행기 사고로 갑자기 돌아가시는 불상사가 터졌지 뭡니까! 나를 사람 만들어주시고, 기반을 잡아주신 다음에, 유산까지 물려주신 겁니다.

양아버지 관 앞에서 정말 많이 울었습니다. 머리털 나고 그렇게 진짜로 울어본 건 정말 처음이었네요. 정말 진짜로 슬펐어요. 눈물이 사정없이 마구 흐르는데, 참을 수가…… 친아버지가 죽었을 때는 눈물이 안 났는데 말입니다.

양아버지께서는 이미 유언장을 다 만들어 놓으셨고, 보육원 등 자선기관에도 기부를 많이 하셨고, 생명보험, 사고보상 등, 군인에게 주는 베네핏 일부가 나한테 떨어졌어요.

정신 바짝 차리고, 우선 그 돈으로 부동산에 투자를 했어요. 집과 땅을 샀지요. 집을 샀다가 팔았다가 몇 번을 거듭했더니 지금 사는 어마어마한 저택을 살 수 있었구요.

돈 냄새가 나는지 여자들이 많이 따르기도 합디다. 그러나 내가 가진 것을 벗겨 먹으려는 못된 년들밖에 없더라구요. 여자라는 것들을 도무지 믿을 수가 없었어요. 엄마 기억 때문인지…….

그러다가 세상 착해 보이는 아내를 만나게 된 거죠.

근데, 가정이라는 게, 좀 편히 쉴 수 있는 안락한 곳이어야 하지 않습니까?

집구석이라고 들어오면…… 아들놈은 나를 보면 슬금슬금 피하기부터 합니다. 인사를 하는 둥 마는 둥 아무 말 없이 자기 방으로 쑥 들어가서 문을 쾅 닫아버리지요.

마누라쟁이는 벙어리처럼 말을 거의 안 해요, 벙어리처럼!

불만이 있으면 말을 해야지 고치든지 말든지 할 거 아닙니까! 아주 미칩니다, 미쳐요! 남편이 소리를 지르고 야단을 치면, 싸우자고 맞상대는 못 할망정 대꾸는 있어야 하지 않습니까? 보통 여자들은 엉엉 울기라도 할 터인데 말입니다.

이것들이 나를 무시하는 건가? 하고 더 화가 납니다. 난 무시당하는 건 못 참습니다. 다른 건 몰라도 무시당하는 건 못 참는다구요!

집에 들어갔다가 다시 튀어나온 적이 한두 번이 아닙니다. 하지만 나와 봤자 갈 데가 있나요? 술집밖에…… 그리고 집에 가서는 또 한바탕 소동을 칩니다.

그다음에는 또 빌고요. 열심히 빌지요. 이거 참 창피하고 쪽 팔리는 말이지만, 제발 나를 버리고 떠나지 말아 달라고 빌어요. 어릴 적 날 버리고 집 나가버린 엄마 생각이 나서 견딜 수가 없는 겁니다. 홀로 버려지는 건 정말 무서운 일입니다. 난 그게 제일 무서워요. 홀로 버려지고 싶지 않아요. 이런 마음 당해보지 않은 사람은 모릅니다. 알 수가 없지요, 없구 말구요!

어느 날은 '잘해 줘야지, 잘해 줘야지.' 하는 마음이 불쑥 내켜, 데리고 나가 돈을 처발라 줍니다. 그래도 마누라는 그다지 좋아하는 기색이 없어요. 도무지 욕심이 없어요. 돈이 맥을 못 쓰는 건 처음 보네요, 젠장.

공순이로 가난한 집안의 소녀가장이 되어 힘들게 살았고, 나중에는 부모형제를 다 잃는 불상사를 당했으면 좀 악착같은 면이 있어야 하잖아요? 나는 고아가 되었기에 완전 악바리가 된 것 같은데, 마누라는 아주 정반대입니다. 뭐든지 퍼 주려고 하고요. 사람들을 다 좋게만 봐요. 세상 무서운 줄 모르고…… 빌어먹을…… 지가 뭐 성인군자라도 되나?

강 사장이 머리가 좋다고 칭찬을 했는데, 근데 모르겠어요. 바보인지 천재인지…….

2년이나 학교에 다녔는데, 젠장 뭘 배웠는지 모르겠어요. 영어가 힘들어서 못 따라가, 가다말다 했데요. 그러다가 임신이 되어 주저 앉았다나요? 가만 보니 혼자 힘으로는 아무것도 못 하는 여자 같아요. 욕심도 없고, 의욕도 희망도 없고 목적도 없어요.

그러나 하나 있는 아들은 천재입니다. 자랑스럽지요. 수재만 모이는 영재학교에 다니는데, 거기서도 올 A만 받아요. 가문의 자랑이지요. 그리고 어찌나 철이 빨리 들었는지 겨우 열두 살밖에 안 된 놈이 아이답지가 않고 어른 행세를 해요. 애늙은이지요, 애늙은이! 밖에 나가 놀지도 않고 방구석에 처박혀 컴퓨터만 들여다봅니다. 아빠한테 아주 먼 거리를 두고 있는 거지요.

마누라도 그렇고 아들놈도 그렇고, 내가 돈 잘 버는 것을 고마워할 줄 몰라요. 제 복을 모르는 거죠. 대궐처럼 큰 집에 좋은 차에, 돈이 모자라나…… 도대체 없는 게 없다니까요. 그러니 불만이 있을 게 뭡니까? 배가 불러서 지랄들이지…… 저것들이 고생을 안 해봐서 그래요. 어휴, 나 어렸을 적 생각을 하면…… 아유, 이것들을 그냥!

분명히 말하지만, 난 돈 벌어오는 기계가 아닙니다.

솔직하게 탁 깨놓고 말해서, 난 왕 대접을 받고 싶은 겁니다. 적어도 집안에서만은…… 왕 노릇 하고 싶다 이 말씀이에요. 생각해 보세요. 내가 뭐가 모자랍니까? 돈 잘 벌어와, 이만하면 미남 축에 들어, 영어도 잘하고 건강해…… 바람을 피우나 노름을 하나…… 뭐가 모자라냐구요!

내 덕을 가장 많이 보고 사는 마누라와 아들놈은 나를 왕처럼 떠받들어야 하는 거 아닙니까? 한데 그렇지가 않으니 열불 나지요. 심지어 아들놈은 나랑은 전혀 다른 딴 나라에서 온 고귀한 인간처럼 굴어요. 지 애비인 나를 닮은 데가 하나도 없어요.

솔직하게 탁 깨놓고 말해서, 나는 말입니다. 제발, 내 아들놈은 나를 닮지 말아야 할 터인데 하는 생각을 간절히 하는 그런 아빠입니다. 이건 진짜 정말입니다. 지금도 마찬가지이구요. 그런데 닮은 데가 너무 없다 보니…….

아주 엉뚱한 상상이 들기도 해요. '저 녀석이 진짜 내 아들일까?' 하고요. 그리고는 '내가 미쳤지. 미쳤지.' 하고는 고개를 절레절레 흔듭니다.

순진무구하고, 맹하고, 착하고, 정직하고. 고지식하기 그지없는 와이프가 절대 그럴 리는 없어요. 그럴 위인이 못 됩니다. 그러면서도 자꾸 오락가락해요.

거기다가 미군 장교 라스트 네임을 물려받았으니, 이름이 크리스 스미스이잖습니까? 나도 스미스인데 아들놈 이름을 떠올리면 너무나 생소합니다. 내 피가 여—어—엉— 하나도 안 섞인 느낌이 들어 소스라치게 깜짝 놀라다가 정신이 든다니까요.

하루는 갑자기 이런 소리가 귀를 탁 때리더라고요.

'야! 너! 왜 그 모양이냐? 와이프는 착하디착하고, 아들은 너를 안 닮고 네가 그렇게도 닮고 싶어 하던 양아버지를 닮았으면 감사한 줄 알아야지……'

그러고 보니 내 아들놈이 양아버지를 닮은 데가 많아 깜짝 놀랐답니다.

분명히 말하지만, 난 아들놈과 마누라를 사랑합니다. 진심으로 사랑한다구요. 쪽 팔려서 말로 하지 않아서 그렇지, 진짜 정말로 사랑한다구요.

사랑도 받아본 놈이 잘 한다던데…… 그래요, 난 어렸을 적에 제대로 사랑을 받아본 적이 없고 사랑하는 법을 배워본 적이 없어요. 그러니까 사랑을 어떻게 해야 하는 건지…… 사랑할 줄을 모릅니다.

젠장, 요즘은 부동산 경기도 안 좋고 주식도 흔들흔들합니다. 그동안 앞만 보고 달려왔기에 숨이 턱까지 찼어요. 이렇게 더 뛰다가는 얼마 못 가 쓰러질 것 같네요.

쓰러지면 누가 나를 일으켜서 보듬어 줄까요? 자신이 없어요.

제가랄…… 마누라도 아들놈도 외면하겠지요?

참 이상합니다. 생각만 해도 이가 부득부득 갈리던 엄마가 요즘 자꾸 머리에 떠올라요. 어디서 어떻게 살고 있을까……? 아직도 예쁘시려나? 많이 늙었겠지? 그리고 도망갈 수밖에 없었던 그 처지가 이해가 돼요. 물론 재혼을 했겠지요? 살아 있다면 지금 76세이나 77세쯤 됐을 겁니다. 언젠가는 만날 수 있겠지 하는 막연한 기대도 가져 봅니다.

한번 찾아볼까요? 아마 마누라는 대환영할 겁니다. 천사처럼 착하니까요.

그러니까 쓰러지지 말고, 피눈물 나더라도 이겨내야 합니다.

어려운 환경 속에서도 그 지독한 고통을 견뎌냈는데, 설마 내 몸 하나 못 가누겠습니까? 기적에 기적이 거듭되어 이렇게 살아남았는데…….

또 다른 기적이 또 찾아올지 누가 압니까?

기적이 찾아올 거라고 난 믿습니다, 믿어요.

3. 본향을 꿈꾸는 엄마

"오늘은 또 어디를 싸돌아다닌 거야? 어제 닦은 차가 먼지를 잔뜩 뒤집어썼잖아?"

남편의 목소리가 또 귀를 때려요. 예전에는 가슴이 두근두근 방망이질을 했는데, 이제는 괜찮아요. 만성이 돼서 면역이 생겼나 봐요.

내가 나갔다 온 것이 못마땅해 트집을 잡는 거예요. 보통 말로 해도 되는데, 남편은 항상 인상을 쓰며 소리부터 질러요. 내가 남편을 변하게 할 수는 도저히 없어, '내가 변해서 남편이 변할 때를 기다리자.' 하고. 참고 산 지가 근 10년이 넘었어요. 한데, 이제는 안 되겠어요. 더 이상 참을 수가 없어요. 손찌검하는 것은 어떡해서든 끝장을 내야 하겠어요. 참고 살면서 마냥 기다리기만 하는 것이 과연 남편을 위하는 길일까 하는 생각도 들고요.

사실, 지금까지 견뎌온 것은 아들 힘이 커요. 아들만 보면 남편한테서 당한 속 터지는 일들이 한순간에 사라져버리거든요. '이런 아들을 내게 준 사람이 바로 남편인데, 그거 하나만이라도 감사하자.' 하고 마음을 다독이며 기다린 거죠.

아들아이는 엄마가 참고 사는 것을 알아요. 그 생각만 하면 가슴이 아파요.

언젠가 아들아이가 그러데요. 자기는 커서 과학자가 되겠다고, 훌륭한 과학자가 돼서 가정 폭력을 막아주는 로봇을 발명하겠다…… 그러더라고요.

아, 그 말을 듣는 순간 얼마나 가슴이 짠하던지…… 내가 애한테 큰 죄를 지은 것 같기도 하고…….

엄마인 나보다도 더 속이 깊은 아들이에요. 이제 겨우 열두 살이지만 엄마 마음을 다 알아요. 폴리스를 안 부르는 것도 엄마 속을 알아서 그래요. 그 부작용도 헤아릴 줄 알고요. 엄마가 희망을 걸고 참고 기다리는 것도 물론 알지요.

한데 나는 아들아이 속을 몰라 가끔 깜짝깜짝 놀라곤 해요.

지금 아들은 극히 우수한 아이들만 입학이 가능한 영재 학교에 다니고 있어요. 지난번에는 전국 과학경시대회에서 중등부 최우수상을 타는 바람에 크리스 스미스라면, 그 이름을 전교생이 다 알 정도예요. 물론 성적도 특별히 뛰어나고요. 그렇지만 저는 공부 잘하는 것보다도 아이가 아이답게 명랑하고 까불며 친구들과 어울려 노는 것이 더 좋아요. 그런데 크리스는 친구가 거의 없어요. 말도 별로 없고, 나가 노는 법도 없고, 항상 컴퓨터만 들여다봐요. 성격이 이렇게 된 것이 다 부모 탓인 것 같아서 마음이 무겁고, 참 슬퍼요.

부자 남편을 만나…… 부자 남편요? 글쎄요 그 부자가 얼마나 갈지 모르지만요.

아무튼, 부자 남편을 만나 지금은 미국 엘에이에서 호화롭게 살고 있지만, 나는 아주 가난한 집안의 소녀가장이었어요. 아버지는 아파 드러누워 계시고 엄마가 파출부 일을 해서 사는 집안이 오죽했겠어요? 내가 생활전선에 뛰어드는 수밖에 없었죠. 중학교에 다니다 말고 공장에 들어갔어요. 거기서 숙식은 제공해 주어 월급은 꼬박꼬박 집으로 보냈지요.

아버지 약값, 그리고 남동생 학비 대느라 야간작업을 거의 매일 하고 주말에도 일을 했어요. 동생은 착하고 공부도 굉장히 잘했어요. 동생이 학기말시험에서 전교 1등을 했을 때는, 피곤이 싹 가시며 기운이 팍팍 솟았어요.

녀석이 누나 걱정을 많이 했어요. 서로가 걱정하고 배려하는 저희 가정은 항상 화목했어요. 마음도 편안했고요. 가난한 것이 사는 데에 좀 불편하기는 하나, 창피한 일은 아니잖아요?

그래서 우린 항상 떳떳했고 행복했어요.

그러나 지금은 동생도 없고 부모님도 안 계셔요.

신이 계신다면 세상이 이럴 수는 없습니다. 신은 견딜 수 있는 만큼만의 고통을 주신다고 했는데, 이건 아니에요. 신이 보기에는 내가 이 고통을 감당할 수 있다고 생각한 걸까요?

하루아침에 나는 사랑하는 가족을 다 잃었어요. 천애고아가 된 거예요.

어떨 때, 아들을 보고 있노라면 꼭 동생이 살아온 것 같은 느낌이 들어요. 다시 태어나서 누나 곁에 와, 나를 지켜주고 있는 것 같아요.

남편 역시 어렸을 때 가족을 잃은 것은 저와 마찬가지예요. 그 역시 천애고아이니까요.

몇 번 만나고 나서 남편이 그러데요. "우리 외로운 사람끼리 서로 기대며 살아갑시다."

그 말에 감동해서, 그 말을 믿고 결혼했는데…….

저는 그 말 지금도 믿어요, 서로 기대며 살자는 그 말…… 그래서 이렇게 참고 기다린 거죠.

사실이 그래요. 사람은 서로 기대며 더불어 사는 존재라는 말, 그 말은 진리이니까요.

또 내가 남편을 속속들이 잘 알기도 하고요.

남편이 천하에 몹쓸 인간으로 비쳐지고 있지만, 그 밑바탕은 착하고 여린 면이 있어요. 겉으로는 강한 척하지만 속으로는 약하기 그지없거든요. 가방끈 짧은 졸부 근성에 열등감과 자만심의 불균형 등이 똘똘 뭉쳐 있다 보니, 남편은 자신을 컨트롤 못 하는 거예요. 참 불쌍한 남자이기도 해요.

어떨 땐 나도 헷갈려요. 갈팡질팡하면서도 남편을 은근과 끈기로 기다리고 있는 나 자신, 그래도 어딘가에는 믿는 구석이 있어서겠죠. 이것이 사랑일까요? 사랑?

어떤 면으로 생각하면 이렇게 둘이 만난 것도 운명 같아요. 남편의 은인인 양아버지나, 저의 은인인 강 사장님이나, 그것도 같은 맥락이에요. 그런데도 남편은 나와 너무 달라요.

남편은 돈밖에 몰라요. 세상에 돈밖에 믿을 것이 없다고 생각하지요. 잘살면서 왜 그리 돈 욕심이 많은지 알 수가 없어요. 혼자서 세상을 헤쳐 나가느라 너무 고생을 해서 그럴까요? 그건 저도 마찬가지예요. 소녀가장이었으니까요.

배까지 곯으며 고생을 했으면 없는 사람들의 처지를 누

구보다도 잘 알 것 아녜요? 보육원에 기부라도 좀 하면 오죽 좋겠어요? 기부는커녕 식당 팁 1, 2달러에도 벌벌 떨어요.

글쎄…… 언젠가 한번은 밥을 먹고, 1달러짜리 몇 장을 식탁에 놓고, 막 나가려다가 두 장을 도루 주머니에 후딱 집어넣지 않겠어요? 순간, 얼굴이 화끈거리며 가슴 한복판에 면도날이 스윽 지나가는 듯한 통증이 온몸에 퍼졌어요. 벤츠 600을 타고 다니는 남자가 그게 할 짓이에요? 아휴— 창피해.

그렇게 자린고비 노릇을 하면서도 가족이 먹는 음식에는 돈을 정도 이상으로 많이 들여요. 전혀 아끼지 않아요. 냉장고도 항상 꽉꽉 채워놓아야 하고요. 아들 교육비도 전혀 아끼지 않지요. 또한 그 비싼 보석들을 나한테 사다 줘요. 폭력에 뒤따르는 선물이기는 하지만요. 미안해서이겠지요. 그땐 정말 진심이라고 나는 생각해요. 표현을 잘 못해서 그렇지, 나를 좋아하는 감정도 늘 마음 깊숙이 있는 것, 잘 알고요.

그런데도 입만 열면 타박을 주고 내 속을 긁어요. 그러니 내가 입을 다무는 수밖에요.

남의 얘기를 할 때도 그래요. 좋게 말하는 법이 없어요. 그리고 또 의심이 많아서 사람을 믿지 못해요. 나는 그와 반대로 사람을 보면 상대방의 좋은 점만 보여요. 또, 큰일이 닥쳐도 그리 지지고 볶지 않고 좋은 쪽으로 생각하지요.

항상 좋은 쪽으로만 생각을 하다가 어떤 땐 둔기가 정수리를 내리치는 듯한 아찔함이 전신을 감싸요. 세상일이란 지독하게 최악인 나쁜 일도 내게 닥칠 수 있다는…….

가족을 졸지에 다 잃는 불상사가 생긴, 바로 그 사건이에요.

동생이 공부를 잘하다 보니 동네에 사는 같은 반 친구를 많이 도와줬어요. 그 애 엄마가 그 사실을 알고 동생을 자기 집에 자주 불렀어요. 가정교사 비슷한 역할을 한 것이지요.

그날도 숙제를 한다며 그 집에 갔는데, 비가 내리는 늦은 밤인데도 오지를 않아, 두 분이서 마중을 나가셨대요. 캄캄한 밤에, 비도 오고해서 엄마 혼자 가시게 하는 것이 맘이 안 놓여 편찮으신 아버지가 따라나섰대요. 그런데 조금 못 가서 동생을 만나, 셋이서 우산 속에 뭉쳐서 길을 건너다가 그만 사고를 당한 거예요. 가로등도 없는 캄캄한 길이었는데 차가 미처 사람을 보지 못했고, 저의 가족도 차를 못 본 것이었어요.

세 사람을 한꺼번에 치고 차는 그대로 뺑소니를 쳐버렸어요.

그 밤에, 조금이라도 일찍 발견됐더라도 다 죽지는 않았을 거예요. 아니, 다 살았을 수도 있어요. 더구나 그날 밤에는 비가 억수같이 퍼부었다고 해요. 우산도 까만색이었고, 모든 상황이 다 안 좋았어요. 그렇게 밤을 지나고 새벽이 돼서야 지나가는 차량이 발견해, 겨우 병원에 실려 갔으니까요.

제가 소식을 듣고 미친 듯이 병원으로 달려갔을 때는 남동생과 아버지는 이미 숨을 거둔 후였고, 엄마는 아주 조금 의식이 있었어요. 엄마가 입을 달싹거리며 겨우 말씀을 하셨는데, 큰 트럭이었데요. 그리고 차가 헤드라이트를 안 켰데요.

"엄마가…… 엄마가, 미안해…… 어린 널…… 두고…… 어린 널 두고…… 아, 하느님…… 엄마가 미안 정말 미안……하……아…… 다……. 어린 너를 고생만 시키고 가는구나……. 사랑…… 해…… 에……."

엄마는 "미안하다."는 말만 되풀이하시고는 끝내 숨을 거두셨어요. 내 손을 꼭 잡고 숨을 거두셨어요. 밤새 피를 너무 많이 흘리셔서 회생불능이었죠.

나는 엄마를 붙들고 발버둥치며 통곡을 했어요.

"엄마, 엄마, 죽으면 안 돼. 이대로 죽으면 안 돼요. 평생을 고생만 하셨는데…… 이렇게 가시면 나는 어떡하라고…… 내가 엄마 편히 모시려고 했는데……."

그리고 그만 정신을 잃고 말았지요.

오랫동안 퇴원을 못 하고 정신과 치료도 받았어요. 인간으로서는 더 이상 겪을 수 없는 큰 시련을 저는 죽음을 넘어서서 극복했어요.

공장 강 사장님의 배려가 가장 큰 힘이 되었어요. 살아갈 의욕을 완전히 상실한 저에게 재생의 길을 터주신 거예요. 이번 일로 인해 제 사정을 아신 사장님께서 저를 친딸처럼 돌봐주셨고, 병원비용을 다 내주시고, 몸이 너무 쇠약해진 것을 아시고는 공장 노동일에서 사무실 일로 옮겨주시기도 했어요.

사무실로 옮겨와서는 컴퓨터부터 배웠는데, 그 일이 제 적성에 맞는 것 같았고, 또 참 재미있었어요. 계속 성실하게 일해서 은혜를 갚아야 하는데, 사업차 우리 회사에 온 남편이 저를 보고 홀딱 반하는 바람에 결혼을 하고 말았어요. 물론 강 사장님께서 적극적으로 결혼을 추진해 주셨죠.

제 가족을 순식간에 앗아가버린 그 뺑소니차는 영원한 미궁 속으로 숨어버렸어요. 이미 20여 년에 가까운 세월이 흘렀네요. 뺑소니차의 운전사는 그동안에 어찌 살았을까요? 보나마나 지옥 속에서 헤매고 다녔을 게 뻔해요. 지금이라도 나타나면 지옥을 벗어날 수는 있지 않을까요?

그러나, 나타난다 하더라도 제 가족이 살아 돌아올 수는 없지 않습니까?

그 억울한 사연이 얼마 전에 텔레비전에 방영이 됐었어요. 강 사장님이 설립하신 주성장학회가 '사랑은 희망을 싣고.' 라는 프로그램에 소개되면서 사장님이 출연을 하셨는데, 거기에서 제 이야기가 언급이 됐어요. 장학회가 설립된 동기가 바로 저였고, 또 저의 가족이 교통사고를 당한 이야기도 자세하게 설명을 하시더군요.

주성장학회라는 명칭은 강 사장님 아버지의 이름을 따서 지어졌다고 해요. 강 사장님 아버지께서는 자수성가하신 분으로 일찍 아내를 잃고도 재혼을 안 하시고 아들 셋을 훌륭하게 키우셨대요. 형님의 아들 둘까지도 공부를 시켰다고 해요. 사람은 배워야 산다는 아버지의 말씀을 늘 마음에 새기고 있다가, 마침 가난하여 중학교도 못 나온 저를 곁에서 보고, 처음엔 두 명의 공장 직원에게 학비를 지원한 것이 주성장학학회로 발전을 한 것이라네요.

저는 그때 이 프로그램을 보면서 문득 그 뺑소니차의 운전사가 생각났어요. 살아 있다면, 어느 하늘 아래에선가 그도 지금 '사랑은 희망을 싣고'를 보고 있을지도 모른다는……

눈 깜짝할 사이에 생사가 판결나는 세상사예요. 인간의

생명이 언제 어찌될지는 아무도 몰라요. 그러니까 주어진 날까지는 최선을 다해 살아야 하겠지요. 꼭 좋은 사람으로 살아야 해요. 하루 빨리 남편에게는 변화가 있어야 해요.

환경이 너무 열악하여 성격이 그리 형성이 된 것, 잘 알아요. 그리고 와이프한테 화를 내고 소리를 지르는 것도 왜 그런지 잘 알아요. 대놓고 말은 안 하지만 남편에게는 의처증이 있어요. 워낙에 남을 믿지 못하는 성격에서부터 파생이 되었겠지만, 나한테 손찌검하는 것은 완전히 의처증 때문이에요.

남한테 말은 못 하고, 의처증에 대한 글을 여기저기서 찾아 읽어봤는데, 중증 남자는 정말 무섭더라고요. 한데 남편은 중증 같지는 않아요. 내가 가족을 잃은 사고로, 전문의한테 계속 치료를 받은 것처럼, 남편도 전문가한테 상담을 받으면, 서서히 좋아질 것 같은 생각도 들어요. 그러나 남편한테는 그런 소리가 씨도 안 먹힐 게 뻔해요. 자기를 미친놈 취급한다고 진짜 미쳐버릴지도 몰라요.

언뜻 제이슨 엄마가 떠오르네요. 그녀에게 먼저 상의를 해볼까 하고…….

크리스 반에 한국애가 딱 한 명이 더 있는데, 그 애가 제이슨이에요. 제이슨 엄마는 미국에서 학교를 나온 여자예요. 공부 많이 한 여자는 어딘가 내 친구들하고는 다른 것 같았어요. 뭐라고 딱 꼬집어서 표현하기가 어려운데요…… 그런 분을 고상하고 교양이 있는 사람이라고 하나요?

제이슨 위로 형이 둘이나 있는 것을 보면, 나보다도 10년 정도는 위일 것 같은데, 꼭 존댓말을 써요. "말씀 낮추세요." 하고 말한 적도 있지만 그녀는 말을 낮추지 않아요.

언젠가 얘기 중에 나는 집이 가난해서 중학교도 못 나왔다는 말을 한 적이 있어요. 물론 놀랐을 거예요. 남편이 투자전문회사 사장인 사실도 알고, 크리스가 특별히 뛰어난 것도 아니까요. 그런데 지극히 편안한 표정으로, "아―, 네―." 하고 말끝을 약간 올리더니, 얼른 말머리를 돌려, "아들은 엄마 머리 닮는다는데, 크리스 어머니 머리가 굉장히 좋으신가 봐요." 그러지 않겠어요?

그 후부터는 더 가까이 지내게 되어, 제가 사고로 가족을 잃은 얘기며, 크리스 아빠가 미군 장교에게 입양이 되어 크리스의 라스트 네임이 스미스가 된 얘기까지도 하는 사이로 발전을 했답니다. 속에 있는 이런저런 얘기를 다 털어놓고 보니, 천애고아인 나에게 언니가 생긴 것 같아, 정말 좋아요. 정말 언니 같아요.

그래서…… 먼저 제이슨 엄마와 상의를 해도 될 것 같은 판단이 든 거예요. 이 순간은 용기 있는 여자가 되어 있지만, 남편의 폭력을 주위에서 아는 것을 나 자신도 용납 못 하는데, 과연 실행에 옮길 수 있을까요? 남편의 손찌검을 끝장내야겠다는 생각은 하면서도 어떻게 해야 할지를 모르는 나······.

내가 나를 생각해도 너무나 답답해요. 나라는 인간은 혼자서는 아무 결정도 못 하고, 또 혼자 살아갈 수도 없는 여자 같아요. 10년이나 바보가 되어 산 것도 그렇고요. 모든 것이 내 능력 바깥이라는 사실이 참 슬픕니다. 내가 중학교도 못 나와서 그런가 하는 생각이 후딱 들기도 합니다.

사실, 공장에 다닐 때, 검정고시를 봐서, 야간 고등학교에 다녔으면 좋았을 터인데, 나는 미처 그런 생각을 못 하고 그저 미련하게 일만 했어요. 책에서 자수성가한 사람들의 고학한 얘기를 읽은 적이 있는데, 그때 나는 그 개척정신이 너무나 놀라웠어요. 그러니까 나한테는 나 자신을 위한 꿈이 없었던 겁니다. 꿈이 뭔지도 모르고 산 시절이었지요.

지금 와서 돌이켜보니 아버지 어머니 편하게 살게 해드리고, 동생 대학 공부 시키는 것이 내 꿈이 아니었던가 하는 생각이 드네요.

이럴 때, 동생이 곁에 있다면 얼마나 좋을까요? 누나의 든든한 버팀목이 되어 내 처지를 다 알고, 잘 해결해 줄 것 같아요. 하늘나라에서라도 누나에게 지혜를 주었으면 좋겠어요.

갑자기 머릿속에서 번개가 번쩍합니다.

아! 내가 제이슨 엄마를 떠올린 것이 혹시 동생이 준 지혜가 아닐까? 그렇지? 동생 대신에 언니가 생긴 거지? 맞아. 맞아. 그래. 그래! 제이슨 엄마한테 터놓고 고백을 하자. 남편의 폭력을……. 그리고 조언을 구하자. 갈팡질팡하지 말고 마음을 굳게 먹고 밀고 나가자.

아! 이제야 숨통이 트이며 속이 뻥 뚫리는 것 같아요.

요즘 남편 사업이 부진해 보이는데, 어떻게 하면 그에게 격려가 될지 그 문제도 의논해 보자. 물론 나한테는 일체 말 안 하지만 다른 데에서 다 표시가 나요. 남편은 지극히 단순해서 척…… 하고 절대로 포장을 못 하는 성격이거든요.

사업이 부진하면 어떻습니까? 이 큰 집 팔아서 작은 집으로 옮겨 오손도손 살면 되잖아요, 고급차도 다 팔아버리고…… 이 기회에 남편이 돈보다 소중한 것이 무엇인지를 알 수도 있지 않겠어요?

아주 망해서 빚더미에 올라앉는다고 하더라도 위기가 기회가 될지 누가 압니까? 올데갈데없이 되면 나한테 보석이 있잖아요? 어디 렌트로 가서 둘 다 잡을 구하면 뭔들 못 하겠어요? 거기에 행복이 기다리고 있을 줄 누가 알아요?

남편이 사다 준 보석들, 내가 계획하는 바가 있으나 우선 급한 불부터 꺼야 되겠지요? 실은, 그 보석들을 주성장학회에 기부하려고 계획하고 있었어요.

그리고 남편이 정년퇴직한 후에는 미국 생활을 정리한 다음, 주성장학회에 재산을 기부하고, 한국에 영주하는 것이 제 바람이에요.

크리스도 그때는 이미 대학을 졸업할 즈음이니, 졸업한 다음에는, 한국에 나가서 조국을 위해 기여하는 일을 했으면 좋겠어요. 그리고 주성장학회 꿈나무들과 친구가 됐으면 좋겠어요.

본향으로 돌아간다고나 할까요? 내가 태어났고, 부모님과 동생이 잠들어 있는 곳…… 아, 본향이라는 말은 제이슨 엄마가 가르쳐 주셨어요. 고향보다 더 깊은 뜻을 가진 말이라고 하데요. 어려운 건 잘 모르지만, 나는 평화와 행복이 있으면 그곳이 바로 천국이라고 생각해요. 어릴 적, 집이 너무 가난했지만 그땐 그때대로 나는 천국에서 살았어요.

이제는 남편과 아들, 이렇게 세 식구가 기쁨을 듬뿍 안고 평화와 행복이 깃드는 본향으로 돌아가려는 거지요. 본향에 가서, 내 능력껏 남을 돕고 살 수 있다면 얼마나 좋을까요.

이렇게 마음을 굳게 먹은 바로 그 다음날이었어요. 예기치 못한 기적 같은 일이 일어났어요. 전혀 예기치 못한 일은 아니에요. 나 혼자 꿈을 꾸어본 적은 있으니까요.

아버지, 어머니, 동생……. 생각만 해도 눈물이 앞을 가리는 제 가족의 생명을 앗아간 뺑소니차가 나타난 거예요. 뺑소니차 운전사의 아들한테서 편지가 온 것입니다. 강 사장님으로부터도 전화가 왔구요.

《…….

아버지는 오직 저 하나를 위해 사신 분입니다. 죽을죄를 짓고도 인간다운 처사를 못 한 것도 다 저 때문입니다. 그때 제가 열 살이었다고 합니다. 아버지가 자수하면 감옥에 가야 하니, 저는 보육원으로 가는 수밖에 없었겠지요. 어머니는 제가 다섯 살 때 돌아가셨기 때문입니다. 암으로 돌아가셨는데 너무나 가난해서 약도 제대로 못 썼다고 해요.

자수를 할 경우는 아들이 고아원으로 직행해야 한다는 슬픔보다는, 제가 그 짐을 평생 지고 가야 하는 걱정이 앞섰다고 합니다. 어쨌든 사람을 셋이나 죽게 했잖습니까? 살인자의 아들로 낙인이 찍혀 세상 살아가면서 받을 불이익, 그리고 제가 겪어야 하는 고민…… 환경도 열악한데 아들이 사람 대접받고 살기가 어렵겠다는 판단이 서서, 자수를 못 했다고 합니다. 사고 당시, 아버지는 세 사람인지도 몰랐는데, 신문기사를 보고야 아셨다고 합니다. 그리고 딸이 하나 있다는 것도요.

별의별 상상을 다 하셨다고 해요. 열 살짜리 아들이 거지가 되어 배가 고파 쓰레기통을 뒤지며 이리저리 떠도는 모습까지 떠올라……. 도저히 자수를 못 하신 거였어요.

"애비라는 인간이 아들 인생을 망치게 할 수는 없었다. 참으로 괴로웠다. 난 계속 지옥을 헤매고 다녔다."

아버지께서 눈물을 흘리시며 하신 말씀입니다.

제가 생각이 나요. 가끔 아버지께서는 술을 드시며 펑펑 우시곤 하셨어요. 그땐 몰랐는데, 그게 다 사고를 낸 괴로움 때문이었던 것 같습니다.

그간에 저 하나만을 정성을 다해 키우면서, 제가 어른이 된 다음에는 수소문해서 사모님을 꼭 찾아 사죄하리라 굳게 다짐을 하셨답니다.

그런데 얼마 전에 텔레비전에서 '사랑은 희망을 싣고'라는 프로그램을 보다가 깜짝 놀라셨다고 합니다. 거기서 사모님의 현황을 알게 되셨다고 해요. 천애고아가 되어 늘 고생하는 생각만 들어 괴로웠는데, 훌륭한 기업가와 결혼을 하여, 미국에서 행복하게 잘 살고 있다는 소식을 듣고 너무 기뻐서 눈물을 흘렸다고 합니다. 기쁜 일이 있다면서 펑펑 우신 바로 그날이었나 봐요.

강 사장님이 부모처럼 도와준 사연도 알게 되어, 그때부터 그 장학회에 작은 액수이나마 매달 기부를 하셨답니다. 물론 익명으로요.

제가 모든 사실을 알게 된 것은 한 달 전이었습니다. 이제는 얘기를 할 때가 되었다면서 아버지께서 평생을 괴로워하신 사연을 제게 들려주신 것입니다.

참으로 이상합니다. 신의 계시가 있었던 걸까요? 아버지께서는 그날 밤에 심장마비로 돌아가셨어요. 감옥에 갈 것을 각오하시고 하루빨리 사모님을 뵙고 꼭 사죄를 하고 싶으시다는 말씀까지 하셨는데 말입니다. 그러나 시간은 하루도 기다려주지 않았습니다.

지옥에서 벗어나 천국의 문앞에 서셨지만 아버지는 그만 운명하시고 말았습니다. 아닙니다. 아마도 지상의 천국 너머에 있는 천상의 천국으로 가셨을 것입니다.

올해, 제가 서른이 됐습니다. 다행히 아버지의 희생에 어긋나지 않고. 국비장학생으로 의과대학을 졸업하고 지금 서울대학병원에서 레지던트로 일하고 있습니다.

아버지의 뒤를 이어서 앞으로 제가 주성장학회의 후원자가 될 것입니다. 그리고 공장직원들의 주치의가 되어, 그들에게 자신감과 희망을 심어줄 것입니다. 아버지께서 제게 당부하신 말씀입니다.

…….》

그리고 마지막에는 곧 찾아뵙겠다는 말이 적혀 있었어
요.

눈물이 났어요.

"열 살짜리 아들이 거지가 되어 배가 고파 쓰레기통을
뒤지며 이리저리 떠도는……."

이 대목에 가서는 그만 흑흑 흐느끼고 말았어요.

남편도 울고 있었어요. 정말이지 남편이 우는 건, 생전
처음 봤어요. 자신이 딱 그 나이에 고아가 되었잖아요?

그가 쑥스러운 듯 눈물을 닦으며 작은 소리로 말했어요.

"나도…… 좀 낼까? 그 장학금 말이야……."

"뭐라고요?"

나는 깜짝 놀라 제 귀를 의심했어요. 잘 못 들은 줄 알았
거든요. 갑자기 눈앞이 밝아지면서 희망의 무지개가 떴어
요. 먹구름이 걷히니까 무지개 고운 색깔이 영롱하게 보이
네요.

먹구름이 걷히니까……. 〈*〉

꿈꾸는 우리 가족
작가 노트

실은 이 작품, 처음엔 아이의 시점인 「탈출을 꿈꾸는 아이」 한 편으로 끝냈었습니다. 집이라는 울타리 안이 지긋지긋한 아이의 심정만으로……

그리고 글벗동인들께 이메일로 올려, 의견을 주고받는 중에, 이 소설을 아빠의 시점으로, 또 엄마의 시점으로도 써서 3부작을 만들어 보면 어떻겠냐는 조언이 나왔어요.

애초에 저는 그런 생각을 전혀 못 했는데 듣고 보니 금세 공감이 갔어요. 가족 개개인이 자기는 자기대로 분명히 할 말이 있지 않겠어요? 사람 사는 세상이 다 그렇듯이 똑같은 사물을 두고도 보는 눈에 따라 다를 수 있으니까요.

곧바로, 상상의 나래를 한껏 펼쳐 가면서 1부에 어울리게 2부, 3부의 구상을 시작했지요. 의외로, 그리 어렵지 않게 줄거리가 잡혔습니다. 전쟁의 상처와 비극적인 가족사의 현실을 갖다 붙이니, 문장도 막히지 않고 술술 잘 풀려 쓰는 것이 재미가 났습니다. 제 자신이 봐도 아주 괜찮다는 생각이 들었어요. 제3자의 조언이 참으로 중요하다는 것을 새삼 깨닫게 되었고요.

그리하여, 삼부작인 「꿈꾸는 우리 가족」이 탄생하게 되었습니다.

그런 중에 아내를 만났습니다.

아내는 우리 두메산골에서 아이들을 가르친 초등학교 선생님이었어예.

나무꾼과 선녀…… 그 기적이 내게 이라진 거라예.

더구나 딸을 얻었을 때는 그 행복이 절정에 달했다 아입니까.

그리고 딸 덕에 미국에까지 오게 된 깁니다.

늘 아내를 가슴에 품고 살았지만

요즘은 나이가 들어가는 탓인지 아내 생각이 더 절절합니다.

아내는 우찌 됐냐꼬요? 묻지 마이소.

벌써부터 눈물 날라 캅니다.

이따 천천히 얘기할게요.

콩밭떼기 만세

1. 미국 사돈과 무공해 인간

제 이름은 '밭떼기' 올시다. 울 엄마가 밭매다가 나를 낳았답니다. '밭에서 얻은(得) 아이' 다. 그래서 '밭득이', 유식한 동네 어른은 문자를 써서 전득(田得)이라고 부르기도 하시는데, 마을사람들은 '찐드기' 보다는 '밭드기' 가 부르기 좋다며, 그냥 '밭떼기' 라고 부르지요. 그러니까, 울 엄마는 부엌데기, 나는 밭떼기…….

갱상도 저— 두메산골 구석에서 일어난 일입니다.

울 엄마가 밭매다가 갑작스레 진통이 와가꼬, 고만 내가 세상바깥으로 티이나왔다 아입니까. '티이나왔다' 는 표현이 얼라 낳는 거하고는 여엉— 안 어울리지마는 내한테는 딱이라예. 보통 아낙들은 죽을똥 살똥 배가 아파 열 시간 이상이나 뒹굴다가 얼라를 낳는다 카드마는, 내는 순식간에 쑥 나와삐맀다 합디다.

그라이 마, 내는 태어날 때부터 효자인기라, 효자.

아, 내 성씨는 공가올시다. 우리 아부지 조상이 공자님이었는지 성이 공가라네요. 미국 사람들은 아무리 알켜 줘도 '콩'이라고 부릅니다.

"하이, 미스터 콩!"

그라고 이름도 '버트'라고 불러요. "버트 콩" 하구요. 밭떼기는 어렵다고 버트라고 부르겠다기에 그러라고 했어요. 실은 내가 버트 랑카스타 이름은 알거덩요. 내가 제일 좋아하는 배우랍니다. 근육에! 남성미에! 직입니다. 직여요.

내 자랑하기가 좀 낮간지럽기는 하지만…… 사실은, 내도 남성미가 넘쳐요. 지금 이 나이에도 주먹을 불끈 쥐고 팔에 힘을 팍 주모요…… 알통이 툭툭 불거져 나와요. 그러니까, 버트란 이름이 내한테 잘 어울린다. 그 말씀입니다. 얼굴은 그 반에 반도 못 따라가지만요.

나는 지금 미국 엘에이라 카는 도시, 코리아타운에 살고 있습니다. 한국 사람들과 더불어 살고 있지만, 미국 사람들을 만나야 되는 일도 있습니다.

아마도, 울 어머니가 나를 나으신 데가 콩밭이 아니었나 싶기도 하네요. 그래서 나는 「칠갑산」이라는 노래를 들으

모 나도 모르게 눈물부터 납니다. 왜 있잖아요,

'콩밭 매는 아낙네야, 베적삼이 흠뻑 젖는다.' 하는…….

그라니까네, 내가 태어난 바닥부터가 푸른 들판이었다는 기지요. 아무런 공해가 없는 자연 그대로의 푸른 들판……!

이건 나중 얘기이지만 나를 '무공해 인간'이라고 이름 지어준 분이 계십니다. 내가 존경하는 장로님입니다. 무공해 인간! 그래서인지, 나는 한팽생을 초원을 누비며 살아 왔습니다.

한국에서는 밭떼기 농사꾼, 미국 와서는 마당쇠 가드너로 자연을 즐기며 훨훨 날아 댕겼다 아입니까. 요새는 마, 느즈막에 팔자에 없는 골프를 배워 가꼬 또 풀밭에서 놀고 있네요.

그런데 울 아부지는 내가 태어날 때부터 없었습니다. 내가 세상에 나와 보니 벌써 안 계시데예. 죽었다 카데요.

그러니까니 나는 유복자라예. 한데 그만 울 엄마까지 내가 일곱 살 때 죽어뿌렸으니, 내 신세가 우찌 됐겠습니까?

다행히 엄마가 식모살이하던 집에서 나를 거둬줘서 결혼할 때까지 그 집에서 살았지요. 머슴살이였으나 따뜻한 밥 맥이 주고 입히 주고 재워주며 잘해줬어요. 초등학교까지 학교도 보내주고요. 지금 나이가 70이 넬 모렌데도 어릴 적 기억이 우찌 이리 생생한지 놀랠 지경이에요.

그 집은 동네에서 존경받는 이장님 댁이었어요. 이장님도 사모님도 나를 이뻐해 주고, 또 동네 어른들도 내 칭찬을 많이 해줬어요. 다들 참 좋은 사람들이었지요. 내가 부모 복은 없어도, 인복은 억수로 많았던 거 같습니다. 남이 보모 우라지게도 불행한 팔자라 하겠지만, 나는 그때 행복했어요.

돌을 씹어 묵어도 거뜬한 건강을 타고나, 기운도 무지 쎄서 동네 궂은일은 내가 다 해치웠답니다. 또 성실하게 열심히 일하며 매사에 최선을 다하다 보니까, 남한테 도움도 되고 해, 내 자신도 뭔가 입이 째지게 좋아 싱글벙글할 때가 많았거덩요.

그런 중에 아내를 만났습니다. 아내는 우리 두메산골에서 아이들을 가르친 초등학교 선생님이었어요. 나무꾼과 선녀…… 그 기적이 내게 이라진 거라예. 더구나 딸을 얻었을 때는 그 행복이 절정에 달했다 아입니까. 그리고 딸덕에 미국에까지 오게 된 겁니다.

늘 아내를 가슴에 품고 살았지만 요즘은 나이가 들어가는 탓인지 아내 생각이 더 절절합니다. 아내는 우찌 됐냐꼬요? 묻지 마이소. 벌써부터 눈물 날라 캅니다. 이따 천천히 얘기할게요.

이렇게 이산 저산 아리랑 고개는 다 잘 넘어왔는데, 이 나이에 그만 꼬부랑 고개에 딱 걸리고 말았습니다. 세상 편한 팔자가 된 요즘에 내가 여어—영— 쪽이 부글거려서 몬 살겠습니다. 꼴 뵈기 싫은 놈이 하나 생기서 골치가 아파요. 아파. 그레고리라는 놈 때문입니다. 내 사돈, 즉 내 딸의 시아부지라예. 물론 미국놈이지요. 내 이름의 원조인 버트 랑가스타 말고 내가 아는 배우가 딱 한 사람 더 있는데, 그 배우가 바로 그레고리 펙입니다. 근데 꼴 뵈기 싫은 놈이 왜 하필이면 내가 좋아하는 미남 배우 이름을? 에이 기분 나빠! 그레고리 펙한테 미안하게 시리…….

아…… 미안합니다. 사돈한테 '놈' 자를 붙여서요. 그놈, 그 새끼라고 부르모 딱 좋컸구만…… 이제부터는 그레고리라는 이름 넉 자만 사용하겠습니다. 젠장, 빌어먹을…… 나는 무식해도 예의는 지킬 줄 안다꼬요.

근데 그가 어찌나 날 무시하는지 웃깁니다. 웃겨요. 말은 몬 알아들어도 그 표정에 다 써 있거덩요. 얼굴을 찡그리고 비웃는 것이 역력히 표가 나요. 똥이나 밟은 거 맹키로 내만 보모 얼굴이 만발이나 일그러진다니까요.

촐리한테도 마찬가집니다. 촐리는 딸네가 키우는 강아지라예. 손자 녀석 둘이서 어찌나 좋아하는지, 진짜 가족이나 다름없는 개입니다. 그런데도 촐리가 옆에 얼쩡거리면 발로 툭툭 차면서 "고 어웨이. 고 어웨이." 하고 냅다 소릴 질러요. 절루 가라는 거지요.

그러니까 개도 그레고리를 좋아할 리가 있나요? 그를 보면 고개를 쓰윽— 돌리고 눈치를 보며 실실 피하지요. 하지만 내가 가모 꼬리를 흔들며 내 가슴팍까지 팔짝팔짝 띠이오르면서 좋아해요. 그러면 나는 촬리를 덥석 안아주지요. 한 번은 그레고리가 질색을 하더라꼬요. 균 묻는데요. 균, 균, 뱅균 말입니다.

그렇게 건강관리를 잘 하는데 지는 와 그리 비리비리 합니까? 그레고리는 키만 훌쩍 컸지, 삐삐 말라 가꼬 내가 손가락으로 툭 건디리기만 해도 아마 픽 쓰러질 겁니다. 젠장, 상상만 해도 쏙이 씨언하네요. 밥도 아주 쬐끔밖에 안 먹어요. 우찌나 입이 짧은지, 하도 깨작깨작해싸서 남도 입맛 떨어지게 해요.

어떤 땐, 어디 아프지 않나 하는 생각도 들어요. 몸 건강이 안 좋으면 사는 게 힘들고, 만사가 구찮으니 정신 건강도 자연히 나빠지지 않겠어요? 그러니까 사돈이라는 작자도 맘에 안 드는 거지요.

고아에, 초딩에, (초딩이라는 건 요새 배운 말입니다. 아— 들이 초딩, 중딩 고딩, 그라데요.) 평생을 노동이나 치고 살았으니 말입니다. 사람 무시하는 못돼먹은 있는 것들에게는, 나 같은 거 충분히 무시당할 대상이 되지요. 거기다 영어도 빵점이고요.

　그레고리가 날 무시하는 첫째 이유는 내가 영어를 몬 하기 때문인 거 잘 압니다. 아예 앞에 대놓고 무시해요. 한번은 그럽디다.

　"미국 온 지가 10년이 넘었는데 너는 왜 그리 영어를 못하냐? 유 언더스탠? 유 언더스탠?" 하고 두 번, 세 번 반복을 하면서 알아들었냐고 확인을 하는 거예요.

　꼭 죄인 취조하듯이 눈 똑바로 뜨고 내 얼굴에 시선을 쏘지 않겠어요? 내 참 기가 맥히서…… 친한 친구 사이에도 이런 말은 삼가야 예의 아닌가요? 사돈한테 이기 오데할 말입니까? 내가 말을 쫠쫠 몬 해서 그렇지, 무슨 뜻인지 대충은 때려 잡거덩요.

　그때는 아무 말도 몬 하고 어떨 결에 벙어리 모양 넘어갔으나, 집에 와서 가마이 생각하니 부아가 치밀어 미치겠더라꼬요. 한국말로라도 퍼부어 줬어야 하는 긴데 말입니다. 지금에야 생각이 나네요.

　'와? 내가 영어 몬 해서 니가 머어— 손해 본 거 있나? 내는 영어 몬 해도 하나토 불편한 거 없다이. 잘만 살고 있다꼬. 인심 좋고 물 좋은 한국 타운에 살고 있고, 또 길만 건너모 마켓이고, 식당이고, 안경점이고, 병원이고 간에 없는 기 없다꼬. 또 한국 사람들이 운영을 하니 영어 잘해도 영어 쓸 일도 없다 아이가. 그라고…… 니하고 내하고 무신 할 말이 그리 있겄노? 내는 영어가 필요 없는 사람이라꼬. 우리는 요오…… 엘에이를 뭐라 카는지 아나? 대한민국 서울시 나성구라 칸다.'

아 참, 자랑도 좀 해야 되겠지요?

내는 말이다. 영어는 몬 해도 봉사는 마이 하고 산다. 차 없는 노인네들 내가 다 모시고 댕기면서 편리도 봐주고 그란다 아이가. 가마이 본께 니는 물도 한 잔 니 손으로 안 떠다 마시데…… 마누라가 머어— 니 종인 줄 아나?

그라고 니, 내 골프 치는 거 알제? 내 골프 점수가 울맨지 아나? 니가 들으모 너무 놀랠 끼라 말 안 할란다.

사실 골프 치는 거. 이제 막 시작해서 겨우 재미가 붙었지만 점수는 엉망입니다. 그러나, 사람 무시하는 것들 앞에서는 뭐든지 잘하는 처억— 해야 해요. 노인네들 모시고 댕기는 것도 하나토 자랑 아입니다. 한 아파트에 살고, 시간도 있고 하니 마땅히 도와드려야지요. 하지만 그레고리 같은 인간 앞에서는 이런 말도 하며 한 번 뻐기 보는 거지요.

그러면 그는 아마도 "스피커 잉글시쉬 스피커 잉글리쉬." 그럴 겁니다. 그람은 내는요— 이리 말할 낍니더.

"니 지금 머라 켔노? 스피커 잉글리쉬? 스피커 잉글리쉬? 내 영어 몬 한다꼬 니 입으로 니가 말해노코 그기 무신 소리고? 금세 니가 한 말도 기억을 몬 하나? 니 치매 걸렸나?"

갱상도 악세트를 아주 강하게 넣어서 해대모 그가 놀래 자빠지겠지요?

아이구— 해대모 안 돼요 안 돼. 딸한테 영향을 끼치면 안 되니까요. 말은 쎄게 해도 표정은 부드러워야 합니다. 그리고 싸악 웃고요. 좋은 소린지 나뿐 소린지도 분간을 몬 할 정도로 마이마이 웃으감서 얘기해야 돼요. 딸이 들으모 안 되니까, 딸 없을 때, 딱 기회를 잡아서 그럴 낍니더.

내…… 참…… 도대체 이노무 영어가 뭐길래 내가 이리 사돈한테 창피를 당해야 하나요? 그렇지만 이기 다 내 탓인 거 압니다. 미국에 살라 카모 영어를 해야지요. 아암, 해야지요. 아무리 영어가 필요 없다꼬 자신을 위로해도 미국에 사는 이상, 좔좔 말은 몬 해도, 영어는 할 줄 알아야지요.

근데 그기 오데 맘대로 되나요? 내같이 무식한 놈은 두 번 죽어도 그기 안 돼요. 그래도 불편 없이 잘 살고 있으니 그냥 이대로 살랍니다. 행복은 지 맘에 있다 안 캅니까. 젠장…… 주눅 들어봤자 내만 손해지요.

그라고 또…… 내가 팽생을 노동 치고 살은 것도 은근히 무시하는 것 같아요. 노동은 신성한 직업 아입니까? 언젠가 목사님이 그런 말씀을 하셨습니다. 꼭 나한테 하는 말 같았어요. 감동을 받고 위로와 격려를 받아, 안 잊어 묵고 있지요.

'지식과 지혜는 다른 것이다. 학교를 못 다니고 가방끈이 짧다고 해서 삶의 지혜가 없는 것은 아니다. 중요한 것은 삶에 대한 긍정적인 자세이다.'

처음에는 금방 몬 알아들었는데, 나를 덱고 댕기면서 가드너 일을 가르쳐 주신 분이 자세하게 설명을 해주었어요. 그분은 교회 장로님으로 교인들로부터 존경을 받는 훌륭한 분입니다. 여러 가지로 내가 참 많이 배웠어요.

내가 늘 많이 배워서 고맙다고 그랬더니, 한 번은 그분 말씀이 나한테서도 배울 점이 있다꼬 그러잖겠어요? 깜짝 놀랬습니다. 부끄러바서 혼났어예.

그라고 내 보고 세상 때가 묻지 않은 무공해 인간이라 그랬습니다. 내가 놀래서, 팽생을 흙 파고 살았는데요? 그러니까 장로님 말씀이 그기 아이고 마음이 깨끗하다는 말이라고 했습니다. 그리고 내보고 참 순수하다 캅디다. 정직하고 성실하다면서 칭찬도 마이 해주었어요.

내가 태어난 곳도 푸른 들판이고, 농사꾼에다 가드너에다, 이기 다 풀과 나무들과 연관이 있으니 무공해 인간이라 캐도 별 무리는 없겠다 싶네요. 아이쿠, 미안합니다. 이런 거를 자화자찬이라 카나요?

그날은 하루 쟁일 기분이 좋아서 싱글벙글했지요. 나도 쓸모 있는 인간같이 느껴졌기 때문입니다.

사위는 군인 장교입니다. 한국에 파견 나왔다가 피엑스에서 일하는 딸을 만나 홀딱 반한 거였어요. 사위는 한국에서 그리 오래 안 살았는데도 한국말을 곧잘 해요. 육군사관학교를 나온 다음에 그 우에 있는 대학원도 나왔답니다. 그러나 우리 딸은 대학을 못 갔어예. 빼가 뿌사지더라도 대학을 보낼라 캤는데, 딸이 안 갈라 캅디다. 고등학교 졸업하자마자 탁 취직을 해뿌렸다 아입니까. 인자는 지가 돈 벌어서 아부지 편케 해준다꼬요.

결혼식은 한국에서 미팔군 외교구락부에서 올렸는데, 그때 사돈이 왔었어요. 사돈도 내처럼 부인이랑 사별을 했답디다. 근데, 이름 그대로 진짜 그레고리처럼 잘생겼었어요. 그때가 한 15년 전쯤이었어요 그런데 사람이 그동안에 우찌 그리 변할 수 있습니까? 아주 폭삭 늙어뻐려 완전 딴 사람이 돼버렸지 뭡니까?

내가 미국에 첨 왔을 때, 그레고리는 일본에서 살았어요. 거기서 유명한 회사 높은 사람이었다 카데요. 공부도 마이 해서 무신 박사라 캅디다. 아주 똑똑하고, 일을 잘해서 일본회사에서 뽑아간 거라네요. 그리고는 한 일 년 전에 정년퇴직을 하고 미국 집으로 온 겁니다. 무신 복인지 둘째 마누라는 잘 만났습디다. 남편 옆에서 모든 시중을 다 들어 주더라꼬요. 물도 한 잔, 지 손으로 갖다 마시는 걸 못 봤다니까요.

안사돈은 일본 여자입니다. 일본에서 재혼을 했다는군요 키가 자그마하고 얼굴이 동그랗고 하얀 게 한국 여자하고 똑같이 생겼습디다. 일본 여자들이 남편한테 그리 잘한담서요?

그러니까, 아들이 결혼하고 나서, 곧 일본으로 가고 또 재혼도 하고 그랬네요. 뭐가 연때가 척척 잘 맞았네요. 이런 말 하모 사위한테는 미안하지만, 그래도 지가 좋아하는 여자, 아무런 부모 반대 없이 결혼에 꼴인했으니 잘된 거 아닌가요?

한국 사회 같으모 우리 딸, 상대방 부모한테 아마 디기 당했을 겁니다.

미국 온 다음에는 한국 테레비를 즐겨 보는데, 드라마 본께 자식 결혼 반대가 우찌나 판을 치는지 장난이 아입디다. 여기는 엘에이이지만 한국하고 똑 같아예. 딸이 디렉티비라는 거를 넣어줬는데, 하루 스물네 시간 내내 방송을 해요. 그것도 채널이 무지 많아요.

하여튼 자식 결혼에 부모가 딱 붙어 가꼬 감나라 배나라 하면서 오망가지 간섭을 다 하데요. 자식이 좋아서 죽고 몬 사는데, 부모가 와그리 반대를 해요? 아주 죽기살기로 반대를 합디다. 상대방을 불러 앉히 놓고 "야! 니까짓 게 감히 내 아들을 넘봐? 좋은 말, 할 때 내 아들한테서 떨어져!" 하고…… 좋은 말은커녕, 목에 핏대를 세워감서 온갖 폭언을 퍼부으면서 그랍디다.

반대하는 조건은 말하나마나 뻔하지요. 누구는 머어— 그리 되고 싶어서 그리 됐겠어요? 더구나 요즘 주위를 둘러보니 외국 사람하고 결혼한다 카모 부모들이 거의 다들 반대하데예. 물론 사람 나름이겠지만요. 인종 차별은 한국 사람이 미국 사람보다 더 하는 거 같아요.

한 가지 기막힌 사실이 있습니다.

사위 여동생이 선교사인데, 아프리카로 파견 나갔다가 거기서 그만 원주민과 사랑에 빠졌던가 봐요, 그것도 아무것도 볼 거 없는 뱃사공하고요.

그 전직 뱃사공…… 진짜진짜 쌔까맙디다. 미국에서 흔히 보는 흑인들과는 영— 다르더라꼬요. 마, 기분이 참말로 묘하데예…… 그라니까 그 새까만 사람이 내하고 친척 아입니까? 가마이 보자, 우예 되노? 내 딸의 남편의 여동생의 남편…… 그라모 촌수가 우째 되는기고? 아무튼 친척인기라요, 친척!

그란데 가마이 보니까, 이 아프리카 친척이 우리 사돈하고, 그라니까 자기 장인하고 말이 통하는 기라요. 발음은 엉터리 같아 뵈는데 둘이 떠들고 낄낄 웃고 그라는 기라요. 우와 미치겠데! 나만 몬 하는 기라, 나만!

아, 망할 놈의 영어가 사람 죽이네!

사위 여동생은 대학까지 나왔다는데, 그 아프리카노는 별로 교육이 없다 카데예. 그래도 영어는 잘 통합디다.

가마이 있자, 그라모 이 집안이 우찌 되는 기지요? 아메리카 백인에, 코리아 한국인에, 제페니스 일본인에, 아프리카 흑인에…… 이거 원! 인종 박물관이 돼 삐렀십니다.

그래요. 그거 참 잘된 기라예. 우리는 섞이야 됩니다. 인종이 골고루 잘 섞이야 종자도 우수해지고 차별도 없어지지 않겠습니까? 풀도 나무도 그렇더라구요. 생판 다른 기 우찌 합해져 가꼬, 예쁜 꽃도 피고 맛있는 과일도 열립디다.

인생도, 자연도 참 희한합니다. 그 멋지고 예쁜 하얀 여자가 우락부락하고 못생긴 쌔까만 남자와 결혼을 했으니 말입니다. 생긴 것도 쌩판 다르고 등등, 정말 안 맞을 것 같은데, 가족하고도 잘 어울리고 또 아들딸 낳고, 잘 살고 있으니, 인연은 인연인 기라예. 선교사와 뱃사공……

우찌 본께 내 경우랑 참 비슷합니다. 선생님과 농사꾼……

언젠가 한 번은 장로님한테 선생님 얘기를 했더니, 그게 바로 숭고한 사랑이라 그랬어요. 숭고하다는 어려운 말도 장로님으로부터 배웠답니다. 장로님은 그렇게 좋은 말씀을 많이 해주셔서 늘 내게 힘이 됐습니다.

사실은 처음에, 우리 사위…… 딸보다 나이가 12년이나 위이라 좀 꺼려했어요. 그런데 딸이 좋다 카는데 우짭니까? '반대 반' 짜도 못 꺼내 보고 좋다좋다 캤어요. 이리 될라꼬 그랬는지 이상하게도 미국놈인 거는 별로 거부감이 안 듭디다. 근데 지금은 진짜로 좋습니다. 우리 사위 최고, 최곱니다.

그러니까니…… 가마이 참으라꼬요. 아니지요 당하고만 있으모 자꾸자꾸 더 무시해요. 한 번은 말할 겁니다. 싸아악— 웃으감서……, 때로는 할짝할짝 웃기도 하구요. 나는 다 참고 살아도 무시하는 거는 몬 참습니다. 내가 앞에서 못돼먹은, 있는 것들이라고 말했지만, 있다고 다 못돼먹은 건 절대 아입니다. 못된 것들이나 못돼먹었지…….

저—쪽 베블리 힐인가 뭔가 하는 동네는 진짜 있는 사람이 사는 데 아입니까. 집이 울매나 큰지 몰라요. 그런 집 주인들도 나한테 다 친절하고, 잘해줬어요. 절대로 무시 안 했어요.

목마르다고 사이다도 내다주고, 정원에 있는 오렌지며

레몬도 맘대로 따 가라고 그랬어요. 저 역시 최선 다해 열심히 일했고요. 잔디 깎고, 나무 다듬고 해서 정원 이쁘게 가꿔놓으면 꼭 내가 무슨 예술작품이나 맹글어논 거 맹키로 기분이 억수로 좋더라꼬요. 일이 재미있기도 하고 사는 보람도 느꼈어요.

주인들 인심도 좋았어요. 월급 마이 줌서 팁도 듬뿍듬뿍 줬지요. 연말에는 꼭 금일봉을 챙겨주고요. 내가 영어를 몬 해도 우린 다 잘 통했어요.

영어가 필요한 곳이 딱 한군데 있긴 있어요. 공공기관입니다. 그러나 딸이 일일이 덱고 댕기며 척척 처리를 해줍니다. 내가 딸 하나는 기차게 잘 두었습니다. 그기 다 아내를 잘 만난 덕 아니겠어요? 딸이 지 엄마를 쏙 빼닮았어요.

내 아내는 정말로 천사였어요. 내가 서른 살이 다 돼 갈 즈음에 산골 초등학교에 여선생이 하나 왔습니다. 부산 여잔데 교육대학 나오고, 산골 구석에 발령을 받아 온 거였어요. 참 부지런하고 희생적인 여자였어요. 낮에는 학교에서 애들 가르치고, 저녁에는 동네 어른들한테 글을 가르쳤어요. 산수도 가르치고, 우리나라 역사도 가르치고요.

특별히 노래를 참 잘했어요. 동네 어른들께선 노래 배우는 거를 제일 좋아했습니다. 동요를 가르치면서 흔히 알려진 우리나라 가곡들도 가르쳤는데, 그녀가 풍금을 치며 노래를 부를 때는 진짜진짜 천사였습니다.

무슨 인연인지 그 여선생이 내가 사는 이장 집에서 묵고 자고 했어요. 들판에서 홀로 피어 바람에 하늘거리는 하얀 코스모스 같은 여자였어요. 보호본능이 절로 우러나는 연약한 여자였지요.

그런데 하루는 새벽에 사모님이 나를 막 흔들어 깨우데요. 안절부절못하시고, 선생님이 열이 펄펄 끓으니 빨리 뱅원에 가야된다 카더라꼬요. 나는 선생님을 업고 죽기살기로 띠었습니다. 울매나 땀을 흘리는지 내 등이 다 젖었어요. 내 땀, 선생님 땀이 범벅이 됐겠지요.

폐렴이래요. 폐렴! 약한 몸에 너무 무리한 탓이었어요. 다행히 사모님의 정성이 하늘에 닿았는지 쉽게 회복을 했어요. 그라고 선생님은 집에 안 가고 산골에서 오래 살았어요.

근데 그만 나무꾼이 선녀를 사모하게 되는 불상사가 발생했습니다. 이를 우짭니까? 말도 안 되는 말인 거 잘 압니다만 그기 어디 맘대로 되나요? 선생님도 그랬어요. 내가 곁에 있으니 많이 의지가 된다면서 참 든든하다꼬요. 선생님은 내가 보호를 해주어야지 혼자선 세상 살기 힘든 여자였어요.

말도 몬 하고 혼자서 울매나 끙끙 앓았는지 몰라요. 그런데 실로 상상도 못 한 기적이 일어났어요. 선생님도 나를 좋아하고, 동네 사람들도 다 도와주어서 우리는 결혼을 하게 됐습니다. 꿈인지 생신지 공중에 붕 떠서 날아다니는 기분이었지요.

선생님 집에서 울매나 반대할까 하고 걱정도 마이 했는데, 다 무사 통과됐으니 나는 행운아인 게 틀림없어요. 선생님은 숨겨진 딸이었습니다. 어느 부잣집 혼외자식으로 태어났는데 아부지라는 작자는 거들떠보지도 않았대네요. 어무이는 일찍 죽었데요. 그래도 아부지 쪽에서 공부는 시켜줬답디다. 거기서 끝이라예. 결혼 때도 꼬삐기도 안 비쳤어요. 나한테는 그기 도리어 유리한 조건으로 작용을 했지요.

이장님은 이 밭떼기한테 밭떼기도 떼어주시고, 집도 한 칸 마련해 주었어요. 내 집, 내 땅에서 나는 최고로 행복한 결혼 생활을 시작했습니다. 아내는 애들 가르치고 야학도 계속했어요. 몸이 쇠약해 야학은 그만두었어야 했는데, 저녁에 야학 가는 재미로 산다는 그들을 마다할 수가 없었어요. 다들 "선생님! 선생님!" 하면서 그만두면 안 된다 안된다 했거덩요.

그러다가 결국은 폐렴에 걸려 세상을 떴십니다. 딸 하나 낳아 노코 그만 가뿌렸어요. 나도 탁 따라 죽을라 카다가,

갓난쟁이 딸 때문에 죽을 수가 없었어요. 딸을 위해 더 이를 악물고 살았습니다.

동네 사람들이 한창 젊은 남자가 우찌 혼자 살 끼냐꼬, 딸을 위해서라도 새장가를 들어야 한다꼬 했지만 어림없는 소립니다. 재혼할 생각은 한 번도 안 해봤습니다. 선생님이 평생 내 맘속에 살아 있는데, 우짭니까.

내 딸은 사모님이 키워줬어요. 동네 아낙 젖동냥에서부터…… 친손녀처럼 잘해줬어요. 이 은혜는 머리카락으로 신을 삼아도 다 못 갚습니다. 부모 없는 나도 거두어주시고 내 딸도 거두어 주시고요.

지금도 딸은 "할머니! 할머니!" 하면서 사모님을 무지 좋아해요. 두 부부가 여기 미국에 다녀가기도 했구요.

요즘은 그레고리를 통 볼 수가 없네요. 추수감사절 때도 아들네에 안 왔더라구요. 요시……!! 오기만 해봐라……! 하고 벼르고 있는데도 안 와요. 크리스마스 때는 오겠지요?

사실 딸은 이런 내 맘을 하나토 몰라요. 딸도 지 시아배가 아부지 무시하는 거 알긴 해요. 그러나 나는 아무 시랑도 안타꼬, 아부지는 괜찮타꼬 시침을 뚝 떼고 말을 하지요. 내가 고생하며 지 하나 키운 거 알고, 어찌나 아부지한테 신경을 쓰는지, 나는 그게 걱정이랍니다. 그냥 나몰라라 하모 좋겠어요.

내가 미국에 온 것도 딸이 아부지는 지가 모시야 한다꼬 어찌나 고집을 피우는지…… 그래서 온 겁니다. 결혼 하자마자 초청을 하겠다는 거를, 그래도 몇 해는 끌었지요. 미국 와서, 바로 가드너일을 배우러 댕길 때도 딸이 울매나 반대를 했는지 모릅니다. 노동일은 인자 고만 하고 편히 살아야 한다꼬요. 60도 안 된 젊은 나이에 우찌 놉니까? 더구나 타고난 건강에 농사일로 뼈가 굵어 힘이 넘치는데요?

그리고 내한테는 노동일이 천직인데 우짭니까?

나는 지금도 실컷 일 더 할 수 있어요. 여전히 건강은 만점입니다. 그런데 딸이 아부지 평생 노동치면서 고생했는데, 이제는 제발 일손 놓으라고 하도 성화를 해서 그 재밌는 가드너 생활을 청산했다 아입니까. 일 더 하모 몸이 다 망가진다꼬 말입니다.

역시 딸의 성화에 못 이겨 골프를 시작하게 됐는데, 이건 더 재미가 있네요. 땅 파는 일이 내게는 참 적성에 맞나 봅니다. 농사꾼에 가드너에 골프에…… 이기 다아— 땅파는 일이잖아요? 거기다 초원을 누비니 장로님이 지어주신 무공해 인간하고도 어울리네요. 하. 하. 하. 하.

노인아파트에 살다 보니까 도움이 필요한 노인들이 참

많습디다. 여기저기서 나를 불러대서 아주 바빠요. 남 도와주는 것도 참 재밌고 신나는 일입니다. 그리 어려운 일도 아닙니다. 짐을 들어다 주기도 하고, 서랍 삐그덕거려 안 닫치는 것도 고쳐주고, 저 우에 못 박아서 달력도 걸어주고요. 그중에서도 운전해 주는 일이 제일 많아요.

자꾸 내가 노인! 노인! 하는데 그러고 보니 내 나이도 노인 축에 끼이네요. 테레비 보니까 65세 이상을 노인이라 카데예. 한데 나는 내가 노인이라는 생각이 안 듭니다. 아직도 서른아홉? 하.하.하.하. 착각 속에 삽니다. 용서해 주이소!

우리 노인아파트는 미국 정부에서 보조해 주는 8층짜리 건물인데, 호텔처럼 번듯하고 좋습니다. 거의 다 한국 사람들이 살아, 한국 사람들 모임도 있고 운영위원회라는 것도 있어 참 편리합니다. 작년에는 내보고 회장하라 케서 절대 몬 한다 그랬지요. 뒤에서 도와주는 일은 울매든지 한다 그랬어요.

그레고리가 일본에서 돌아왔을 때, 초청을 해서 사돈집에 한 번 가 봤어요. 세상에…… 집이 우찌나 큰지요…… 내가 잔디 깎던 베블리 힐 집들 같았어요.

그 집은 내가 풀 깎던 집 맹키로 일주일에 한 번씩 정원사가 오는 기 아이라, 아예 정원사가 한 집에 살면서 집 관리를 해준답디다. 저거 할아부지 때부터 대대로 물려받은 집이라 카데요.

집은 그리 커서 뭐합니까? 나는 노인아파트 내 보금자리가 훨씬 더 좋습니다.

지난 추수감사절에도 얼굴을 안 비친 그레고리가 크리스마스 때도 안 나타났어요. 내가 벼르고 있는 거를 아나? 하고 씩 웃음이 나오네요. 인자는 마음이 다 누그러졌습니다. 그래봤자 머합니까? 꼬부랑 영어가 내 입에 착 달라붙어 쎄가 맘대로 살살 잘 돌아가모 또 모릴까…… 농담입니다. 농담. 하도 답답해서.

시간이 약입니다. 한참 눈에 안 보이니 웬일인가 하고 도리어 걱정이 돼요. 오데 아픈가 하고요.

그런데 어느 날, 딸한테서 전화가 왔어요. 나쁜 소식이 있었어요. 내 예감이 맞았어요.

그레고리가 병원에 입원하고 있다는 거였어요 거기다 설상가상으로 부인까지 옆방에 입원을 했다지 뭡니까. 남편 간호에 무리를 해 지쳐 쓰러졌대네요.

더 놀라운 소식은 그레고리가 그간에 대장암을 앓고 있었다는 겁니다. 자식 걱정할까 봐, 비밀로 해 왔는데 병이 위중해져서 저절로 알게 됐대요. 마누라만 알고 그 시중을 다 들었다는군요.

고통이 디―기― 심했답니다.

어쩐지 오데 아픈 사람 같다― 했더니마는…….

'사돈 미안합니다.'

마음이 급해졌어요. 빨리 병원에 가 봐야지 하고요.

딸이 거의 매일 병원에 출퇴근을 하는지라, 그 다음날로
바로 병원을 향했어요. 먼저, 꽃을 사러 꽃집에 갔어요. 그
런데 가마이 생각해 보니 무신 꽃을 좋아하는지도 모리겠
고…… 도대체 내가 사돈에 대해서 아는 기 아무것도 없
데예. 꽃도 우찌나 종류가 많은지 고르기가 힘들고, 병문
안에 무신 꽃이 어울리는지도 모리겠고요.

딸한테 여차여차 묻고, 꽃집 주인이 추천해 주는 꽃을
둘러보고 있는데, 저쪽 구석에 태극기와 미국 국기가 커다
란 통에 수두룩 꽂혀 있는 게 눈에 띄었어요. 두 나라 국기
를 나란히 꽂아 놓은 꽃바구니도 있었고요. 꽃과 두 나라
국기가 참 잘 어울렸어요. 색깔도 딱 두 가지 배합으로 두
국기와 조화를 맞추고 있었어요.

언뜻, 내하고 그레고리 둘이서 얼싸안고 있는 것 같은
느낌이 들었어요.

'아따! 바로 저거다!' 싶었어요.

꽃바구니를 옆자리에 잘 모시고 병원으로 향하는데, 만
감이 교차했습니다.

'사돈! 여러 가지로 다 고맙소! 그리고 참 미안했소이다. 맘 단디이 묵고 꼭 이겨 내이소! 다 나으모, 내랑 쏘주 한 잔 씨언하게 하입시다.'

2. 황혼에 핀 연분홍 꽃이파리

이 콩밭떼기 앞에 행복의 꽃밭이 펼쳐질 기미가 쬐금 보이고 있습니다. 연분홍 꽃이 필라꼬 싹이 움트는 기라요. 그 얘기는 천천히 하기로 하고요.

우선에 급한 건 우리 사돈양반 그레고리의 건강입니다. 암이라캐서 걱정을 억수로 마이 했거덩요. 천만다행으로 우리 사돈양반 수술은 잘 됐다카네요.

요 암이라카는 놈도 순한놈이 있고 못된놈이 있는데, 다행히 우리 사돈 꺼는 순한놈이라고 해요. 유식하게 말해서 불행 중 다행인기라. 못된놈은 장기 안으로 침투를 해서 사람을 직이지만, 순한놈은 장기 바깥으로 실실 돌아 댕기면서 여기저기 붙는다 캅니다. 뭐라 카더라? 그 암세포 이름이…… 머더라? 뭐…… 무커스라 카던가? 듣기는 들었는데 어려바서 가물가물합니다.

그래가꼬 마, 대장암 말기까지 갔다 카는데도 피똥도 안 누고, 배만 자꾸 아팠다 안 캅니까. 병원에서는 계속 장염이라꼬 항생제와 진통제만 줬다 카고요. 위장내시경을 몇 번이나 했는데도 아무시랑토 않아서 그랬다나요? 의사가 돼 가꼬 우찌 그리 모를 수가 있단 말입니까?

이기 오데 말이나 됩니까? 눈 뜬 장님도 아이고!

한 번은 우리 딸이 지 남편한테서 들었다 캄서 그러데요.

우리 사돈양반 그레고리는 외아들로 태어나 홀로 외롭게 자라면서, 어릴 적부터 항상 최고가 돼야 한다는 강박관념에 눌려 산 거 같다꼬요. 그래서 아들한테도 똑같이 했지만 아들은 콧방구도 안 뀌었답니다. 아부지가 하버드 법대 가라꼬 밀어붙였지만, 판검사는 딱 질색이라, 단칼에 거절하고 육사를 지원했다지 뭡니까? 그 우에 대학원도 나왔는데, 학교에서 모두 지원을 해줘서, 아부지 신세는 일전 한 푼도 안 졌다 캅니다.

딸 또한 의사 되라꼬 무지무지 난리를 쳤는데도, 종교에 빠져 가꼬 선교사가 됐답니다. 밀어붙이고 야단친다꼬 자식이 오데 부모 맘대로 됩니까? 어림 반푼어치도 없는 일이라예. 자식 이기는 부모 없지요.

우쨌든 간에 지금 보이 사돈양반이 참 불쌍해요. 마음이 영 짠— 합니다. 이노무 영어 때문에 미워한 기이 자꾸 맘에 걸리싸서 미안해 죽겠어요.

　사돈양반 퇴원하는 날, 딸을 따라 문병을 갔습니다. 세상에…… 우찌 그리 마이 말랐는지, 고마 눈물이 날라캐서, 참느라고 눈을 한 번 찔끈 감고 천장을 쳐다봤어요. 불쌍해 죽겠는 기라예. 내가 대신 아파주든가, 내 건강을 절반 뚝 떼어주고 싶은 마음이 저절로 생기데예.

　사돈양반 그레고리가 나를 보고 씩 웃데예. 모기 소리로 뭐라 카는데, 영 알아들을 수가 있어야지요. 아버지 보니까 너무너무 반갑고 좋다는 말이라꼬 딸이 옆에서 통역해 줬어요.

　수술은 잘 되었고 곧 회복할 수 있다꼬 했지만 내 보기엔 영 아니라요. 그냥 저대로 슬슬 사그라져 먼지 맹키로 폭삭 까부라질 것 같아 계속 짠한 기라예.

　아, 그렇다! 산삼……! 싱싱하고 좋은 놈 몇 뿌리만 잘 대리 묵으모 벌떡 일어날 거 같은 생각이 퍼뜩 들어서 딸한테 얘기를 했더니만, 그것도 의사랑 상의를 해야 하고, 지금은 아마도 산삼을 묵으모 안 될 끼라면서 그냥 시큰둥 했어요.

　"아이구 아부지, 그거 좋겠네요." 하고 펄쩍 띠며 좋아할 줄 알았더니 그기 아니었어요. 산삼의 효력을 모리는 기이지요.

집에 있으면서도 사돈은 아무런 불편 없이 잘 있다고 했어요. 일본인 부인이 곁에서 일일이 다 시중을 들고 있고, 병원에서 간호사가 하루에 한 번 집으로 와서 상태를 봐준다꼬 합디다. 또 함께 사는 관리인이 집 관리를 다 해주고, 그 부인이 요리사 이상으로 음식을 잘 해서 보양식을 챙기준다꼬 합께네 참 다행이기는 합니다.

근데 보양식을 아무리 해주모 뭐합니까? 묵지를 몬 한다는데…… 그래도 안사돈이 즉시즉시 아주 맛있는 거를 따끈따끈하게 맹글어주모 쬐끔은 넘긴다고 해요.

수술을 할 수 있었고, 성공적으로 끝난 것만을 딸과 사위는 아주 큰 행운으로 여기는 거 같았어요. 그래서 산삼은 좀 회복이 된 다음에 시도해 보자꼬 딸한테도 얘길 했어요. 내는 산삼을 직접 구해서 대리 묵는 거만 생각을 했는데, 알아보니까 먹기 좋게 맹글어노은 보약도 여러 가지가 있었어요.

그런데, 결과는 꽝이 돼뿌렸어예. 대장을 마이 짤라내서 안 된다꼬 의사가 "노오." 했대네요.

그것 참 이상하네요. 내는 그 반댑니다. 대장을 마이 짤라냈으니까 산삼이 더 필요할 것 같거덩요. 대장암을 장염이라꼬 오진하고, 계속 항생제만 처방해 준 의사들이 산삼의 효력을 우찌 알겠습니까?

근데, 이 와중에 사위가 독일로 발령이 났다지 멉니까? 3년을 나가 살아야 한대요. 지 아부지가 저리 아픈데 우찌 외국에 나가 3년이나 떨어져 있을 수 있나요? 그 안에 무신 일이나 생기모 우짤낍니까? 내 말은 아부지랑 같이 있는 시간을 될 수 있는 대로 마이 가지야 한다…… 머어…… 그런 뜻입니다. 아들이 옆에 있으모 아무래도 든든하게 의지가 되지 않겠습니까? 하나밖에 없는 아들이니 말입니다.

더구나 딸은 아프리카 선교지로 온 가족이 떠나삐리서, 아부지 아푸다는 소식 듣고도 몬 오고, 또 수술할 때도 안 왔다 캅니다. 멀리서 기도만 죽어라고 했다데요. 근데, 아들까지 떠나야 하니…….

사위가 꼭 가야 하는 자리라 안 가모 안 된다 캅디다. 사위는 군인 외교관인데 국가기밀을 다루는 일을 하고 있다네요. 내는 무식해서 나라 일은 모리지만…… 나라 일보다는 부모 일이 더 먼첨 아인가요? 암으로 마이 아프다는데!

우쨌든 간에 딸은 지 시아배보다 내 걱정 때문에 더 야단인 기라요.

"아부지, 내가 없어도 잘 챙겨 잡숫고 몸 잘 돌봐야 합니다. 아부지 아푸모 돌봐줄 사람이 아무도 없잖아요."

"내 걱정은 마라. 내는 건강에는 자신 있다. 세상에 내 같은 사람들만 있으모 의사들은 다 실업자 되고, 병원은 모두 진작에 문 닫았을끼다. 그라이 내 걱정은 말고, 드러 누운 니 시아배 걱정이나 해라."

"아부지, 우리 시아부지는 옆에 릴리가 딱 붙어 있잖아 예. 거기다가 톰이랑 데이지가 울매나 우리 시아부지를 위해 주는데요."

릴리는 딸 시어매 이름이고, 톰과 데이지는 관리인 부부 이름입니다.

미국 사람들은 참 이상합니다. 우리 사위도 지 새엄마한 테 이름을 불러요. 맞대놓고 "릴리 릴리—" 하고요. 내 귀에는 너무나 버릇없어 보이고, 내가 안사돈 보기에 미안해서 어쩔 줄을 모르겠더라꼬요. 그런데도 본인들은 아주 자연스러운가 봅디다. 에이, 쌍것들도 아이고……

다행히 손주 녀석들은 "그랜 마. 그랜 마."라고 불러요. 물론 내한테는 한국말로 "하라버지, 하라버지." 하지요.

하루는 딸한테 "니는 니 시어머이한테 와 이름을 부르노?" 했더니 이름을 불러주는 기이 그만큼 친한 사이라는 뜻이라나요?

"그라모 다른 집 며느리도 시어머이 보고 이름 부리나?"

"아입니다. '맘'이라고 많이 부릅니다."

"그라모 니도 '맘'이라고 불러야 되는 거 아이가?"

그랬더니 딸이 "더 친해지면요……" 그라면서 우물쭈물하더라고요. 그렇다면 '맘'이라고 부르는 기 '릴리'보다는 더 친하다는 뜻 아닌가요? 서양이건 동양이건 진리는 마찬가지인 겁니다.

잠시 뒤에 딸이 아주 작은 소리로 말하데예. "내는…… 어무이라고…… 부르고 싶어예, 어무이라고……."

아, 그 말을 들으니 고마 가슴이 팍 미어지는기라! 울매나 엄마가 그리웠시모…… 자라면서 누구를 엄마라고 불러본 일이 없으니…… 이기 모두 내 탓이지요, 내 탓! 참말로 미안하네요. 안사돈 보기도 더 죄송하고요.

생각해보모 내도 마찬가집니다. 이 나이까지 살면서 누구를 아부지라고 불러보지 몬했으니…… 참말로 아부지가 보고 싶네예. 딸은 지 어무이 보고 싶고, 내는 아부지 보고 싶고, 콩밭 매던 어무이도 그립고……

딸아이는 지 시어매한테 이름 부르는 맹키고 관리인 부부에게도 이름을 불러요. "톰, 데이지!" 하고요.

톰은 키도 크고 덩치도 좋아, 내처럼 힘께나 쓰게 생겼어요. 정원일에서부터, 온갖 잡일까지도 척척 다아— 잘한답디다. 더러는 사람을 따로 쓰기도 한대네요. 수영장 청소는 전문가가 온답니다. 집이 크니까 일도 많겠지요.

톰도 흑인인데 뱃사공 사위처럼 아주 새까맣지는 않아요. 할아버지 때부터 대대로 사돈집에서 같이 사는 시종이라고 하니, 어찌 보면 내랑 똑같은 팔자이기도 해요. 나 역시 이장님께서 가족처럼 거두어주셨지만, 본래는 새끼 머슴 아입니까?

내가 유복자로 태어나는 바람에 울 아부지 본 적도 없지만, 지금 와서 가마이 생각해본께 울 아부지는 이장님댁 상머슴이었을 거 같아예, 그랑께네 울엄마는 부엌데기이고, 내는 밭떼기이지요.

물론, 함께 사는 세 사람이 사돈양반한테 진심으로 잘해주는 거, 잘 알지요. 어쩌면 자식들보다도 더 잘해줄 겁니다. 하지만도 사돈한테는 아무래도 핏줄이 더 땡기지 않겠습니까? 피는 물보다 진하다 캤는데⋯⋯

우리 노인아파트에서도 그랍니다. 가끔 자식이 와서 용돈이라도 주고 가모 그 가치가 몇 배가 된다꼬요. 백 불이 천 불만큼이나 커지는 거지요. 돈에 비교하자면 그렇다는 겁니다.

우리 딸도 용돈을 잘 줍니다. 지는 그 돈으로 주로 노인들한테 밥을 사지요. 딸도 그걸 알고, 가끔 이리 말합니다.

"아버지도 이제 노인이에요. 아직도 청년인 줄로 착각하고 너무 몸을 무리하지 마시고, 앞으로는 돈으로 하이소. 그것도 베푸는 거예요. 그 돈은 제가 다아— 대드릴께예."

사돈 소식이 궁금할 때는 독일에 있는 딸한테 전화를 해서 묻곤 합니다. 사돈양반이야 내 손 안 닿아도 모든 게 잘 돌아가 불편 없이 살고 있을 터인데도 와 그리 생각이 나는지 모리겠어요. 내 눈에는 병색 짙은 사돈양반이 자꾸만 얼른거리는 겁니다. 예전에 내가 잠시나마 미워한 기이, 미안하고, 죄스럽게 느껴지기도 하고요.

암 수술 한 담에는 키모라는 거를 정기적으로 일고여덟 번은 받아야 되는데, 사돈은 딱 한 번 받고는 죽어도 안 받는다 캐서 중지했다 카네예. 죽어도 좋다 캤대요. 치료 안 받고 품위 있게 살다가 죽고 싶다고 했대네요.

뭐? 품위? 품위가 뭐 얼어죽을 품윕니까? 우선은 살고 봐야 되잖습니까? 치료를 거부하다니, 그게 오데 말이나 됩니까, 어찌나 열불이 나는지 내가 고마 띠이가서 사돈한테 한바탕 해주고 싶었어요.

'보소, 사돈양반! 치료를 거부하다니 도대체 그기 무슨 소리요? 우선은 사람이 살고 봐야지, 안 그렇소? 당장에 병원 갑시다! 아, 요새는 백세 시대라 카는데, 와 병을 안 고치겠다는 거요, 엉? 뭐 죽어도 좋다꼬요. 사돈양반은 개 똥밭에 굴러도 저승보다는 이승이 좋다는 말도 모르요?'

그러나 이노무 영어가 안 되니 우짜겠습니까. 딸이 있으모 덱고 가서 통역하라꼬 할 낀데 그것도 불가능하고요. 정말이지, 너무 열불 나서 통역사 하나 덱고 갈까 하는 생각까지 들더라꼬요 사람 목심이 걸린 일 아입니까?

한때는 사돈양반 그레고리가 미워서…… '내는 영어 몬 해도 잘만 산다. 내는 영어 필요 없다꼬. 그라고, 니하고 내하고 무신 할 말이 그리 있겠노?' 하고 큰소리로 한바탕 해주리라 생각까지 한 적이 있었는데, 그기 아니네요.

제기랄…… 이노무 영어! 영어! 물론 치료를 받으라꼬 권유할 정도까지는 꿈도 못 꾸지요 그러나 가끔 전화를 해서 안부를 묻고, 힘내라는 말이라도 해주고 싶은 기라요. 도움이 되고 싶어서요 도움이! 자주자주 찾아가고도 싶구요. 아푸모 외롭고 사람이 그립지 않겠어요? 더구나 피붙이는 다 멀리 있잖습니까?

젠장, 빌어먹을……, 내가 미국 사돈양반한테 하고 싶은 말이 생길 줄을 그 누가 알았겠습니까? 꿈에도 상상 몬 한 일입니다. 사돈양반 생각해서라도 영어를 좀 배워야 할 낀데, 그기 오데 마음대로 됩니까? 그래도 한 번 해볼랍니다. 영어도 사람 하는 일인데 내라고 못 할 꺼 없지요. 안 그렇습니까?

요새는 카톡이라는 게 있어 가꼬 참 세상이 편하게 돌아가데예. 우리 딸도 수시로 전화를 합니다. 뭐 화상통화라 카던가? 와 그…… 얼굴 보고 전화하는 거 있잖습니까?

"아부지 어디 안 아푸지예. 매사에 너무 무리하시지 말고 아부지 몸부터 챙기이소."

그러면 나는 또 사돈 안부를 묻지요.

"아부지, 우리 시아부지는 많이 좋아졌어예. 이제는 먹는 것도 정상이 되고 릴리랑 같이 산책도 하고 그래요. 체중도 좀 불었다고 해요."

또 릴리야? 내 귀에는 거슬리지만, 우짭니까? 내 귀가 맞차야지요.

"데이지가 그라는데, 릴리가 울매나 잘하는지 놀랄 지경이랍니다. 엊그제 화상통화했는데, 얼굴도 아주 좋아 보였어요. 목소리에 활기도 있구요. 데이지 말이 릴리 정성이 하늘에 닿았데요."

그것 참 신기하지요? 키모를 안 받는데도 별 탈 없이 회복을 하고 있어 병원 의사들도 깜짝 놀라서 연구 대상이라 캤다네요. 진짜 그렇습니다. 내 생각에도 안사돈의 정성이 하늘에 닿아 기적이 일어나고 있는 것 같아요.

식물은 농부 발자국 소리 듣고 자란다 카지요! 참말로 그래요, 정성만 있으모 비실비실 죽어가는 나무도 살릴 수 있지요. 내는 무식해서 잘 모르기는 해도, 사람도 마찬가지 아닐까 싶네요. 지성이면 감천이지요, 지성이면 감천!

의사들 말입니다. 사돈을 대장암 말기까지 가게 맹근 것도 그 사람들 아입니까? 만일, 의사 시키는 대로 키모라는 걸 계속 받았시모 또 무신 안 좋은 일이 생겼을지 누가 압니까?

아이고, 세상에! 갑자기 돌발사고가 생겼습니다. 사돈한테가 아이라 관리인한테요. 높은 사다리에 올라가 나무를 짜르다가 고마 땅바닥에 떨어졌다지 멉니까? 허리를 크게 다쳤고, 그 외에도 타박상을 억수로 마이 입었다고 해요. 몇 번 만났을 뿐이지만 그때마다 하얀 이를 다 드러내고 활짝 웃으면서 내게 친절하게 대해줬어요. 말은 안 통해도 마음은 통했어요. 그 부인 데이지도 그렇고, 참 좋은 사람들입니다.

생각에 생각을 거듭하다가, 하루는 사돈댁을 찾아가기로 맘을 묵었습니다. 예쁜 과일바구니를 사들고 집 앞에 다다르니 휠체어를 탄 톰이 마침 앞뜰에 나와 있었어요. 나를 보고 아주 반가워했어요.

사돈양반 그레고리는 부인이랑 같이 병원에 갔다 카데요. 안사돈이 운전 몬 하는 거를 아는데, 누가 모시고 갔는지 궁금했어요.

그래서 두 팔로 운전하는 시늉을 하면서 "후 드라이

브?" 하고 물었지요. 톰이 얼른 알아듣고 "택시, 택시." 하더라꼬요. 택시? 택시라꼬?

주인도 아푸고, 관리인도 아푸고…… 집도 마이마이 아파서 기가 팍 죽어 보이데요. 정원 꼴이 엉망인 기라요. 내가 그냥 샤악— 잔디도 깎아주고 나무들도 다듬어주고 싶은 마음이 꿀떡 같아 고마 말이 티이나오고 말았습니다.

말만 가지고 안 되니 손짓발짓 몸짓까지 동원했지요. 먼저 오른손으로 가슴팍을 팍팍 치고, 풀 깎는 시늉을 하면서 이렇게 말했지요.

"아이 엠 까드나. 아이 엠 까드나, 유노!" 하고요. 그라고 "텐 이얼스. 텐. 텐."이라고 덧붙이며 열 손가락을 다 쫙 피고 10년이나 풀을 깎은 경험이 있다는 걸 강조했지요. 참 희한하게도 금세 알아듣습디다.

이렇게 시작이 돼서 그날, 내가 사돈집 잔디도 깎고, 나무도 다 손질을 했어요. 부숭숭한 잔디며 들쑥날쑥, 삐쭉삐쭉한 나무들이 새 단장을 하고 보니 내가 봐도 아주 깔끔했어요. 무엇보다도 모퉁이에 우거져 있는 잡초들을 다 없애뿌리고 나니, 들어올 때와는 달리 여엉— 딴 집 같았어요. 톰과 데이지는 원더풀, 비우티풀을 연발했구요. 정원 다듬어 놓은 기이 그들 맘에 쏙 들어나 봅디다.

실은, 내가 잔디 깎으로 댕길 때, 손님 중의 한 분이 미용실을 경영하셨는데, 그분이 그랬습니다. 미용사가 되었더라면 아주 일류가 됐을 꺼라꼬요. 남자가요? 그랬더니 요즘은 남자들이 훨씬 더 미용 기술이 좋다고 해서 웃고 넘긴 적이 있습니다.

정말 저는 정원일을 즐깁니다. 일손 놓은 다음에도 딸네 집 갈 적마다 정원 손질해 주면서 일을 즐겼는데, 딸이 외국으로 떠나 삐리고 나니 정말로 손이 근질근질해 죽겠네요.

일이 재미있다 보니 시간 가는 줄도 몰랐어요. 기계도 예전 내 꺼보다는 최신식인지 힘 안 들여도 지 혼자서 방향까지 잡아가며 잘도 나가데예.

정원 손질 끝내고 야외 식탁에 앉아 햄버거까지 아주 잘 얻어먹었지요. 어쨌든 앞뒷말 다 잘라 먹고 "굿, 굿, 베리 굿…… 델리셔스." 하고 엄지를 치켜세우고 하는 내 말을 그들은 다 알아 들었어요. 하얀 이를 드러내며 아주 기분 좋게 웃기도 하고, 부부끼리 큰 소리로 애길 나누며 즐거워했어요.

그 사람들 말이 정원사가 일이 생겨 몇 주째 못 오고 있는데 이제 곧 온다 캄서, 오늘 일 너무 마이해서 미안하다꼬, 담엔 그냥 놀러 오라고 그랬어요.

하지만 일을 해서 내는 더 좋았는걸요.

그들도 내 영어 본 하는 거 알고, 아주 천천히 손짓발짓해감서 행동으로 말을 했습니다. 근데 이노무 영어가 말하는 거보다는 듣는 기이 쫌 나아요. 일단, 뭣에 대해 말하는 거만 감이 잡히면, 그다음은 적당히 때리잡으모 노 프라블럼인 기라요. 하.하.하.하.

막 가려고 일어서는데 우리 사돈양반 그레고리가 탄 택시가 집 안으로 들어왔어요. 보통 차가 아니라 아주 큰 차였어요. 휠체어 타는 사람 전용차 같았어요. 근데 저는 깜짝 놀랐습니다. 딸 말이 그간에 많이 회복을 해서 산책도 하고 체중도 좀 불었다 카더마는, 그기 아인기라요.

얼른 내가 사돈양반 그레고리를 부축했어요. 노인 아파트에서도 휠체어 타는 분들을 모시고 병원에 댕기 봐서 내게는 아주 익숙한 일입니다.

그레고리가 씩 웃으며 온몸을 내게 맽끼데예. "댕큐!" 하고 나를 쳐다보는 얼굴에 어찌나 병색이 짙은지 가슴이 찡했어요. 안사돈도 많이 말라서 그 동글동글하고 오동통한 얼굴이 길쭉해졌더라고요.

그리고 기가 다 빠져나간 사람 맹기로, 살짝 건디리기만 해도 땅바닥에 주저앉을 것만 같았어요. 수술하기 전에도, 남편 시중드느라 무리를 해서, 옆방에 입원까지 했던 거, 기억이 납니다.

온 집안 식구들이 저리 비리비리한데, 자식 둘은 먼 타국에 나가 나 몰라라 하고 있으니 사돈이 참 안 돼 보였어요. 저거들은 자주 화상통화 하고 '사랑한다.' 그러면서 안부 주고받고 있겠지마는 말로만 사랑하는 거, 아무짝에도 소용없다 아입니까? 사랑은 말이 아니라, 행동으로 해야 하는 기라요, 행동으로! 옆에서 도움이 돼야지요. 도움이……! 자식들! 손주들이 자주 들랑낭랑해서 얼굴이라도 보여주모, 그것도 사돈한테는 기쁨이지 않겠어요?

멀리서 죽어라꼬 기도만 해봤자 그기 소용이 있겠습니까? 하나님, 미안합니다.

관리인 부인 데이지가 휠체어를 밀고 집 안으로 들어가는 거를 지켜보고 있으려니, 와 그리 내가 슬픈지, 그냥 답답했습니다. 밖으로 나와 차를 타려고 하는데, 그녀가 막 쫓아 왔어요.

"댕큐, 댕큐." 하고 두 손을 앞으로 모아지고 연신 고개를 주억거렸어요. 그라고 그레고리, 릴리, 어쩌구저쩌구 하면서 '댕큐'라는 말을 반복하는 것을 보니 사돈이 나한테 고맙다는 말을 전하라고 한 것 같았어요. 나는 "잇즈 오케이, 잇즈 오케이. 노 프라블럼, 노 프라블럼."이라고 반복을 했지요. 사실, 지는요…… '노 프라블럼'이라는 말을 마이 써 묵십니다. 오데다 갖다 붙이도 적당히 잘 통하더라꼬요.

데이지가 다시금 "댕큐"라고 하는데, 다음에는 내가 운전을 해주자 하는 생각이 퍼뜩 들었어요. 그리고 김 장로님이 하신 말씀이 떠올랐어예.

앞서도 말했지만 나를 무공해인간이라고 하신 분 말입니다. 지를 좋은 사람 맹글어주시고, 또 자신감을 심어주신 분이 바로 그분입니다.

그분께서 언젠가 제게 그러셨어예. 하고 싶은 말이 있으모 속에다 담아두지 말고 밖으로 표현을 하라꼬요. 그래서, 장로님 말씀에 힘입어 운전이 필요할 때는 나를 불러달라는 말을 했어요.

"넥스트 타임. 아이 드라이브. 노오 택시. 노 택시." 하구요. 오른손으로 가슴팍을 꽉꽉 치고, 운전하는 시늉을 하고, '노 택시' 할 때는 손을 내저어가면서요.

그리고 "유 허즈반드 투. 아이 드라이브. 아이 드라이브." 하고 톰이 병원 갈 때도 내가 운전해 주겠다고 했습니다.

물론 우린 금세 다 통했지요. 그녀는 "오케이, 오케이." 하고 손뼉을 치면서 좋아했습니다. 아직도 손짓발짓 몸짓까지 동원해야 하는 내가 참 한심합니다. 사돈이 "너는 미국 온 지 10년이나 됐는데, 어째 영어를 그리도 못 하냐?" 하던 말이 딱 맞는 말입니다.

김 장로님을 떠올리고 보니 갑자기 그분이 왈칵 그리워집니다. 몸이 안 좋아져서 얼마 전에 아들이 와서 뉴욕으로 모시고 갔거덩요.

아들네에서 같이 살다가 지금은 두 분 다 양로원에 계시다네요. 사모님도 마이 편찮으시다꼬 해요. 늙으모 몸이 성해야지…… 결국은 양로원 신세를 지는 분이 많아요. 우리 노인아파트에서도 편찮으신 분들이 안 보이면 다들 양로원으로 갔다 캅니다.

집에 오자마자 바로 딸한테 전화를 걸었어요. 말인즉, 사돈양반이 그간에 많이 회복이 돼서 잘 걸어댕기고 했는데, 얼마 전에 산책을 하다가 고마 땅바닥에 주저앉는 바람에 엉덩이뼈가 뿌라져서 또 수술을 했다지 멉니까? 오른편 엉덩이 큰 뼈랑 주위의 작은 뼈도 몇 개 뿌라아졌답니다.

우쩨 이런 일이…… 관리인도 그렇고요. 엎친 데 덮친 격입니다.

쇠를 잘 박고해서 수술은 잘 되었으니, 회복만 되면 거뜬히 걸을 수가 있답니다. 딸한테는 내가 잔디 깎은 얘기는 안 했습니다. 그냥 병 문안차 갔다 카이 딸도 좋아했어요.

요새는 골프를 자주 치고 있는데, 가끔 가다가 허무한 생각이 듭니다. 사람 사는 기, 이기 아인데 하고요. 재미가 있어서 골프에 빠져드는 거는 사실입니다. 하지만, 다른 사람들 맹키로 골프에 미치모 안 되는 기라꼬, 내는 그리 알고 있어요. 사돈양반 생각을 해서도 내가 풀밭에서 공이나 때리며 노니작거리고 있을 수야 없지요.

밤에 잠이 쉽게 안 와서, 가마이 누어 이런저런 생각을 한참 했습니다. 내가 일주일에 딱 한 번씩이라도 사돈집 정원일 봐주고, 병원 운전도 해주모 울매나 좋을꼬 하고요. 남 도와주는 것 맹키로 기분 좋은 일도 없지요. 아, 사돈은 남이 아니지, 친척이지, 가까운 친척!

그라고 퍼뜩, 수영장 청소는 남바왕을 소개하면 어떨꼬 하는 생각도 떠올랐습니다. 남바왕은 내가 잔디 깎으로 댕길 때 같은 집 풀 청소를 해서 알게 된 친군데, 사람이 정말로 구수합니다.

고향이 이북인데, 영어도 이북 억양을 넣어 웃기게 씨부렁거려서 배꼽을 잡게 하는 아주 재미나는 사람이라요. 영어 몬 하는 거를 모면할라꼬, 끄뜩하면 엄지를 척 치켜들고 "남바왕! 남바왕!"이라고 외치는 바람에 별명이 남바왕이 됐어요. 상대방 얼굴을 보고 대충 이때다 싶을 때, 탁 감을 잡아서 커다란 몸짓까지 하며 "남바왕!"이라고 외치면 다 통하고, 상대방도 활짝 웃으며 좋아하더라나요?. 성실해서 믿고 일을 맨낄 만한 사람입니다. 나중에 기회가 되모 얘기해 볼랍니다.

지금은 잔디 깎는 사람도 오고 풀 청소하는 사람도 오고 있으니, 물론 말을 말아야지요. 그 사람들 밥줄이 더 중하니까요.

한참 손 놓았다가 아까 낮에 잔디를 깎는데, 물 만난 물개 맹키로 어찌나 신이 나는지 풀밭을 훨훨 날아댕겼다니까요. 이런 맘도 모리고 딸은 아부지 무릎 망가진다고 못하게 할 게 뻔합니다.

딸네 정원 손질해 줄 때도 잔디는 절대로 못 깎게 했습니다. 정원사가 정기적으로 왔고, 내는 그냥 나무들 다듬어서 더 보기 좋게 맹글어준 기라요. 옆집에서 보고 낼로 소개해 달라고까지 했는데 딸이 절대로 몬 하게 했어요.

병색 짙은 사돈 얼굴이 왔다 갔다 하면서 계속 맘이 답답합니다. 답답한 기 더 답답한 거는 영어를 몬 해서 더 그런기라요. 톰하고는 뭐가 통하는 것 같고 맘도 편하고 하니, 이런 내 맘을 그한테라도 다아— 표현을 할 수 있으모 울매나 좋겠습니까? 내…… 참…… 내가 이런 상황에 부닥칠 줄 누가 알았겠습니까! 영어 몬 하는 기이…… 뭐…… 천추의 한…… 그 정도는 아이라도…… 그 비슷한 그런 기분입니다.

그런데 말입니다. 너무나 신기한 일이 벌어졌습니다. 내가 영어에 통탈을 한 기라요. 물론 현실에서였지요. 꿈도 현실 아입니까!

꿈! 꿈! 꿈이었지만 우찌 그리 통쾌하고 기분이 좋은지 말로는 이루 다 표현할 수가 없습니다. 내가 우리 사돈 그레고리한테 영어로 좔좔좔좔 말을 하는데, 꿈속에서도 내가 놀래서 뒤로 나자빠질 뻔 했지 멉니까? 무슨 말을 했는지 기억은 안 납니만 유창한 영어로 씨부렁거렸다니까요. 그리고 또 관리인 톰한테도 머라꼬 한참 애길 하고요

평소에 생각하던 거를 꿈에서 실천을 한 깁니다. 한데 그 꿈이 고만 금세 깨버렸십니다. 꿈에서는 그리 통쾌하고 행복하더니 깨고 보니 무척이나 허전하데예.

사돈 관계만 탁 빼삐리모 내가 영어를 해야 할 필요는 진짜 없습니다. 마켓에 가도 한국말, 쇼핑센터 가도, 병원 가도…… 다 한국말이 통하니까요.

하루는 한국마켓에 갔는데, 이층 분수 앞에서 장애우 모금행사가 열리고 있었어요. 보니까 청중들이 외국 사람도 꽤 있었어요. 그라고 사회 보는 사람은 한국말을 주로 하면서 영어도 섞였는데 미국 사람 맹키로 유창하게 자알— 했어요. 그러다가는 또 멕시코 말도 하는 거야요. 진짜 신기하데예. 저 사람은 머리 구조가 우찌 생겼을까 하고, 존경이 갑디다.

한데, 여자 둘이서 노래를 부르는 순서에서 굉장히 감동

을 받았어예. 1절은 영어로 부리고 2절은 한국말로 불렀는데, 귀에 익은 곡이더라꼬요. 제목이 머더라? 내가 학교는 마이 못 댕깄지마는 노래에는 좀 소질이 있고, 무슨 곡을 들으모 그 곡이 금세 귀에 들어와요. 아! '유 레이즈 미 업', 바로 그 노래였어요. 곡도 감동적이나 가사 역시 감동적이었어요. 찰말로 참말로 감동을 받았습니더.

이 노래, 남자가 부를 때는 빵—하고 울라갈 적에 목청을 한껏 크게 냈는데, 두 여자는 다른 스타일로 부르데요. 아주 고요한 분위기로요. 같이 이중창을 하다가 또 따로따로 부리기도 했는데, 속이 다 찌리찌리 했십니더. 아마 다른 사람도 다 그리 느꼈을 낍니더. 바로 천사의 목소리라요. 천사요. 천사!

그중 얼굴이 유난히 하얀 한 여자의 목소리가 귀에 익은 듯하고 얼굴도 눈에 익은 듯해, 기분이 참 묘했데예. 딱 집어낼 수 없이 어딘지 막연하게요. 아지랑이처럼 아른아른하다고나 할까요?

둘 다 나이가 한 50은 족히 돼 보이는 중년여자였는데 날개만 달면 영락없는 천사였어요. 장애우들에게 사랑을 전하려는 마음이 진하게 느껴져 돕고 싶다는 마음이 절로 샘솟았어요.

저 여자들에게 혹시 장애 자식이 있나 하는 생각이 퍼뜩 들기도 했지요. 나는 주머니를 뒤져 나오는 돈을 모두 모금함에 넣었습니다. 그런데 그만, 장보는 걸 깜빡했지 멉니까? 노래 듣는데 정신이 팔려 장보는 걸 잊고 그냥 왔네요!

'어쨌든 다 좋다. 나는 오늘 천사를 만났으니까!'

집에 와서도 그 얼굴 하얀 여자가 자꾸 눈앞에서 어른거리더라꼬요. 어디서 봤더라? 하고 곰곰 생각하다가 나는 그만 깜짝 놀랐십니더. 그 여자의 모습에 죽은 마누라가 겹쳐졌기 때문입니다.

이미 30년이나 세월이 흘렀기에 50대의 여자 모습에서 새파랗게 젊었던 아내의 모습이 나오지는 않았지만 내 머리에서는 아리까리 그 닮은 점을 느낀 겁니다. 하얀 얼굴과 노래 부르는 목소리에서 더더…… 아주 똑 닮았다는 것은 확실히 느끼게 되어 감개무량했십니더.

그리고 아내가 살아 있으므 아마 그 여자와 비슷할 끼라는 생각이 퍼뜩 들면서 가슴이 두근거리기까지 했어요.

아내가 환생을 해 내 눈앞에 나타났나?

딸 얘기를 들으니, 병원에서 간호사가 정기적으로 집으로 온다네요. 톰한테도 물리치료사가 집으로 와서 운동을 시켜준다고 했어요.

딸한테서 안부를 듣고는 있지마는, 사돈 얼굴에서 병색

이 좀 가셨는지, 또 관리인이랑 안사돈 상태는 우떤지가 참 궁금했어요. 내 눈에는 안사돈도 환자로 보였거덩요.

지난 번 갔을 때 관리인 부부가 담에 또 놀러오라는 얘기도 했고, 또 모든 일이 자연스럽게 잘 돌아가, 에라 모르겠다. 그냥 또 가보자. 궁금해서 죽겄는데 몬 갈 거는 없다 아이가. 하고 갔습니다. 집도 그리 안 멀어예. 행콕팍이라고, 우리 아파트에서 15분 남짓밖에 안 걸립니다.

관리인도 우리 미국 사돈양반 그레고리도 굉장히 반가워했어요. 아직도 둘 다 휠체어 신세를 지고 있었지만 지난번보다는 혈색이 좀 나아 보였습니다. 회색빛이던 사돈 얼굴 색깔이 마이 하얘지고요. 그런데 안사돈은 더 초췌해 보였어요. 어쩐지 걱정스럽데예. 왠지 모르게 그런 생각이 드는 기 쫌 이상했어요.

정원사가 온다꼬 하는데 집 꼴이 별롭디다. 다들 몸들이 그러니 집을 예쁘게 가꾸고 어쩌고 하는 그런 맘이 시들하겠지요 자식들도 좀 왔다갔다하고 손주들도 띠이 댕기고 해야 집이 활기를 띨 터인데, 그 분위기가 완전 바람 빠진 풍선 같았어요.

내가 영어를 잘해, 재미나는 얘기도 해서 기쁨조 노릇을 하면 울매나 좋겠습니까? 내가 잘하는 거라고는 정원 손질하는 거밖에 뭐가 더 있겠습니까? 그들도 좋아했습니다.

그렇게 길을 터서 병문안도 할 겸 가끔 가서 정원 손질을 깔끔하게 해주었지요. 더러는 김밥도 사 가꼬 가고요. 한 번은 삼계탕과 갈비탕을 사 가꼬 갔어요. 사람이 넷이니 누가 묵어도 묵겠지 하고요. 설마 버리기야 하겠습니까. 근데 효과 백프로였어요. 안사돈이 삼계탕을 그리 좋아했대요. 그래서 그다음부터는 삼계탕을 꼭꼭 사들고 갔지요. 산삼 생각을 또 했어요. 사돈에게 안 맞으면 안사돈한테라도 해줘야지 하구요. 일본 사람이니 산삼의 효력을 알지 않겠어요?

그러던 어느 날, 간호사가 왔어요. 뜻밖에 한국 여자였어요. 그냥 얼핏 지나치기만 해 잘 못 봤으나 한국 여자임에는 분명했어요. 간호사가 집 안으로 들어간 후에 정원 일을 좀 봐주고, 관리인 부인이 차려 놓은 햄버거를 맛나게 잘 먹고 막 일어서는데 간호사가 일을 끝내고 집 안에서 나왔어요.

아! 근데 바로 그 여자였어요. 언젠가 한국 마켓 갔을 때, 이층 분수 앞에서 있었던 장애우들 모금행사에서 노래를 부른 얼굴이 하얀 바로 그 여자였어요. 한눈에 금세 알아봤지요.

천사! 천사! 바로 그 여자였어요. 아내를 닮은······!

순간 내 가슴이 막 두근거렸어요.

기쁨인지 슬픔인지 모를 그 무엇이 가슴에 쏴아—하고 퍼졌어요.

안사돈이 따라 나오며 '미스 명'이라고 소개를 해주었어요. 안사돈과는 아주 친한 사이 같았어요. 딱 찝어 뭐라고 말해야 할지 모르겠는데, 둘 사이의 분위기에 은은한 사랑과 믿음이 흐르고 있다고 할까요?

어쩌다 보니 간호사랑 같이 길거리까지 나와서 간단히 인사를 하고 각자 차를 탔지요. 뭐가 그리 바쁜지 그녀는 부리나케 떠나데요.

우찌나 쌀쌀맞은지 말을 붙일 엄두도 안 나, 얼마 전에 노래 부르는 거, 봤다는 얘기는 꺼내지도 못했습니다. 그날 노래를 한참 동안 들었지마는 물론 간호사는 나를 기억할 리가 없지요.

아파트 앞에 막 당도했는데, 어? 내 앞에 주차를 하고 내리는 사람이 바로 명 간호사였어요. 얼떨결에 나도 차를 세우고 내렸지요.

근데 그 간호사 첫마디가…… 나 참! 기가 맥혀서…… "왜 날 따라오세요?" 글쎄, 그러잖겠어요? 말투가 우찌나 쌀쌀맞은지 찬물을 확 뒤집어쓴 거 맹키로 전신이 오싹했어요. 오만쌍을 다 찌푸리고 나를 째려보는 얼굴이 성질께나 있게 생겼습디다. '아이고 무서바라.' 하고 남자들이 딱 도망가기 좋은 여자데요. 그랑께네 아직 시집도 몬 간

거 아이것습니까? 성 앞에 '미스'가 붙어 있으니 말입니다. 만정이 다 떨어지데요. 뭐 정이 든 것도 없응께 떨어질 것도 없지만요.

세상에…… 분수 앞에서 노래 부를 땐 완전 천사였던 여자가 이리도 돌변할 수가 있나요?

별로 우찌 보고? 이거 원! 70고개를 바라보는 내가 여자 꽁무니를? 내는 젊디젊을 적에도, 아니 일평생을 통털어서도 그런 적은 한 번도 없는 남자라요.

어이가 없어 말이 안 나오데요. 그러더니 금세 바로 말을 이었어요.

"저한테 혹시 하실 말씀이라도 있나요?"

얼굴은 좀 펴졌으나, 이번엔 완전 석고상이라요. 세상에…… 기가 맥혀도 유분수지…… 내가 지한테 무신 할 말이 있것습니까?

"아닌데요. 내는 간호사님 따라 온 것도 아이고. 할 말도 없는데요? 요오—가 내가 사는 뎁니다."

하도 기가 차서 아파트 건물을 가리키면서 말을 했지요. 물론 상대방 말투에 버금갈 만치 아주 퉁명스럽게요.

나는 이 여자 차가 내 앞에서 가는지 어쩐지도 모리고 집으로 왔거덩요.

간호사가 갑자기 얼굴이 새빨개져 가꼬는 안절부절못하

고 미안해했습니다.

"아이— 죄송해요. 이를 어째— 죄송합니다, 죄송합니다. 제가 큰 실수를 했어요. 저는 사돈에 관해서 뭐 궁금한 것이 있나 하고……."

'사돈?' 아마도 그레고리 진료 중에 내가 사돈이라고 애길 했나 봅니다.

그러고 보니 나도 너무 앞서갔네요. 서로가 오해를 한 거였어요. 무척이나 멋쩍었습니다.

사실, 사돈에 대해서 궁금한 기이 너무 많지요. 딸은 맨날 좋은 소리만 하지만 오데가 얼매나 아픈 건지, 엉덩이 수술한 기이 다 나아서, 앞으로 진짜로 걸을 수가 있는 긴지, 또 사돈은 무신 생각을 우찌하고 있는 긴지, 다아— 궁금하니까요. 내는 마, 건강 하나는 타고나서 평생 병원 한 번 안 가보고 살았으니 아픈 사람 마음을 모르지요. 알 수가 없는 기라예.

한데, 간호사 아버지가 내랑 같은 아파트에 삽디다. 내가 잘 아는 분이었어요. 몇 번 병원에도 모시고 간 적이 있는 분이었어요. 한국에서는 대학교수였다꼬 해요. 아 그라고 본께, 교수님 성씨가 명 씨네요. 90이 다 돼 가는 분이라, 몸은 약하신 데도 기억력도 좋으시고 아주 총명하십니다. 정부에서 영어 편지가 오모 지는 얼른 교수님한테 가꼬 갑니다.

부인이 딸처럼 젊어서 이상하다 했더니, 5년 전에 재혼을 하셨대네요. 그랑께네 80이 넘어서 재혼을 한 거라요. 놀랄 일입니다.

학교 때 제자였대요. 사모님 생전에도 알고 지내던 사이인데, 사모님 돌아가시자마자 딱 달라붙어서 안 떨어졌대요. 옛날부터 교수님을 사모하던 터라 참으로 지극정성으로 남편을 위한다꼬 합니다. 지한테 반찬도 가끔 해다 주십니다. 솜씨가 참 좋으세요.

말이 나왔으니 말이지, 혼자 살다 보니 아파트 할매들이 신세를 졌다 캄서 반찬을 가꼬 오기도 해요. 늙은 할매나 젊은 할매나 다들 내 보고 "아저씨, 아저씨." 합니다. 더러는 애교를 부리는 할매도 있지요. 내는 그런 거 마아, 딱 질색입니다. 이거 원…… 징그러바서…….

교수님 부부께서는 유일하게 지를 '공 선생'이라고 불러 줍니다. 아들 셋은 다 한국 살고 막내딸만 미국 있다는 얘길 들었는데, 그 딸이 바로 사돈 간호사라니, 세상은 넓고도 좁다는 옛말이 딱 맞아요. 맞아!

그녀는 미국 와서 간호사 자격증을 땄지만, 병원에서 근무하지를 않고 파트타임으로 가정에만 파견을 나간다고 하네요.

사나이 콩밭떼기 인생 황혼에…… 이렇게 한 여자가 등

장하게 됩니다. 성질께나 있게 생겨 '아이고 무서바라.' 하고 남자들이 딱 도망가기 좋은 여자라고 결정타를 날린 바로 그 명 간호사라요. 하지만 천사였던 첫인상이 자꾸 생각나는 건, 또 무신 일인지…… 그리고 아내의 얼굴과 노래 소리가 자꾸만 겹쳐지고요. 내…… 참. 우찌 돼 갈긴지 내도 감이 안 잡히네요.

3. 바람이 되어

명 간호사와 첫 만남 이후로, 그녀가 아부지 집에 왔을
때, 교수님이 나를 불러서 밥을 한 번 같이 묵었습니다.

그날, 제자사모님이 맛있는 반찬을 마이 해서 잘 묵고
싸오기까지 했지요. 또 한 번은 아부지가 신세를 마이 진
다꼬 아주 근사한 미국식당에서 명 간호사가 밥을 거하게
산 적도 있습니다. 비프스떼끼라 카는데, 세상에 세상
에…… 그리 연한 고기는 생전처음 묵어 봤어요. 입에서
살살 녹더라고요.

명 간호사는 남편과는 일찍 사별하고 서른 중반에 아들
하나 덱고 미국 왔답디다. 안사돈이 '미스 명'이라고 소개
를 한 거는, 현재는 독신이다 뭐 그런 뜻이었나 봅니다. 명
간호사 이름이 안젤라라는 것도 알았어예. 안젤라? 이름

이 참 좋네예. 그 뜻이 바로 천사 아입니까? 내가 본 첫인상이 딱 이름 그대로였지요.

그 좋은 이름 놔두고 안사돈이 와 미스 명이라고 소개를 했는지 모리겠네요. 명 간호사가 독신이라 카는 거를 내한테 밝힐 필요도 없는데 말입니다. 친한 사이면 이름 부린다 카더마는. 저거 둘이는 친해도, 내가 완전 한국적인 한국 남자라 미국 이름을 피했나? 아이구 마, 내가 그런 거 깊이 생각할 게 머 있노? 안젤라건, 미스 명이건 상관할 게 뭐 있노?

그날 식사 도중에 제자사모님이 안젤라랑 내를 은근히 묶을라 캐서 여엉 어색한 자리가 되었어요. 자기네끼리는 말이 오고간 듯한 느낌이 들었어예. 말이나 됩니까? 공부 마이 해서 똑똑하고, 또 젊고 예쁜 여자가 내한테 가당키나 합니까? 내보다는 나이가 10년도 더 젊어요.

그런데, 머리는 그리 돌아갔으나 마음은 그기 아닌기라요. 옛날에 아내 만났을 적 생각이 나며, 선녀와 나무꾼이 재현되는 기이 아인가 하고 가슴이 두근두근했어요. 깍쟁이라꼬 결정타를 날렸으모 멀리 내빼야 되는 기이 정상 아입니까? 이 콩밭떼기 성질에 말입니다. 그런데 도대체 콩밭떼기는 오데로 간기고? 첫 대면에서 천사 같아 보인 기이 탁 머리에 백히서 그런 기가?

그날 저녁에 교수님이 제 방에를 오셨어예.

"공 선생, 아까는 미안했네. 실은, 집사람 성격이 너무 적극적이다 보니 좀 주책스러운 데가 있어요. 아까는 실례를 했어요. 우리 딸한테 공 선생이 어떠냐고 집사람이 몇 번을 나한테 얘길 했는데 내가 가만있으니까 답답해서 그만 말이 나왔나 봅니다."

'아입니더. 실례 안 했십니껴.' 하는 말이 입안에서 뱅뱅 도는데 말은 안 나오고 아까 낮에 식사도중에 사모님이 얘길 꺼냈을 때와 마찬가지로 가슴에서는 막 두근두근 했어예, 한데, 입안에서 돌던 말은 어디로 내뺐는지 머리는 엉뚱한 쪽으로 가고 있었어요.

'서로가 좀 비슷해야 여러 가지로 너무 차이가 나. 내가 너무 부족해서 안 돼 안 돼.'

할 말을 찾지 못해 침묵의 무게에 짓눌리고 있는데 교수님이 갑자기 말의 연결에서 벗어나 제 칭찬을 했어요.

"공 선생은 그 어떤 사람보다도 좋은 사람이에요. 온갖 악이 난무하는 이 세상에 공 선생이야말로 참으로 순수하고 선한 사람입니다."

무안해서 할 말을 이자뿌리고 "아이 별 말씀을요……." 하고 기어 들어가는 소리로 한마디를 했는데 교수님께서 화제를 바꾸었습니다.

"실은, 딸아이가 젊은 나이에 혼자되었지만, 아들 때문에 재혼 같은 건 상상도 않았어요."

교수님으로부터 참 슬픈 이야기가 흘러나왔습니다.

아들을 낳았는데, 장애아였답니다. 태어난 지 6개월이 지나도 몸을 뒤집지도 몬하고 해서 이상하다는 생각이 들어 정밀검사를 받았대요.

검사 결과, 뇌에서 까만 점이 별견되었는데, 그기이 혹이 아이고 구멍이었다 캅니다. 혹이라면 그리 어려운 문제가 아인데 구멍이라서 수술이 불가능했다네요. 결국은 선천성 소아마비라는 진단이 내려졌답니다.

그러나 머리는 완전 천재였대요. 머라 카더라? 머? 하일리 기프디드? 그러니까 한국말로 하모 천재학교쯤 되겠지요? 거서도 일등만 했답니다.

아이가 어릴 적부터 그리 질문을 마이 했답니다. 하늘은 왜 파라냐, 노을은 왜 빨가냐 등등, 우주에 대해서 많은 걸 묻고 아주 궁금해 했대요. 모두가 다 몽 간호사는 생각도 못한 질문들이라, 그거를 일일이 사전을 찾아가며 대답을 해줬답니다.

그라고 아들의 견문을 넓혀주기 위해 음악회 등, 미술전시회에도 데리고 댕기고 여행도 참 마이 댕깄다 캅니다. 무슨 행사나 모임에도 참석을 하구요.

자신의 인생을 아들에게 온통 다 바친 거지요. 아니, 그

기이 자신의 인생이었을 겁니다.

사위는 아이가 세 살 때 세상 떠나고, 아이 열 살 적에 길이 열려 미국으로 왔대네요. 교수님 부부가 미국에 온 것도 딸 때문이었다고 해요. 사모님은 손자 뒷바라지하는 딸 뒷바라지하느라고 평생을 가슴 미어지게 살다가, 그래도 손주가 박사학위 받는 거는 보고 돌아가셨다고 합니다.

그러니까 그 아이가 우주공학박사 학위까지 받은 겁니다. 어머니가 기적을 이루어낸 거지요. 진짜진짜 인간승리입니다.

교수님 얘기를 들으면서 깜짝깜짝 울매나 놀랬는지 모립니다. 본인의 의지도 의지이지만 엄마의 피눈물 나는 노력과 헌신에 감동해서 눈물이 났어요.

아! 명 간호사! 대단합니다. 훌륭합니다. 존경합니다.

아들은 지금 서른 중반인데, 재택근무를 하면서 정부기관의 우주공학 연구팀 일원으로 일하고 있대네요. 물론 엄마랑 함께 살면서요. 엄마가 지 때매 평생을 희생하는 것을 늘 가슴 아파하는 아들이래요. 언젠가 한 번은 엄마도 남자 친구가 있으면 좋겠다꼬 할아버지한테 얘기를 한 적이 있다는군요.

"딸애가 아들 하나에만 온갖 정신을 쏟고 사느라고, 남자가 호감을 보이며 다가와도 일체 눈을 안 돌려요. 찬바람으로 다 싹싹 쓸어버려요. 더구나 한 번 안 좋은 일이 있고부터는 더해요."

교수님 말씀인즉, 딸이 어떤 남자한테 호되게 당한 적이 있다는구먼요. 첫째로 아들한테 잘해주고, 또 둘이서 좋아해 결혼까지 생각을 했었는데, 결국은 남자가 떠나버렸답니다. 근데 나중에 알고 보이 아주 나쁜 놈이었대요. 장애 아들 둔 것을 노골적으로 상처를 줬다니…… 그것도 떠나기 위한 방편으로요. 어쨌든 집 한 채를 날렸다는구먼요. 아주 홀랑 쏙았더래요. 완전 이용만 당했다지 멉니까? 그래서 그 담부터는 남자 기피증이 생겨 주위에 남자들이 얼씬거리기만 해도 톡톡 쏘아서 다 도망을 치게 만든다네요.

아! 그래서 나한테도 그랬었구나.

"남자들한테는 야박해도 아픈 사람들한테는 얼마나 잘하는지, 우리 딸만 찾는 환자들이 많아요. 사돈댁과도 아주 친하게 지낸다고 해요. 특히 안사돈과는 아주 가까이 지낸답니다."

"아! 네에…… 저도 그리 느꼈습니다."

"나도 나이 들다 보니 아픈 데가 많답니다. 다행히 집사람이 있어 얼마나 다행인지 모릅니다. 나까지 딸한테 짐이 되면 어쩌나 하고 걱정 많이 했었지요."

가마이 생각을 해본께 교수님이 80이 넘은 나이에 재혼을 하신 것도, 그라고 노인아파트로 분가를 하신 것도 딸의 짐을 덜어주기 위한 것 같아요. 그런 줄도 모리고 내는 80 넘어서 재혼하신 거를 이상하게 생각했거덩요. 이제 이해가 갑니다.

그라고 그 며칠 후에야 '아!' 하고 언뜻 머리를 스친 어떤 생각이 있어요. 교수님이 그날 제 방에 들른 것이 재자 사모님이 주책을 부려 미안해서 오신 것이 아니라 딸에게 장애아 아들이 있다는 것을 나한테 알려주기 위함이 아닐까 하구요.

가끔 저는 교수님이 김 장로님과 비슷한 데가 마이 있다꼬 느낍니다. 참 감사하지요. 주위에 이렇게 좋은 분들이 있다는 것이…….

내는 마 배운 기 없어서 잘은 모릅니다만도, 세상이 온통 나쁜 놈들 천지라 캐쌌는데, 그래도 나쁜 놈들보다 좋은 사람이 더 많다고 그래 생각합니다. 그래 믿어요. 그라이 내 같은 무지랭이도 이래 살아남아서 이래 잘 사는 거 아입니까!

그라이 마 쪼매라도 착한 인간, 좋은 사람 될라꼬 애쓰며 살아야지예, 나쁜 짓 하지 말고요! 마, 그리만 살모 내는 앞으로도 그냥 지금 맹키로 잘 살 거 같아예. 막연하게 어떤 믿음이 있는 기라요. 좋은 사람 돼가꼬 열심히 좋은 일해서 이 세상에 보탬이 되고 남한테 도움이 되면 그기 성공한 삶 아이겠습니까?

하이고, 이거 공자님 앞에서 문자 써서 안 됐네예, 미안합니다…….

그런데 말입니다. 우떤 사람은 내를 바보, 축구라 캅니다. 완전 천치 취급을 하는 기라요. 제발 정신 좀 차리라꼬 충고를 해요. 된장인지 똥인지도 분간을 몬 한다는 겁니다. 세상이 내가 생각하는 거 맹키로 그리 호락호락하지 않다는 거라요.

김 장로님이나 이 교수님은 지를 순수하다꼬 좋은 의미로 말씀하시는 것이 분명하다꼬 지는 그래 생각합니다. 그러니까니 김 장로님은 지를 무공해 인간이라는 별명까지 붙여주신 거 아이겠어요? 한데, 그 사람은 그게 바로 바보라는 뜻과 같다는 깁니다. 정말 그런가예? 그 사람은 절대로 나쁜 사람이 아인데, 사람을 믿지를 못해요.

앞으로 무신 겁나는 일이 터질지도 모리는 기이 세상인데, 너는 참 천하태평 성질도 좋다야아— 그러다가 나중에는 분명히 크게 당한다꼬! 당해! 그란답니다.

내 보고 무식해서 그렇다는 거겠지요. 지는 공부 마이 했거덩요.

글쎄올시다…….

하이고, 높은 자리에는 맨 학교 마이 댕기고 공부 마이 한 사람들만 앉아 있잖습니까? 그런데, 세상이 와 이래 어지러운지 모리겠네요! 그기 다 진짜 나쁜 짓은 공부 마이 한 자슥들이 하기 때문 아이겠어요? 한 번은 테레비에서 그랍디다. 아주 완전 까놓고 사기를 친다꼬요. 그기 다 정직하지 못해 그리 된 기 아이겠어요? 학교에서는 그런 거 안 갈켜주나요?

근데 또 웃기는 말도 있습디다. 대학교 중퇴해야 성공한다 카는…… 그런 사람이 많타카던데…… 그 말이 사실인교?

거 뭐더라? 아, 빌 게이츠라카는 사람도 그렇고, 스티브 잡스라카는 사람도 그렇고…… 좋은 학교 잘 댕기다가 티이나와 크게 성공했담서요?

그라고 또 어느 분 왈, 내 오지랖이 너무 넓다고 이제 좀 작작 나서라면서 범위를 줄이래요 줄여! 줄여! 그라다가 오히려 상대방한테 상처를 줄 수도 있다네요. 글쎄올시다. 내는 나서는 기이 아이고 상대방을 도와주고 싶어서 그라는 긴데 말입니다.

그라고 보이, 헷갈리기도 합니다. 내는 남을 위해서 한다꼬 하는 긴데, 상대에 따라서는 상처를 주는 일이 될 수도 있것다 하고요. 그러니까니 남을 도와주는 일에도 상대방을 입장 먼첨 생각해라, 머 그런 말 같네예.

상대방 입장을 생각 몬 하고 내 혼자서 찧고 까분 적이 있긴 있어예. 예전에 내가 사돈을 무지 미워한 적이 있잖습니까? 낼로 무시한다꼬요. 그라고 본께네, 사돈 입장에서는 그럴 수도 있겠다 싶어예. 아니 백이면 백 사람, 다 그랬을 겁니다. 근데 그거를 이해 몬 하고 그리도 미워한 기이 후회가 됩니다. 암 때메 고통이 심한 것도 모리고 만날 얼굴 찡그린다꼬 미워한 것도 후회가 막심합니다.

사돈이 암에 걸린 거를 알고부터는 너무 안돼서 내가 잘못한 거만 자꾸 생각나서 혼났구먼요. 지금 건강 회복이 돼서 천만다행이지, 만일 무신 일이나 생겼시모 우짤 뻔했것십니까? 내가 미안해서 몬 살지요. 몬 살아.

교수님이 제 방에 다녀가신 이후로 자꾸 안젤라 생각이 나고 밤에도 잠을 설칠 때가 많았습니다. 아내 생각도 마이 나고요. 교육대학 졸업하자마자 두메산골로 발령받아 농사꾼 만나 결혼하고, 딸 하나 낳고 젊디젊은 나이에 세상 떠난 아내입니다. 수십 년이 지난 지금의 아내 모습을 그려보려니, 안젤라 얼굴과 겹쳐지면서 콧잔등이 시큰해지네예. 진짜진짜 그녀가 아내와 마이 닮았거덩요.

그녀가 아부지 집에 올 때가 됐는데 하고 은근히 기다려지는 요즘입니다. 그날 제자사모님이 괜히 주책을 부려, 아부지한테 왔다가 고마 가뿌렀나 하는 생각도 들고요.

여자라고는 진짜진짜 그림의 떡이라고 완전 포기하고 산 이 콩밭떼기올시다. 아니, 그림이니, 떡이니, 하는 그런 말은 내 사전에는 없었습니다. 김이 몰씬몰씬 나는 떡이 눈앞에 보여도 그 근처에는 얼씬거리지 않았어예. 감정이 고마 딱 굳어 돌덩어리가 돼버렸는지 무감정, 무감정…… 무감정이었습니다.

일편단심 민들레야! 오직 아내뿐이었지요. 아! 옛날 옛 적…… 나무꾼이 선녀를 흠모하던 그때를 생각하니, 완전 돌덩어리인 내 가슴에 솜사탕이 사르르 녹아듭니다.

변화가 오고 있는 게 확실합니다. 변화가…….

아내 가고 처음으로, 무엇인가가 지를 흔들 것만 같 은…….

아이고! 이를 우짭니까? 이를 우짭니까?

하루아침에 실로, 청천벽력 같은 일이 생겼어요. 하늘이 무너지고 땅이 쪼개지는 불상사가 발생한 깁니다.

새벽같이 일어나서 만날 남편 아침을 준비하던 안사돈이 해가 중천에 뜨도록 기척이 없어, 이상해서 데이지가 침실 문을 열어본께 글쎄, 침대에서 떨어져서 바닥에 죽은 듯이 누워 있더래요. 놀래서 급히 가까이 가보이, 진짜 죽어 있더랍니다. 사인은 심장미비라네요.

그 순간에 누가 같이 있기만 했어도 죽지는 않았실 긴

데. 사돈 방처럼 응급시에 필요한 조치가 돼만 있었더라도 죽지는 않았실 낀데. 안사돈한테 이런 응급상황이 발생할 줄 누가 알았겠습니까? 소리라도 질렀더라면…… 그러나, 방도 너리고 집도 커서 들리지도 않았실 낍니다.

세상에 우째 이런 일이 있을 수가 있단 밀입니까? 정말 정말 너무 합니다. 신이 있으모 말 좀 해 보이소! 남편 간호에 온 힘을 다 쏟았는데요!…… 이기이 오데 말이나 됩니까?

몸이 그 지경이 되도록 본인도 집안사람도 별로 신경을 안 썼다고 합디다. 두 남자가 워낙에 환자이다 보니 그리 됐을까예? 그레고리와 결혼을 하고, 미국에 따라 온 다음에는 일본에 있는 가족하고도 별 연락 없이 살았다고 해요. 울매나 외로웠을까요? 전 남편한테서 아들이 하나 있었는데, 어려서 죽었다고 해요.

아, 불쌍한 사람. 딸이라도 옆에 있었더라면 잘해 주라꼬, 잘해 주라꼬 그랬을 낀데…….

장례식 때는 독일에서 아들도 오고, 선교사 딸도 오고 다 왔습디다. 이미 죽은 다음인데, 땅을 치고 울고불고 해봤자 머합니꺼? 아무 짝에도 소용 없다꼬요.

사돈양반이 그리도 슬프게 마이 울데요. 비쩍 마른 외모 맹키로 맘도 비쩍 말라 보이는데도, 그리도 슬프게 마이마이 웁디다. 눈물을 하염없이 흘리면서 슬프게 웁디다. 자기 대신 아내가 갔다고 생각하는 거 같데예. 울면서 뭐라고 중얼거리는데, 무신 말인지 한 개도 몬 알아듣겠는 거를 딸아이가 대충 통역을 해줬습니다.

"그래 당신이 못 다한 목숨까지도 내가 악착스레 살아갈게. 당신 몫까지 살 테니 걱정마! 여보, 미안하고 고맙고 사랑해, 내 사랑 릴리!"

근데, 안젤라가 조가를 불러 깜짝 놀랐습니다. 안사돈과 가깝게 지내는 사이라는 것은 알았으나 그녀가 조가를 부를 줄은 꿈에도 생각 몬 한 일입니다. 실은, 식장에 들어서자마자 혹시 그녀가 왔나 하고 부지런히 눈을 움직였으나 보이지가 않아 이상하다 했더니 사무실에 있었나 봅니다.

그녀의 노래 부르는 모습을 가마이 보고 있노라니, 어쩌면 그렇게도 아내와 딱 닮고 목소리도 같은지 놀랄 지경이었어예. 옛날에 아내가 두메산골에서 야학 선생할 때, 풍금 치면서 노래 가르치던 모습이 지질로 떠오르고요

그때 내가 아내의 노래를 듣다가 운 적이 있어요. '울밑이 선 봉선화야……!'

아내의 모습이 딱 울밑에 선 봉선화처럼 외로워 보였지요.

노래 부르는 안젤라의 모습도 아주아주 외롭고, 너무너무 슬퍼 보입니다. 와 안 외롭겠습니까? 또 그 슬픔이 오

죽하겠습니까?

　마침, 내가 아는 노래인 '천 개의 바람이 되어'를 불러 더 감동적이었어요. 사람들이 어찌나 마이 울던지 고마 장례식장이 눈물바다가 돼버렸습니다.

　조가는 영어로 불렀지만, 지는 그 뜻을 다 압니다. 세월호 사건 때 들어 알게 된 노래로 가사가 너무나 좋아서 잊지 않고 있어요. 노래를 첨 들을 적에 가사 한 구절 한 구절이 가슴에 닿아서 감동을 받은 노래였거덩요. 뭐라 그래야 내 느낌을 다 표현할 수가 있을지 모르겠네예. 아무튼, 그 느낌은 이루 말할 수 없이 크고 또 큽니다.

　나의 무덤 앞에서 울지 말아요.
　그곳에 나는 없어요. 잠들어 있지도 않아요.
　천 개의 바람, 천 개의 바람이 되어
　저 넓은 하늘을 흘러가고 있어요.
　가을엔 햇살이 되어 들녘에 내려 비추고
　겨울엔 다이아몬드처럼 반짝이는 눈이 되지요.
　아침엔 새가 되어 당신을 잠 깨워주고
　밤에는 별이 되어 당신을 지켜줄게요.

　천 개의 바람! 천 개의 바람! 안사돈의 영혼이 천 개의 바람이 되어 언제나 어디서나 남편을 잘 지켜줄 겁니다. 그리고 아내 역시 천 개의 바람이 되어 지를 지켜주고 있다는 것을 느꼈습니다.

저는 항상 그랬어요. 내놓을 꺼라고는 아무것도 없는 무지렝이 주제인데도, 그냥 괜히 자신만만하고 믿는 구석이 있어서 걱정 없이 살았거덩요. 그기 다 아내가 나한테 믿음을 준 거 같아예.

아침엔 새가 되어 당신을 잠 깨워주고
밤에는 별이 되어 당신을 지켜줄게요.

맞습니다! 맞아요! 맞아!

순간, 흐느끼는 울음 속에 "어무이"라는 말이 내 귀에 들어오지 멉니까? 딸아이가 곁에서 울고 있었습니다. "어무이, 어무이⋯⋯." 하면서요.

언젠가 내가 딸아이한테 시어머니한테 와 이름을 부르냐꼬 핀잔을 준 적이 있어요. 그때 딸이 좀 더 친해지면 '맘'이라꼬 부를끼라 카더마는, 금세 "내는 '어무이'라꼬 부를 낍니다."라고 말끝을 맺기에 참 가슴이 아팠었지요.

진즉에 '어무이'라꼬 불러보지 못한 게 한으로 남아, 죽은 후에야 저렇게 '어무이'라꼬 부르면서 서럽게 우는 딸아이를 보니 자꾸자꾸 아내 생각이 나서 더 슬퍼집니다.

'엄마', '어무이'를 불러 보고 싶어도 대상이 없었던 딸아이입니다.

아내와 안젤라, 그리고 안사돈이 '어무이'라는 말속에 함께 뭉쳐 있는 듯한 생각이 언뜻 스치네요. "어무이"라는 단어, 세상에서 가장 아름답고, 무한히 좋기만 한, 운명적인 말 아입니까? 노래를 부르는 안젤라 양옆에 아내와 안사돈의 환영이 보이는 듯합니다.

아! 산삼! 산삼이 탁하고 머리를 칩니다. 만날 머릿속에서 오락가락한 산삼……! 내도 참 한심합니다. 와 그간에 실행을 몬 했을까요? 진작에 산삼으로 몸보신을 했으모 안사돈이 이 위기를 면할 수도 있었을지도 모르는데 말입니다.

후회한들 무신 소용이 있겠습니까? 산삼 묵어야 할 사람은 이미 죽고 없는데요.

이 일이 계기가 되어 선교사 딸은 미국 본부에 지원을 해서 지 아부지 집에 같이 살게 됐다꼬 합니다. 진짜진짜 잘된 일입니다. 그런데 놀랜 건, 분명히 아아가 둘이었는데, 다섯 명을 덱고 왔더라꼬요. 세 명은 입양을 했대요. 쌔까만 아아들이 얼굴이 빤들빤들한 기이, 참 귀엽습디다. 아들 둘, 딸 셋, 고만고만한 오남매가 한 집에 살모 사돈 회복도 빠르지 않겠어요? 내는 희망이 생깁니다.

그라이까네 이 집은 인종 전시장인 셈이라요, 백인에 일

본인 부인, 한국인 며느리와 사돈, 흑인 사위와 아이
들…… 참 우리 사돈양반 참 대단한 사람이지요. 마음이
그리 넓어요. 내 같았시모 죽어도 그리 몬 했을 낍니다.

불행히도 톰은 걸어댕기게는 회복할 수가 없다네요. 영
원히 휠체어 신세를 져야 한대요. 그러나 얼굴에는 그늘이
없어요. 예전 그대로 건강색이어서 보기 좋고, 아주 밝아
요. 뱃사공 사위가 말도 잘 하고 성격도 활발해서 좋은 친
구가 돼 줄 낍니다. 그 덕분에 집안에도 활기가 넘칠 거 같
고요.

겨우 일 년 만인데도 손주 녀석들이 부쩍 컸더라꼬요.
딸은 미국 있을 때보다는 살이 빠졌는데, 더 세련이 되고
멋있어졌습디다.

"외국 물이 좋은가 보다. 니는 더 멋쟁이가 됐네."

"그래예? 아부지도 더 젊어지고 멋있어졌어예. 아부지
건강한 얼굴 보니까, 지는 마—, 더 바랄 게 없습니다."

참 웃겨요. 내는 내가 앞으로도 더 안 늙고 만날 이대로
유지가 될 것 같습니다. 지금도 주먹을 불끈 쥐모 팔뚝에
알통이 툭툭 불거져 나와요.

딸은 독일로 금세 돌아갔습니다. 사위 일도 그렇고, 애
들 학교 때메도 오래 머물 수가 없나 보더라꼬요.

내 예상대로 사돈네는 집 분위기부터가 활기를 띠게 됐

고, 사돈양반 그레고리도 거뜬히 걷게 되었어요. 안사돈이 세상 떠나고, 폭삭 더 사그라들까 봐, 참 많이들 걱정을 했는데, 산 사람은 다 살게 마련인가 봅니다.

장례식 때 "그래 당신이 못 다한 목숨까지도 내가 악착스레 살아갈게. 당신 몫까지 살 테니 걱정 마! 여보, 미안하고 고맙고 사랑해." 하면서 마이도 마이도 울더니 그 의지가 그대로 실현이 된 깁니다. 참 고마운 일입니다.

뱃사공 사위가 안사돈 못지않게 잘한다꼬 해요. 건장한 체격에 젊은 남자 아입니까? 휠체어 타는 톰 시중도 다 든다꼬 합니다. 사위 이름이 하도 길어서 쎄가 잘 안 돌아가, 자꾸 뱃사공이라꼬 부르게 되네예. 이해해 주이소. 제가 농부로 뼈가 굵어서 그런지, 뱃사공이라는 말이 참 친근감이 가고 좋습니다.

내가 저거 시아배 걱정하는 거 알고, 하루는 딸이 "아부지는 걱정도 팔자야." 하고, "인자 아부지도, 맨날 남 걱정만 하지 말고, 아부지 자신을 위해서 사이소. 우리 시아부지는 병원에서도 놀랄 정도로 마이 나았어예. 완전 기적이라예 기적! 아부지는 쪼끔도 신경 쓸 거 없어예."

그라고 보니, 딸 말도 맞네요. 그렇지만 남을 돕는 기 바로 내 자신을 위하는 일이라요. 내가 좋아서 하는 일이니까요. 힘드는 줄도 모르지요.

잠깐 말을 끊었다가 딸은 엉뚱한 소리를 했어요.

"아부지, 그 노인아파트에서 아부지 인기짱이라 카던데, 데이트할 만한 여자 없어예? 반찬 해다 주는 여자도 많다 카더마는 맘에 드는 여자 없어예? 나이 많은 할매는 안 되고요. 한 육십 정도면 딱 좋겠네예."

나이까지 정해 주며 지껄이는 딸한테 "없다. 없다." 그딴 소리 하지도 마라꼬 대꾸를 하는데, 갑자기 안젤라 얼굴이 떠오름은 웬일이었을까요?

그라다가 언뜻 내가 그 집 정원일을 해주모 우떨까 하는 생각이 머리를 스쳤습니다. 어떤 남자는 아들 때메 멀어졌다고 했지만, 내는 그 반댑니다. 아들 때메 더 마음이 갑니다. 그리고 잔디 깎아 주고 정원 손질도 해주면 그 아들과도 가까워지지 않것습니까? 아들이 꽃 좋아하고 나무도 좋아해서 뜰이 넓은 집에 산다꼬 했거덩요.

그러던 어느 날이었어요. 명 교수님이 저를 찾았어요. 갑자가 딸집에 갈 일이 생겼는데, 운전 좀 해줄 수 있냐꼬요. 마침 그때 제가 한가했습니다. 아니 바쁘더라도 만사 제쳐놓고라도 가야지요. 암 그래야지요.

택시를 불렀다 카는데 오다가 사고가 났대요. 다음 택시는 좀 시간이 걸린다 카고요. 퍼뜩 제 생각이 나서 부탁한다꼬 했지만 제게는 정말 좋은 기회였습니다.

일 때문에 좀 먼 데 나가 있던 딸이 아들한테서 급한 연락을 받고 집으로 가는 중인데, 프리웨이가 너무나 메어 차가 정지상태이니 아버지보고 아들한테 가보라고 했답니다.

차 안에서 교수님이 손자의 건강이 그리 좋지 않다는 말을 했습니다. 장이 나빠서 설사를 자주 한대는군요.

'무신 일일까?'

도착을 하니, 큰일은 아니었고, 집 전기가 몽땅 나가서 컴퓨터고 뭐고 다 멈추는 바람에 아들 일에 큰 지장이 온 거였어요. 동네 다른 집은 다 괜찮고 명 간호사 집만의 문제이니, 얼른 두꺼비집을 점검을 했지요. 제 짐작이 맞았어요.

간단히 손을 보고 나니 금세 고쳐졌습니다. 별거 아닌데도 세 사람이 다 얼마나 고마워하는지 오히려 제가 몸 둘 바를 몰랐지요. 이들과는 간단하게 인사만 했고, 할아버지와 손자가 영어로 대화를 하는 것을 보고 저는 정원으로 나왔습니다. 아들이 앉아 있는 휠체어는 좀 특수하게 보였습니다. 노인들 병원에 모시고 다닐 때 보던 휠체어와는 아주 달랐어요.

팔걸이와 등받이 발판 등도 예사롭지가 않았구요. 널따란 오른편 팔걸이 바깥쪽에는 스위치가 여러 개 붙어 있었습니다.

집은 자그마한데 교수님 말씀대로 뒤뜰은 꽤 넓었어요. 척 보기에 손댈 데가 많아 얼른 차에서 전자 가위를 가꼬 왔지요. 삐쭉삐쭉 제멋대로 나와 있는 가지를 다듬고 동글동글한 거는 동그랗게, 가지런한 거는 가지런하게 원래의 모습대로 다 다듬어 놓으니 제가 보기에도 깔끔했습니다. 마침, 집 앞 정원 손질을 끝낸 후, 옷을 탈탈 털고 매무새를 고치고 있는데 명 간호사가 들어왔어요. 나를 보고 활짝 웃으며 우찌나 반가바하고 고마워하는지 지가 되려 무안합디다. 웃는 모습이 참 예뻤어요.

"어마나! 집 전체가 아름다워졌어요. 딴 집 같아요."

그리고는 제 팔을 붙들면서 집 쪽으로 발걸음을 뗐어요. 순간 감전이나 된 것처럼 찌르르한 느낌이 전신에 퍼지지 않겠어요? 이 무슨 조화인지…….

교수님이 수고 많았다면서 얼른 씻고 나오라며 저를 화장실로 안내해 주었습니다. 어느새 사모님께서는 저녁 준비를 다 해놨었어요. 아들은 이미 밥을 먹었다며 모습을 드러내지 않았어요.

슬픔이랄까, 아픔이랄까? 콕 집어 말할 수 없는 뭔지 모를 물결이 쏴아 하고 가슴을 적셨습니다.

몸 상태에 장애가 없다 해도 장애자는 얼마든지 있는 기이 이 세상입니다. 장애인이라는 기이 영 남의 일 같지 않은 깁니다. 생각해 보이 내도 장애인인기라요! 영어 몬 하

는 영어장애인 아닌교? 하고 싶은 거 몬 하는 기 장애인이
지 별 겁니까?

　그날 밤이었어요. 아내가 꿈에 나타났어요. 물론, 아내
가 늘 내 맘속에 같이 있었으나 꿈에 나타난 적은 거의 없
습니다. 하도 그리워서 꿈에라도 한 번 봤으모 울매나 좋
을꼬 하는 생각을 한 적도 있어요. 그리움이 잔잔한 행복
이 되기도 했지마는 그리움이 너무 짙다 보니 괴로움이 되
기도 했지요.

　참 웃기는 거는 말입니다. 꿈속에서도 꿈이라는 것을 안
다는 사실입니다. 잔디 깎으러 가는 도중 집을 못 찾아서
막 헤매고 다니는 꿈을 꿀 때도 '괜찮아, 괜찮아. 이건 꿈
이야! 꿈! 꿈일 뿐이야.' 하고 나를 위로한 적이 있다니까
요.

　꿈속이었으나 참 행복했어요. 온몸이 살살 녹는 거 맹키
로 행복했습니다. 진짜로, 진짜 같았어요. 꿈같지가 않았
어요.

　품안에 쏙 들어온 아내를 폭 안고 행복에 젖어 입을 맞
추려고 얼굴을 맞대고 보니, 품에 안긴 여자는 아내가 아
닌 안젤라로 변해 있었습니다. 후다닥 놀라야 마땅한데,
이상하게도 나는 그 감정이 그대로 유지되면서 계속 행복
했어요.

잠을 깼는지 말았는지 그다음엔 비몽사몽간에 딸과 안젤라 아들이 우리 둘을 무표정하게 바라보고 있었어요.

꿈속에서는 그리 행복하더마는, 꿈을 깨고 보니 그기 아이라예. 딸과 안젤라 아들 얼굴이 눈에 밟혔기 때문입니다.

딸이 이런 말을 더러 했었지요.

"아부지는 자알 생기고 굉장히 젊어 보이는데 여자 친구 없어예? 여자한테 관심을 갖고 좀 둘러보세요."

하지만 저는 "그딴 쓸데없는 소리는 하지도 마라." 하고 핀잔을 주곤 했습니다. 물론 명 간호사 얘길 하면 딸은 손뼉을 치며 좋아할 건 분명합니다. 그러나 그녀에게 장애아들이 있다고 하면 손뼉을 치는 않을 겁니다.

한국서 두메산골 살 때, 농부로서 뼈 빠지게 일을 하면서도 동네 궂은일은 다 맡아 하는 나를 보고 딸은 못마땅해 하면서도 아부지가 좋아서 하니, "아부지는 팔자야, 팔자!" 그랬고, 또한 미국 와서도 노인들 뒤치다꺼리하는 아부지를 "아부지는 팔자야 팔짜!" 그랬으니, 이번에도 "팔자야 팔짜!" 하고 이해할 거예요. 딸은 착하니까요.

딸 말마따나 진짜 팔자는 팔자인 갑십니다. 팔자는 못속인다 카더마는.

아무튼 간에, 아부지가 행복하다는데 우짜겠습니까?

내는 마, 나로 인해서 상대방이 행복해지면 그기 바로

내 행복입니다.

그 후, 내내 안젤라 생각을 했지요. 그런데 말입니다. 내가 이리 미적거리고 있는 기이 혹시 딸 때문인가? 하는 생각이 불현듯 듭니다. 그간에 내가 그런 생각을 통 몬 했는데 어떤 잠재의식이 나를 지배했었나? 하구요.

아입니다. 그건 아일낍니다.

야! 이 콩밭떼기야! 도대체 니 지금 뭐하고 있는 기고? 자신을 가져라, 딸도 분명 좋아할 끼다.

그렇게 마음을 굳힌 바로 그 다음날이었어요. 사돈네에서 지를 초대했어요.

딸이 시아부지랑 톰 건강이 아주 좋아졌다 캐서, 큰 맘먹고 소주를 사 가꼬 갔지요. 요새는 소주도 독하지 않은데다가, 이런저런 과일 향이 나게 만든 것도 많데요. 여자들이 술을 마이 묵는 바람에 여자용으로 그래 만들었다 카데요.

내는 모리고 갔는데, 그날이 톰 생일이었습니다.

집 풍경이 확 달라졌더라꼬요. 정원이 아주 잘 손질되어 있었어요. 저쪽 놀이터에서 놀던 손주 다섯이서 띠이와서는 내 앞에 쪼르륵 서서 인사를 하는데 진짜진짜 귀엽습디다. 누가 가르쳐줬는지 내한테 '하라버지'라 캐서 놀랍고, 기쁘고, 좋아서…… 기분이 날아갈 것 같았어요.

잠깐 안사돈이 눈앞을 스칩디다. '죽은 사람만 불쌍하지……' 그래도 마아, 하늘나라에서 남편이 건강 되찾아 잘 살고 있는 거를 보모 기뻐할 겁니다. '산 사람은 살아야 하는 기 세상 이치 아입니꺼?'

그라고, 기분 좋은 미소를 머금은…… 사돈양반의 건강해진 모습을 보니, 진짜로 진짜로 안사돈이 '천 개의 바람이 되어' 남편을 지켜주고 있는 것 같았어요.

근데, 뜻밖에도 사돈네에서 안젤라를 만났지 멉니까? 굉장히 반가웠습니다. 데이지와 아주 가까운 사이로 보이고, 선교사 딸하고도 무척 친한 것 같았어요. 영어로 쫠쫠 말하는 그녀가 신기해 보이고 존경스럽기까지 했어요. 우리 사돈양반 그레고리도 그렇고, 톰 건강에도 그녀의 역할이 아주 컸었나 봅니다.

그라고 말을 들어본게, 그간에 다섯 아이들하고도 자주 봐서 가까워졌다고 하네예. 아이들이 안젤라를 그리 좋아한답니다. 그랑게네, '하라버지'라는 말도 그녀가 가르쳐준 모양이네예.

진짜진짜 반갑더라꼬요. 우찌나 반가운지 하마터면 띠이가서 얼싸안을 뻔했다니까요. 그녀를 보는 순간 가슴이 쿵.쿵.쿵. 하고 막 띠었어요. 30년이 훨씬 넘게 완전 돌부처가 돼 가꼬 살아온 싸나이한테 말입니다.

"해피 버스데이!"를 외치며 내가 가꼬 간 쐬주를 근사한

와인잔에 담아 건배를 했어요. 다들 맛이 좋다고 눈을 똥그랗게 뜨고 "굿. 굿." 하네예. 뱃사공 사위와 선교사 딸은 계속 홀짝홀짝 마시고 있구요. 저 역시 쐬주 맛이 이리도 좋은 걸, 예전엔 미처 몰랐네예.

향긋한 바람이 붑니다. 서로가 서로를 바라보는 눈빛에도 얼굴에도 화색이 만연합니다. 다들 바람이 되어 서로서로를 어루만지고 있는 거 같아예.

천상에서도…… 지상에서도…….

식사를 끝낸 안젤라가 손주들을 덱고 저어— 저쪽 잔디밭에서 띠이 놀고 있네요. 아아들 다섯이서 손뼉을 치고 좋아하는 모습과 더불어 온 집안에 행복 꽃이 만발했습니다. 행복의 꽃밭에서 내 눈은 지금, 오직 한 사람만 따라댕기고 있습니다. 오로지 한 사람만……

어, 멀리서 안젤라가 나를 향해 활짝 웃으며 손을 흔드네요. 한 손이 아닌 두 손을 다 들고요. 아이고, 우찌나 반갑고 고마운지 내도 두 팔을 번쩍 들고 마구 흔들었지요. 팔을 흔들었다기보다 머라카노…… 만세를 불렀다카는 기 맞겠네예.

대한독립 만세! 콩밭떼기 만세! 만세, 만세, 만만세!〈*〉

콩밭떼기 만세
작가 노트

이 소설의 주인공 '콩밭떼기'는 바깥으로 내놓을 것이라곤 정말 하나도 없는 사람입니다. 세상의 잣대로 보자면 아주 불쌍한 약자입니다. 그러나 그는 부끄러워하지 않고, 쭈뼛쭈뼛하지도 않고, 풀죽지도 않고, 당당하고 자신만만하게 잘 살아갑니다.

본인의 일에 충실할 뿐 아니라, 타인의 일에도 최선을 다해 도와줍니다. 자신의 도움으로 인해 상대방이 행복해하면 자신이 더 행복해지는 참 착하고 좋은 사람입니다. 사회를 구성하는 한 사람으로서 본보기가 되는 삶을 영위하고 있는 거지요.

이런 사람이 사회에서 대접받아야 되는 거 아닙니까? 물론 이 소설에서는 '콩밭떼기'를 대우해주는 좋은 사람들이 등장을 합니다만, 사회와 세상은 다릅니다.

어떤 사람은 '콩밭떼기'처럼 순수하고 착한 사람을 보면, 아예 자기

손아귀에 넣고 쥐고 흔들려고 합니다. 도와줘도 "감사하다." 말은커녕 오히려 종처럼 부려먹으려고 하지요. 착하다는 그 자체를 아예 바보로 취급하면서 앞에 대놓고 무시를 합니다.

아무튼, 콩밭떼기 같은 인물을 주인공으로 소설을 한 번 써 보고 싶었습니다.

이 소설에 나오는 두메산골 배경은 저의 본적지인 경상남도 고성입니다. 고성군에 속해 있는 측정이라는 동네로 제 아버지가 태어난 곳이기도 합니다. 어릴 적엔 할아버지 댁에 자주 가 증조할아버지, 할머니도 뵙고, 여름방학 때는 사촌들도 다함께 푸른 산천을 뛰어다니면서 신나게 놀던 기억이 지금도 생생합니다.

경상도 사투리로 시도를 해 본 것도 고성이 배경으로 설정되어서 입니다. 아니, 꼭 그런 것만은 아닙니다. 소설 전체를 사투리로 한 번 써보고 싶은 생각은 오래전부터 있었습니다.

그동안에 많은 글들을 써 왔으나, 사투리로 쓴 소설은 이 작품이 처음입니다.

바람 소리가 물결처럼 하늘거리는 허허 벌판이었다.

희뿌옇게 밀려오던 새벽빛은 어느새 걷히고

동녘 하늘엔 붉은 태양이 찬란한 빛을 내뿜으며 떠오르고 있었다.

눈이 부셔 고개를 들 수가 없었다.

묻어나리 만큼 짙은 어둠 속에서 막 빠져나온 것 같은 느낌이었다.

저만치 강 건너에서 웬 남자가 나를 향해 손짓을 하고 있었다.

훌쭉하니 큰 키에 바바리코트를 걸치고 있었다.

자세히 보니 그 남자는 남편이었다.

하나도 변하지 않은 옛날 모습 그대로였다.

아침 햇살을 받은 강물은 은빛 가루를 뿌려놓은 것처럼 아름답게 반짝이고 있었다.

남편은 환하게 웃으며 빨리 오라고 자꾸 손짓을 했다.

강물은 잔잔하기 그지없었다.

남편을 바라보는 내 마음 역시 강물처럼 잔잔했다.

그때, 갑자기 한 여자가 나타나 나르듯이 훌쩍 강을 건넜다.

민영애였다.

건너지 못하는 강

1

 하늘을 찌를 듯이 우뚝 솟은 고층 건물이 바로 눈앞에
서 있었다. 사면이 전부 유리로 단장된 초현대식의 멋진
건물이었다. 나는 고개를 젖히고 빌딩의 꼭대기를 올려다
보았다. 아침 햇살에 반사된 유리창이 유난히도 반짝거려
눈이 부셨다. 빙글빙글 도는 육중한 유리문에 몸을 들이밀
면서 심호흡을 한 번 크게 했다. 그리고 유 변호사가 가르
쳐준 대로 삼십이 층에 있는 회사를 향해 빠르게 발걸음을
옮겼다.

 리셉션이스트가 기다렸다는 듯이 나를 반겼다. 주위를
둘러보며 나는 '와아' 하고 탄성을 질렀다. 실내장식이 너
무나 아름다웠기 때문이었다. 옅은 핑크 빛의 아늑한 분위
기 속에 벽에 걸린 그림이랑 구석에 놓인 화분들이 조화를
잘 이루고 있었다. 붉은색 계통의 빛깔을 띤 가죽 소파도

화려하거나 유치해 보이지가 않고 도리어 고상해 보였다. 그 감촉 또한 부드럽고 폭신했다. 무역회사인데도 어디 미술관에 들어온 것 같은 착각이 들 정도였다.

사무실에 들어서니 사람들은 모두가 백인이었고 하나같이 정장을 하고 있어 다들 영화배우 같았다. 로비에서, 또 엘리베이터에서 만난 사람들도 마찬가지였다.

미국 온 지 6년 만에 나는 드디어 내가 원하는 직장을 잡게 되었다. 영주권도 해결되었으니, 이제 나의 목표는 착실히 직장 생활을 하면서 못 다한 공부를 끝내는 것이었다. 앞으로는 꿈을 펼칠 일만 남았다. 희망에 부풀어 가슴이 벅찼다.

유 변호사 부인 방은 굉장히 넓었다. 또 고급스럽게 잘 꾸며져 있어 그녀가 높은 위치에 있다는 것을 단박 알 수 있었다. 그녀는 아주 우아한 자태의 미인이었다. 나이를 따져도 60은 넘었을 텐데 몸매까지 팔등신이었다.

그런데 그녀를 보는 순간 어디서 많이 본 사람 같다고 느꼈다. '어디서 보았을까?' 하고 생각을 하다가 나는 그만 소스라치게 놀랐다.

그렇다. 민영애와 닮았다. 너무 닮았다. 주는 느낌까지 똑같다. 백옥같이 하얀 피부에 이목구비가 뚜렷한 이국적인 용모가 판에 박아놓은 것처럼 똑같다.

남편의 옛 애인인 민영애, 그 여자를 내가 어찌 잊을 수 있단 말인가?

가슴이 두근두근했다. 그녀가 환한 미소를 띠우면서 말을 하는데 한국어가 아닌 영어로 말을 해 나는 또 놀랐다. 약간 높은 톤으로 말하는 그녀의 목소리는 밝고 맑았다. 그녀는 이력서와 직업학교 원장이 써준 추천서를 찬찬히 훑어보면서 내게 미국 이름이 있느냐고 물었다. 나도 영어로 없다고 짤막하게 대답했다.

그녀가 민영애와 혹시 혈연관계에 있는 것이 아닐까? 모녀관계? 아니다. 유 변호사는 딸이 없고 아들 하나뿐이다. 그럼 자매인가?

나이가 너무 차이 나지만 그건 가능하다. 가슴은 계속 두근거렸다.

"내 이름은 비비안이에요. 앞으로 비비안이라고 부르세요. 그럼 영어 이름 하나 지읍시다. 한국 이름이 영아니까……."

비비안은 잠시 망설이다가 말했다.

아이린 어때요? 아이린…… 괜찮은 것 같은데요?"

평생을 붙어 다니는 개인의 상징인 이름을 너무 즉흥적으로 짓는 것 같아 '좀 생각해 보겠다.'고도 말할 수도 있었는데 이상하게도 내 입에선 '좋다.'는 말이 금세 나와 버렸다. 딴 생각을 하던 뒤끝이라 그냥 얼떨결에 대답이 튀어나왔는지도 모른다. 아니면 그녀의 당당하면서도 부드러운, 그리고 세련된 매너에 내가 그만 완전히 압도돼 버렸는지도 모를 일이다. 민영애와의 첫 대면에서도 나는 입이 얼어붙어 할 말을 제대로 못 했었다.

어쩜 이런 느낌까지도 똑같단 말인가?

그녀는 인터폰으로 쟌이라는 사람을 불러 나를 아이린이라고 소개했다. 나는 그 자리에서 바로 아이린이 되어 쟌과 인터뷰를 했다. 그는 이력서와 추천서를 보는 둥 마는 둥 하더니 내게는 별것 묻지 않고 회사의 역사와 유래, 그리고 시스템이 어떻게 되어 있는지에 대해 이야기해 주었다.

그중에서 제일 끌리는 부분은 6개월 수습기간이 지나면 회사에서 학비를 대준다는 대목이었다. 공부를 끝내지 못해 늘 마음 아파하는 어머니가 얼마나 기뻐할까 하고 생각을 하니 미리부터 가슴이 벅찼다. 주말에 공부할 수 있는 학교도 있고, 또 주중이라도 일 끝나고 갈 수 있다고 했다. 그러면서 비비안이 학비 프로그램을 자세하게 설명해 주라고 했다는 것이다. 그러면 자기가 그냥 한국어로 설명을 해주면 될 걸 왜 쟌으로부터 영어로 하는 말을 들어야 하는지 이상했다.

인터뷰를 하는 동안에도 계속 민영애의 모습이 머리에서 떠나지 않았다. 집에 와서도 비비안과 그녀의 얼굴이 자꾸만 겹쳐졌다. 그들이 꼭 무슨 연관이 있는 것 같아 밤에 잠도 제대로 잘 수가 없었다.

민영애, 그녀는 내 운명을 바꾸어놓은 슬프고도 고통스러운 기억 속의 여자다.

2

대학 졸업 후 바로, 나는 집안끼리의 중매로 많은 사람들의 축복 속에서 결혼식을 올렸다. 여러 가지 좋은 조건들을 두루 갖춘 남편은 법조인 집안의 변호사였다. 나보다 근 열 살이나 나이가 많은 것도 세상물정 모르는 내게는 장점으로 작용했다.

그 당시 아버지는 건축회사를 경영하고 있었다. 국가로부터 산업훈장도 받은 아주 탄탄한 중소기업이었다. 그리고 나는 부모에게는 말 잘 듣는 딸이었고 학교에서는 공부 잘하는 모범생이었다. 주어진 환경에서 모든 게 다 순조로 웠기에, 나는 그냥 세월 따라 흘러가기만 하면 되었다. 참으로 안이한 삶이었다. 꿈이 없었으니까.

남자 친구 하나 없이 공부에만 전념하던 나는 그를 처음 만나는 순간부터 듬직한 그의 모습에 매력을 느꼈다. 그에게 모든 것을 맡기면 뭐든지 해결이 될 것 같았고 그와 같이 있으면 항상 편안했다. 그것이 사랑인지 뭔지도 모르고 어른들이 일사천리로 진행시키는 순서에 따라 강물이 흐르듯 나는 순종했다.

그리고 짧은 만남으로 맺어진 때문인지 결혼한 후에 그가 더 좋아졌다. 나는 그의 부드러운 목소리에 취해 있었고 우수에 잠긴 깊은 눈동자 속에 빠져 있었다. 그런데 1년도 채 못 되어 내 운명을 바꿔놓는 사건이 터졌다. 신혼의 단꿈이 깨기도 전에 남편에게 딴 여자가 생긴 것이다. 참말로 어처구니없는 일이었지만 그것은 엄연한 사실이었고 현실이었다. 남편의 옛 애인이 나타난 것이다. 완전 청천벽력이었다.

어느 날 아침, 나는 한 여자로부터 전화를 받았다. 민영애라고 자신의 이름을 밝히며 남편과는 대학 동창이라고 했다. 꼭 만나야 할 일이 있다기에 나는 그리 심각하게 여기지 않고 나갔다. 그러나 거기에는 내가 감히 상상도 못한 어마어마한 현실이 도사리고 있었다.

그녀의 태도는 아주 당당했다. 말투 역시 강했다. 더러는 감정에 못 이겨 눈물까지 보였으나 자기 하고 싶은 말은 똘똘하게 몽땅 다 했다.

이미 결혼을 하여 아내가 있는 남자를 사랑한다는 말을 어찌 그리 당당하게 내뱉을 수가 있단 말인가? 그것도 그 남자의 아내 앞에서…….

민영애는 미대, 남편은 법대 재학 시절부터 그들은 연인 관계였다. 둘은 결혼까지 약속을 했으나 집안의 강력한 반대에 부딪친 남편은 이러지도 저러지도 못하고 오랜 세월을 질질 끌기만 했다. 변호사가 된 것도 민영애의 역할이 컸다고 한다. 아버지의 맘에 들어 결혼 승낙 받기 위함이었다. 그러나 결과는 그들의 뜻대로 되지 않았다. 그러다가 나를 만난 그는 부모의 뜻에 따라 결혼을 한 것이었다.

민영애는 그를 잊으려고 노력하며 외국에 나가 몇 달을 견뎌 보았으나 그리움은 갈수록 더했다고 한다. 그리고 뭐? 뭐가 어째? 그 역시 마찬가지여서, 떨어져 있음으로 인해 다시 한 번 더 사랑을 확인했다고……. 민영애는 나를 완전히 깔고 뭉개고 있었다.

남편의 이름을 탁탁 불러 가면서 그녀는 '우리'라는 단어를 강조하며 거침없이 말을 이어갔다.

"학교 다닐 때부터 우린 형우 씨 화실에서 거의 살다시피 했어요. 실은 형우 씨 말예요. 아버지의 강권에 복종해 법대를 갔지만 꿈은 그림에 있었어요. 그래서 부모님 몰래 화실을 꾸며놓고 내내 그림을 그렸지요. 그의 유일한 탈출구가 그림이었으니까요. 우린 산으로 들로 다니면서 풍경도 많이 그렸어요. 형우 씨는 특히 풍경화를 아주 잘 그렸었지요. 물론 우리는 둘 다 그림을 사랑했기에 더 가까워졌구요."

화실이라니……. 뭐야? 둘이서 화실에서 살다시피 했다고? 그러나 나는 화실이 있는 것조차도 몰랐다. 아내라는 여자가 그렇게도 남편을 몰랐다니…….

언젠가 그가 내게도 말한 적이 있다.

"아버지 뜻을 따라 법대에 지망을 했고, 또 변호사가 되었지만 내 적성에는 안 맞아. 지금이라도 다 그만 두고 그림이나 그리면서 살고 싶어."

그래서 나는 그의 마음을 편하게 해주려고 노력했다. 자신의 꿈을 접고, 원치도 않는 변호사의 길을 가자니 직업의식에서 오는 스트레스가 오죽할까 해서다. 어둠의 그림자가 드리운 그의 표정 뒤에는 민영애가 숨어 있는 것을 나는 정말 꿈에도 상상하지 못했다.

"내가 떠나 있는 동안에도 그는 유일한 탈출구인 그림을 그리며 고뇌를 달랬다고 하더군요. 그리고 돌아온 후에는 그의 화실에서 살다시피 한 저예요."

민영애는 내가 누군지 의식도 없는 듯, 이야기를 계속 이어나갔다.

이럴 땐, '뭐야? 화실에서 살다시피 했다고? 너 지금 내가 누군지 알고나 지껄이는 거냐? 뻔뻔스럽기는……. 뭐? 사랑해? 내 남편을 죽도록 사랑한다고? 사랑하는 건 죄가 아니라고? 이 나쁜 년아! 너 아주 당당하구나. 남의 남편

가로챈 것이 자랑인 줄 아니?' 하고 머리채라도 잡아채야 되는 거 아닌가? 영화에서는 그랬다.

그러나 나는 두 번 죽어도 그런 짓은 못 한다. 위치가 완전히 뒤바뀌어져 있었다. 나는 뛰는 가슴을 주체하지 못했다. 빨갛게 뺨이 달아오르며 열이 화끈화끈 났다. 눈동자에까지 열이 침범을 했고 입은 얼어붙은 듯, 옴짝 달싹할 수가 없었다.

처음부터 나는 그녀의 미모에 기가 질려버렸다. 큰 키와 늘씬한 몸매, 그리고 세련된 아름다움은 외국 여배우를 연상케 했다. 나와는 도저히 비교가 안 되었다. 그리고 말투에는 나를 완전히 무시하고, '네 남편은 내 거야.' 하는 자신만만함이 내포돼 있었다. '아무리 결혼을 했다 하더라도 너는 내 상대가 안 돼.' 하고 맘속으로 비웃고 있는 것 같았다.

그런데도 그녀는 간간이 미안하다는 말을 섞었다.

"미안해요. 그이한테 맡겨 놨다가는 세 사람이 다 불행해질 게 뻔하고, 영아 씨가 아무것도 모를 수 있다는 판단이 서서 만나자고 한 거예요. 계속 이렇게 살 수는 없거든요."

계속 이렇게 살 수는 없다니……. 그럼 계속 어떻게 살았단 말인가? 남편이 이중생활을 했다는 말이겠지.

무슨 말이라도 해야 하는데 입은 여전히 얼어붙어 있었다. 아니 그녀는 남편과의 연애사에 취해서 내게 말할 틈을 한 치도 내주지 않았다.

"그이도 나를 잊으려고 무척 애를 썼다고 해요. 그러나 애를 쓰면 쓸수록 생각이 더 났데요. 오죽하면 결혼이라는 걸 다 해 봤겠냐고 하면서, 결혼을 하면 잊힐 줄 알았는데 그게 맘대로 안 되더래요. 밤마다 내 생각이 나서 영아 씨한테 너무 죄를 짓는 것 같아 고통스러웠다고 하더군요. 그래서 아무것도 모르는 어린 아내가 불쌍해서 영아 씨한테 잘해주려고 최대의 노력을 했다는군요."

그 말은 날카로운 비수가 되어 내 가슴에 꽂혔다. 그녀는 무대 위의 배우 모양 눈물까지 줄줄 흘리는 지극히 겸손한 태도를 가장하고는 내게 비수를 날렸다. 그리고 한 치의 오차도 없이 내 가슴 한복판을 정확하게 명중시켰다. 포장된 가식스러운 눈물처럼 그 말도 무대 위의 대사에 불과할 뿐이라고 생각하고 싶었으나 순식간에 펑펑 쏟아져 나오는 패배의 피를 나는 주체할 수가 없었다. 너무 아파서 숨쉬기도 힘들었다.

뭐, 한 여자를 잊기 위해 결혼이라는 것을 해 봤다고? 밤마다 나를 안고 있으면서도 그 여자를 생각했다고? 비겁한 사람, 등 뒤에서 어떻게 그런 모욕적인 말을⋯⋯.

갑자기 시야가 흐려지며 민영애의 얼굴이 눈앞에서 뱅글뱅글 돌았다. 찻집의 벽에 걸린 그림들이 왔다 갔다 하더니 뒤죽박죽으로 섞였다. 열기에 분노까지 가해져 내 몸은 무너져 내리고 있었다. 온몸의 맥이 풀리며 손가락 하나도 까딱거릴 수가 없었다.

민영애가 계속 말을 이어가고 있었으나 내 귀에는 위잉— 하는 소리뿐이었다. 그대로 의자에 파묻히며 등을 기대고 머리를 젖혔다. 눈은 저절로 감겼다.

3

남편이 맨 먼저 언급한 것은 부모님께는 비밀로 해달라는 얘기였다. 우리 둘의 일이니 부모들에게 알리지 말고 둘이서 해결하자는 뜻이다. 나 역시 마찬가지였다.

나는 어릴 때부터 부모 속을 조금도 썩여 본 적이 없는 자랑스러운 딸이었다. 부모의 뜻이 바로 내 뜻이었기에 속을 썩일 일도 없었다.

그는 내게 미안하다고 빌었다. 그리고 내가 원하는 대로 해주겠다고 했다. 이혼을 하고, 안 하고는 내 결정에 따르겠다는 것이다.

만일 이혼을 안 하겠다고 하면 계속 나랑 살 수 있다는 건가? 민영애는 어쩌고?

도무지 대책이 없는 남자다. 그녀와의 관계에서도 마찬가지다. 질질 끌려만 하는 그를 보다 못해, 지칠 대로 지친 그녀가 나선 것임이 분명하다.

민영애가 존재하고 있는 이상 우리의 결혼생활은 행복할 수 없다. 또 그 사실을 알면서, 그가 나를 어찌 생각하는지를 뻔히 알면서 남편과 산다는 것도 불행한 일이다. 그러나 내 마음 밑바닥에 깔려 있는 내면에선 그를 붙잡아야 된다는 강한 욕구가 일고 있었다.

그의 몸과 마음이 내게서 완전히 떠난 것을 알고도 분하다는 감정보다는 먼저, 온몸에 파도처럼 밀려오는 슬픔 때문에 나는 울었다. 돌아누운 그의 뒷등이 방안의 어둠보다도 더 캄캄하게 뭉친 바윗덩어리가 되어 내 가슴을 짓눌러 숨을 죽이고 입술을 깨물면서 흐느꼈다. 남편이 출장을 갔을 땐, 호텔 방에서 그녀를 안고 있는 그의 모습이 떠올라 한밤의 허리가 겨워지도록 홀로 앉아 눈물을 흘렸다.

민영매가 한 말들은 사실이 아니라고 부인하며 '내가 사랑하는 여자는 영아밖에 없다고, 모든 일을 정리할 터이니 우리 잘해보자고⋯⋯.' 내 등을 다독거려 주면, 맘의 응어리가 눈 녹듯이 다 녹아내릴 것 같았다. 그리고 그의 품에 안겨 엉엉 울면, 그 눈물에 남편의 맘속에 자리한 그녀와의 사연들도 다 씻겨 내려가버릴 듯했다.

그것은 사랑이었다. 생전 처음 느껴보는 애절하고도 슬픈 사랑이었다. 그 사랑의 힘으로 남편의 마음을 돌려보려고 애타는 노력을 했건만, 그와 나 사이에 가로놓인 강은 날이 갈수록 깊어만 갔다. 내 힘으론 도저히 그 강을 건널 수가 없었다. 행여나 남편이 그 강을 건너와 주려나 하는 기적 같은 실마리를 잡아도 봤으나 모두가 허사였다. 민영애에게는 남편을 헤어나올 수 없게 하는 어떤 강인한 힘이 있었다.

가슴이 터져버릴 것 같은 고뇌 속에서 헤매던 어느 날, 남편이 집을 나가버렸다. 그 여자에게로 간 것이다. 물론 그녀가 적극적으로 유도를 한 짓거리임에 틀림없다.

그때까지도 나는 부모님에게는 비밀로 붙인 채, 그를 기다렸다. 바보같이…… 이상하게도 남편이 꼭 돌아올 것만 같았기 때문이다.

결국, 이혼이라는 절벽 앞에 나는 막막히 서 있는 신세가 되었다. 아찔한 몸의 중심을 겨우 지탱하고 절벽 끝에 휘어진 나뭇가지에 매달린 듯한 절박한 심정으로 나는 두려움에 떨었다. 사방을 에워싼 바위들이 나를 조이면서 다가왔고 그것은 애절한 슬픔이 되어 온몸을 짓눌렀다.

그때 언뜻 '아기가 생기지 않은 것도 남편의 계략이었을까?' 하는 생각이 머리를 스쳤다. 너무 늦은 깨달음이었다.

이혼밖에 길이 없었다. 그리고 두 사람이 사는 한국이 싫어 현실 도피의 방법으로 미국 유학을 택했다. 집안 어른들은 이혼을 강력히 만류했으나 오직 어머니만은 나를 이해해 주었다. 넓은 세상에 나가 하고 싶은 공부하며 내 꿈을 펼치면서 살라고 격려해 주었다.

사실 나는 꿈이 없었다. 주어진 환경에서 주어진 공부만 열심히 하고 살아온 그간의 삶이었다. 역경을 겪어야만 철이 드는 것일까? 대학을 갈 때에도, 아무런 계획 없이 수학과를 택했었다. 학교 때 과목 중에서 수학을 제일 좋아하다 보니 자연히 수학을 잘했고, 또 수학과가 비교적 경쟁률이 세지가 않아 무난해서였다.

유학 과정에서도 모든 일이 다 순조로워 로스앤젤레스에 있는 주립대학으로부터 입학 허가를 받았다. 그리고 나는 생전처음으로 나의 꿈을 세웠다. 박사학위를 받아 한국으로 돌아와 대학교단에 서리라는 목표를 정한 것이다.

4

그러나, 슬픔과 아픔은 또다시 계속되었다. 아버지 회사에 부도가 나는 큰 사건이 발생한 것이었다. 신문에도 방송에도 크게 보도가 되었다. 도저히 믿어지지가 않았다.

자연히 집으로부터 송금이 끊어져 도저히 학업을 계속할 수가 없었다. 시댁으로부터 받은 집마저 은행으로 넘어가버렸다. 그리도 청렴결백하신 아버지인데도 뒷조사는 세밀하게 진행되었고, 딸이 미국에 있다는 것을 알고는 여기까지 손을 뻗쳤다는 것도 알게 되었다. 그러나 미국에는 돈 십 원 한 장도 없다.

한국 역시, 아버지가 뒤로 빼돌린 돈은 없었고, 회사는 자산보다는 빚이 많아, 집은 고사하고 있는 것이라고는 몽땅 다 차압에 들어갔고, 딸 명의로 되어 있는 내 집마저도 차명계좌니 운운 하면서 압류를 한 것이었다.

결국, 친정은 완전히 박살이 나고, 아버지는 감옥에, 어머니는 이모집에 얹혀살면서 아버지 뒷바라지를 해야 하는 신세가 되고 말았다. 근 20년이나 잘 나가던 중소기업이 하루아침에 쫄딱 망할 수도 있는 것이 현실이었다.

어머니는 절대로 한국 나올 생각은 하지도 말라고 내게 신신당부를 했다. 당부가 아닌 절규였다. 미국에서 홀로서기에 성공하는 길만이 부모님을 도와주는 길이라 했다. 엄마는 "너를 믿는다. 너를 믿어." 하시며 강조를 하셨다. 이모님도 지금의 사정이 내가 한국에 나오면 안 된다고 하셨다.

그때 나는 운 좋게 직장을 얻었고 공부도 병행할 수가 있었다. 미국에서 대학 인가를 받고, 한국 사람이 총장으로 있는 전문대학이었다. 거기에 부속으로 직업학교도 소속이 되어 있었다. 그리고 1년이라는 세월이 흐르는 동안 직업학교의 전반적인 사무는 내가 다 보게 되었고 원장은 나를 믿고 모든 일을 다 맡겼다. 학교 졸업은 자꾸만 늦어졌으나 내 처지로서는 어쩔 수가 없었고, 그렇게 학생 비자를 유지하는 것만으로도 감지덕지했다.

어머니가 그 무거운 짐을 홀로 지고 고생하시는 동안 나는 미국에서 이를 악물고 일을 했다. 어머니나 이모님의 말씀대로 내가 홀로서기에 성공하는 것이 우선은 부모님을 도와주는 것이었으니까.

전화로 안부를 묻는 내게 어머니는 이제는 많이 잠잠해지고, 아버지도 그곳 생활에 적응하며 잘 계시고, 어머니 맘도 편안해지셨다고 했다. 아무 걱정 말고 미국 생활에 전념하라는 말씀뿐이었다. 이모님 역시 세월이 가면 모두가 다 잊히는 법이고, '이 또한 지나가리라.'는 명언 구절을 내게 심어주곤 했다.

그러나 불행은 거기서 그치지 않았다. 아버지가 돌아가신 것이다. 사건 얼마 이후, 감옥에서 숨을 거두신 것이었다. 그 소식을 나는 2년이나 지난 후에야 알게 되었다. 어머니와 이모가 원망스러웠으나, 나를 위해서는 어쩔 수 없는 처사이기도 했다.

아! 이 불효를 다 어찌하리오…… 아버지! 아버지…….

인간에게 이리도 큰 불행이 한꺼번에 닥칠 수 있다는 것이 도저히 믿어지지가 않았다. 신이 계시다면 이럴 수는 없다고 나는 신을 원망했다. 착하디착한 모범시민으로 살아온 우리 가족에게, 도대체 무슨 잘못이 있기에 이런 가혹한 형벌을 내린단 말인가?

그때 유 변호사를 알게 되었는데, 그는 전문대학 총장의 친구로 몇 번 학교에 온 적이 있었다. 마침, 영주권을 신청할 길이 없을까 하고 생각하던 중이라 그가 변호사라는 것을 알고 내 처지를 말하고 도움을 청한 것이다. 그 사람이라면 내가 믿고 이야기해도 될 것 같았다.

실은 영주권 신청 얘기는 이모님이 일러주었다. 이런저런 말을 해주시며 어떡해서든지 길을 뚫어야 한다고 신신당부를 하셨다. 사실이 그렇다. 고학을 해야 하는 나 같은 유학생 신분은 학비 문제도 직장 문제도 가시밭길을 헤매야 한다. 역시 영주권 취득 길도 가시밭길이다. 그 당시의 내 처지에는 하늘의 별따기만큼이나 어려운 일이었으니까.

그런데 실로 기적 같은 일이 일어났다. 오랜 시일이 걸렸지만, 영주권 문제가 해결되었고, 또한 유 변호사의 부인이 국제부 부사장으로 있는 아이비 임포터라는 미국 굴지의 무역회사에 취직까지 된 것이다.

어머니가 가장 기뻐하셨다. 그리고 첫마디가 공부 끝나

더라도 한국에 돌아올 생각 말고 미국에서 자리 잡으라는 당부였다. 당분간은 다녀갈 생각도 말라고 하셨다. 이모님도 같은 말씀이었다. 앞으로 시민권도 따고 해서 미국에 눌러앉아야 한다는 것이었다.

표현은 안 하시지만, 내가 한국에는 설 자리가 없다는 것을 미리 감지하신 것일까? 아버지 회사 사건이 그토록 물의를 일으켰다는 말인가?

영주권으로는 부모 이민 초청이 불가능하니 우선 이모님과 함께 한 번 다녀는 가시게 하리라고 나는 다짐하고 또 다짐했다.

어머니는 이모가 운영하고 있는 옷가게에서 일을 하고 계셨다. 예전에는 엄마가 이모를 많이 도와주셨는데 이제는 그 반대가 되었다.

5

내가 앉은 자리에서 컴퓨터 위로 시선을 높여 오른쪽으로 약간 고개를 돌리면 온통 유리로 된 커다란 창을 통해 비비안의 방이 반쯤 보인다. 그녀가 자리에 앉아 일에 열중하고 있는 모습을 나는 가끔 훔쳐본다. 같은 여자의 입장에서 봐도 그녀는 참 아름답다.

또 거기다가 세련된 멋을 부린다. 우아하게 손질한 머리가 항상 단정하다. 그리고 늘 아주 고급스러운 옷만 입는다. 어떤 땐 내가 감히 접근할 수 없는 딴 세상에서 사는 천사처럼 느껴지기도 한다. 내 손이 닿을 수 없는 아득히 먼 곳에 서 있는 그녀, 그녀 역시 내게는 한 발자국도 다가오지 않는다. 한국 사람끼리인데도 늘 영어만을 사용해야 하니 그것도 가까워질 수 없는 한 이유인지도 모른다. 신비의 베일에 싸여 있는 듯한 그 모습에서 나는 묘한 매력을 느꼈다. 그리고 그녀가 점점 좋아졌다.

또한, 민영애와의 혈연관계에 대한 의문도 말끔하게 지워버렸다. '세상에는 닮은 사람도 허다하니까, 아닐 거야.' 하고 좋을 대로 결론을 내려버린 것이다.

회사 근처로 이사를 한 후부터 나는 교회에 나가기 시작했다. 내가 사는 아파트 바로 근처에 한국 교회가 있었기 때문이다. 번듯한 건물에 미국 교회 간판이 크게 걸려 있고, 한쪽에 한국어로 팻말이 붙어 있었다. 그 앞을 몇 번 지나치다, 하루는 갑자기 나도 교회에 한 번 나가 볼까 하는 생각이 들었다.

어느 날이었다. 아버지의 사업 도산으로 말미암아 앞길이 막막하기만 했던 나에게 누군가의 손길이 나를 여기까지 이끌어주신 것 같아 감사함이 뼈저리게 느껴졌다.

이혼의 아픔, 그리고 아버지의 사업 도산과 죽음까지…… 이 모든 것을 극복하고 일어선 것도 내 힘이 아닌 것 같았다. 더구나 직업학교에 취직이 되어 학생 신분이 유지된 것, 거기서 유 변호사와 연줄이 닿아 영주권이 해결된 것…… 또한 유 변호사의 소개로 아이비 임포터에 취직이 된 것도 분명 누군가가 이끌어준 것이었다.

혼자서는 아무 일도 처리 못 하는 연약하기만 한 내게 분명 어떤 도움의 손길이 나를 이끌어주고 있는 것이 분명했다.

아침에 출근을 하려고 운전대를 잡으면, 나도 모르는 사이에 '참, 감사하다.'는 마음이 절로 생겼다. 이렇게 운전을 하며 회사에 갈 수 있는 나 자신이 참으로 감사했다. 따사로운 햇빛도 감사하게 느껴졌다. 어떤 땐 "감사합니다. 감사합니다." 하는 말이 절로 입 밖으로 나왔다. 운전대를 잡고, 고개를 숙이고, 또 눈을 감고…… 바로 기도하는 자세였다.

나는 기도라는 것을 해 본 적이 없다. 유교 의식이 철저하게 밴 봉건적인 집안에서 자란 나는 종교가 없었다.

어릴 적에 친구 따라 교회에 나간 적이 있고, 또 크리스마스 때 어린이 프로에 뽑혀 유희를 하기도 했으나 그건 어디까지나 재미였다. 대학교도 크리스천 학교에 다녔고

학과목에 기독교문학이 포함돼 목사님이 직접 강의를 하셨지만 내게는 공부에 불과했고, 일상일 뿐이었다. 또한 교회에 관심도 없었고 일상에 감사를 느껴본 적도 없었다. 그러다가 10년 가까운 세월이 지난 후에, 나는 교회에 관심이 끌린 것이다.

하지만, 실천에 못 옮기고 있던 차에, 하루는 퇴근을 하고 교회 앞을 지나치다가 교회 문이 열려 있는 것을 보게 되었다. 주차장은 한적했다. 살그머니 교회 안으로 들어가 맨 뒷좌석에 앉았다. 실내는 단조롭고 썰렁했다. 사람의 그림자도 비치지 않는 텅 빈 공간에는 적막함이 무겁게 깔려 있었다. 온화함 속에 나를 감싸주는 따뜻한 분위기가 전혀 아니었다. 아무런 감흥도 없고, 그냥 무덤덤했다. 아니, 도리어 가슴에 서늘한 기운이 퍼졌다.

잠깐 우두커니 앉았다가 막 나오려는데, 어떤 여자 하나가 다가왔다. 한국 여자라는 것을 단박에 알 수 있었다. 그 여자를 보는 순간, 나는 멈칫했다. 아래위로 하얀 옷을 입고, 얼굴이 유난히 하얘서 그랬는지 '갑자기 천사가 나타났나?' 하는 생각이 들었기 때문이다.

'교회라는 곳에 오니 내 눈에 천사가 보이나?'

"안녕하세요? 우리 교회 처음 오셨나 봐요. 못 뵙던 분 같아서요."

나는 멋쩍은 웃음을 띠며 얼른 "네에……." 하고 가벼운 목례를 한 다음 돌아섰다. 주차장으로 향하는 나를 그 여자가 따라왔다.

"오늘은 예배가 없구요, 내일 저녁 여덟 시에 저녁 예배가 있어요. 여기 큰 성전이 아니고 저기 교육관 작은 성전에서 예배를 봐요. 시간 되시면 내일 오세요."

큰 건물 뒤쪽을 가리키며 그 여자가 친절하게 말했다. 아마도 내가 저녁 예배에 참석하러 온 줄 안 모양이다. 나는 대꾸 없이 또 멋쩍은 웃음을 띠고 발걸음을 재촉했다. 그녀가 또 한마디를 했다.

"일요일은 아침 예배가 오전 열 시에 있어요. 꼭 나오세요."

차를 타면서 나는 "네에……." 하고 말을 애매하게 흘렸다. 차를 타는 내게 그녀는 "안녕히 가세요. 운전 조심하구요." 하는 말과 함께 손까지 흔들면서 깍듯이 인사를 했다. 집에 오면서 생각하니, 그녀에게 좀 미안했다. 친절한 그녀에게서 내가 도망 나온 것 같은 기분이 들어서다.

그날, 교회에 들른 두어 주일 후에야 나는 교회에 갔었다. 교육관에 자리 잡은 작은 성전은 제법 컸다 200명 정도는 족히 수용할 만한 공간이었다. 그런데 일요일인데도 불구하고 사람 수가 너무 적었다. 스무 명도 안 되는 사람이 여기저기 흩어져 앉아 있었는데 분위기가 아주 침울했다.

나가버릴까 하다가 맨 뒤 왼쪽 끝자리에 앉았다. 그냥 가만히 앉아만 있으면 되니 그대로 있기로 했다. 그날 만난 그 여자는 보이지 않았다. 주보를 펼치니 목사 이름이 제일 먼저 눈에 들어왔다.

유시영……. 예배 중, 상황을 살피니 아마도 교회에 분쟁이 있었던 것 같았다. 기도 중에 신도들의 울음소리가 간간히 들렸다.

목사는 아주 젊은 분이었다. 그는 침착하게 교인들을 잘 끌어나갔다. 놀랍게도 목사의 설교가 귀에 쏙쏙 들어오며 꼭 나한테 하는 말 같아 더러는 가슴이 싸아— 해 지면서 감동의 물결이 일었다. 나는 목사의 얼굴에 시선을 떼지 못한 채 그의 말에 빠져들었다.

그러다가 하마터면 그만 정신을 잃을 뻔했다. 갑자기 내 가슴 한복판에 뭔가가 스윽 지나가면서 불이 붙은 듯, 온몸이 뜨거워졌기 때문이다. 가슴에서부터 붙은 불이 확하고 얼굴로 올라왔다. 다행히 순간적이었다. 뜨거움은 얼른 가시고 정상으로 돌아왔는데 숨이 가빴다. 눈을 감고 고개를 숙인 채, 앞 의자를 두 손으로 꽉 잡고 한참동안 가쁜 숨을 내쉬었다. 쿵쿵 가슴 뛰는 소리가 선명하게 들려왔다.

'이 무슨 날벼락이지? 나는 교회에 오면 안 되는 사람인

가?'

무서웠다. 곧바로 교회를 빠져나오려고 했으나 다리가 후들후들 떨려서 일어설 수가 없었다. 안정을 겨우 되찾은 것은 목사의 설교가 끝날 즈음이었다. 살그머니 일어나서 교회 문을 나오는데, 누가 뒤에서 내 머리채를 잡아당기는 것 같아 뒤통수가 섬찟섬찟했다. 차 안으로 들어와서도 꼭 누가 쫓아 나올 것만 같은 예감이 들어 재빨리 주차장을 빠져나왔다.

열기가 쉽게 가라앉지 않아 집에 오자마자 차가운 물로 샤워를 하고 나니 한결 기분이 개운했다. 언제 그런 일이 있었냐는 듯이 머리가 맑아지고 기분이 산뜻했다. 맘속에 있던 구정물이 싹 빠져나간 듯했다.

'이상하다. 괜히 교회라는 곳에 갔다가 혼났네. 혼났어. 분명, 온몸에 불이 붙은 것같이 뜨거웠어. 순간이었기 망정이지 조금만 오래 갔더라면 완전 정신을 잃고 쓰러졌을 거야. 큰일 날 뻔했잖아. 아휴우— 다시는 교회 가지 말아야지.'

6

그런데 그다음 주, 내 발길은 스스로 교회를 향했고, 그리고 그 여자를 만나게 되었다. 그 여자는 권사 직분을 가진 미시스 김이었다.

"실은 얼마 전에 교회가 둘로 깨졌어요. 담임 목사님과 장로님들의 의견이 맞지가 않아 목사님이 교인들을 다 끌고 나갔어요. 그래서 지금 몇 주째 임시 목사님이 대신하고 있어요."

불벼락을 맞은 첫날에 나는 목사님의 설교에 감명을 받았다. 교회에는 다시는 나가지 말아야지 하고 다짐했던 내가 자석에 끌리듯 또다시 교회에 나온 것도 목사의 설교 때문인지도 모른다. 한 주일 동안 내내 목사의 진정성이 깃든 설교 내용이 생각이 났고, 또 그의 진지한 눈빛이 가슴에 닿기도 했다. 한데, 그가 임시 목사라니 그건 목사가 바뀐다는 얘기가 아닌가?

"그동안에 여러 목사님들이 번갈아 설교를 했는데, 아직 담임 목사를 못 정했나 봐요. 요즘은 유시영 목사님이 계속 설교를 하고 있는데 또 언제 바뀔지 몰라요."

"그냥 유 목사님을 담임 목사로 정하면 안 되나요?"

또 바뀐다는 말에 나도 모르게 튀어나온 말이다.

"글쎄, 그런 얘기도 나왔나 본데 목사님이 미국에 계속 있을 수가 없나 봐요."

유 목사는 원래 한국에 사는 분이었다. 큰 교회에 부목사로 있는데, 휴가로 미국에 왔다가 잠시 목회를 담당한 것이었다. 그리고 곧 한국으로 돌아가야 했다.

내가 교회에 나가기 시작한 지 한 달째까지도 유 목사는 계속 교회에 남아 있었다. 그리고 나는 하루도 빠지지 않고 매주 일요일에는 교회에 갔다. 일요일이 기다려지기까지 했다. 교회에 가면 참 편안했다. 회사에서 받는 스트레스가 싹 가셨다.

유 목사는 목회가 끝나면 뭐가 그리 바쁜지 교인들과 대화를 나누는 일도 없이 얼른 사라져버리곤 했다. 나 역시 교인들과의 교제 없이 집으로 막 바로 향했다.

그 후, 유 목사는 떠났고 임시 목사들이 근 6개월을 들락날락한 다음에야 담임 목사가 부임했다. 청빙위원회에서 여러 목사들을 인터뷰한 결과 투표로 뽑았다고 했다.

그때, 나는 몰랐던 사실을 알았다. 목사도 하나의 직업이었다. 이력서를 내고 면담을 하고, 교인들 앞에서 직접 설교를 해서 합격을 해야 되는 것이었다. 물론 예외는 있겠지만······.

유 목사라면 그 예외에 속할 것 같은 생각이 들었다.

목사는 교회에서 초빙을 하여 모셔오는······.

하나님의 일을 하는 목자이시니 아주 고귀한 분이니 그렇다.

나는 여전히 교회에 열심히 나갔다. 첫날, 불붙는 경험을 한 그 뜨거운 느낌은 대수롭지 않게 넘어가버렸다. 새로 부임한 담임 목사는 침착하고 잔잔한 유 목사하고는 아주 다른 분이었다. 신앙에 목숨을 내건 듯, 열정이 넘치고 말씀이 힘찼다.

회사일도 시간이 지날수록 금세 익숙해졌다. 특히 비비안이 나를 눈여겨보며 인정을 해주는 것 같아서 기뻤다. 모든 일들이 다 순조로웠다.

그런데, 가끔씩 그 불의 뜨거움이 확확 머리를 스쳤고, 목사님의 설교에서 많이 언급되는 성령의 불길이 이런 것인가 하고 의문이 들기 시작했다.

미시스 김한테 한 번 물어볼까 하는 생각이 들었다. 교회에서 내가 아는 사람이라고는 그녀뿐이고, 그녀 역시 늘 혼자 교회에 나오기에 우리 둘은 자연히 같이 앉았고, 행동도 같이 했다. 그러다 보니 18년이라는 나이 차에도 불구하고 우리는 친구처럼 친해졌다. 그녀는 미국에 온 지가 20년이 넘었고, 종합병원에서 일하는 간호사였다. 뭘로 보나 내게는 인생의 대선배였다.

또한, 종교에서는 더욱더 대선배이니 불벼락 사건을 얘기해도 될 것 같았다.

그녀가 너무나 지나치게 놀라 내가 더 놀랐다. "할렐루야!" 하고 냅다 소리를 지르며 나를 와락 껴안는 것이 아닌가? 그리고는 "성령을 받았구나. 성령을!" 하고 내 두 손을 꽉 잡았다. 내 안의 모든 죄악은 다 씻겨나가고 새 사람이 된 것이라고 그녀는 흥분했다.

'내 안에 무슨 죄악이 있었다는 말인가? 나는 죄 지은 적이 없는데……'

또한, 나는 주님께서 선택하신 특별한 존재이며 앞으로 하나님의 영광을 위해 큰 그릇으로 쓰임 받을 날이 반드시 온다고 했다. 뒤죽박죽 앞뒤가 연결 안 되는 말들을 혼자 흥분해서 지껄이는 그녀를 나는 멍하니 바라봤다.

"생각나? 첫날 교회에 들렀다가 나 만난 거. 그땐 미스 리 표정이 아주 어두웠어. 수심이 꽉 끼었더라구. 근데 지금은 얼굴에서 환하게 빛이 나. 진짜야! 두 번째 만났을 때는 완전히 딴 사람 같았다니까. 그게 성령을 받아서 그런 거야. 본인은 뭐 느끼는 거 없어? 어디 아픈 데가 나았다거나, 근심 걱정이 다 사라졌다거나 하는, 뭐 그런 거 말야."

잔잔하게만 보아왔던 그녀가 아주 부산스러웠다.

그 후, 그녀는 내게 부쩍 가까이 다가왔다. 성경 이야기도 해주고, 기도의 중요성도 일깨워주며 내게 신앙을 심어주려고 노력했다. 전도에 열을 올린 것이다.

7

어느 일요일, 교회 끝난 후에 미시스 김이 양로원에 간다고 해서, 나도 따라 갔다. 봉사 차원에서 가는 줄 알았는데, 그게 아니었다.

양로원에는 그녀의 시어머니가 2년째 입원을 하고 있었다. 정신은 말짱한데, 귀가 완전히 먹어 말을 통 못 알아들었다. 또한 거동이 불편했다. 간호사답게 그녀는 시어머니를 요리조리 살피며 건강 상태를 눈여겨보았다.

그런데 이상한 것은 시어머니의 반응이 통 없는 것이다. 정신은 말짱하다고 했는데 표정이 전혀 없었다. 귀가 안 들려 대화는 못할망정, 무언으로라도 주고받는 정이 있어야 할 터인데 둘 다 완전히 사무적이었다. 시어머니는 며느리를 아주 못마땅해 하는 듯했다. 내게 대하는 태도도 마찬가지였다.

그녀가 시어머니의 팔다리를 주물러 나도 거들고 있다가 옆 침대의 할머니와 눈이 마주쳤다. 나는 엷은 미소를 띠며 목례를 했다. 그녀의 눈빛이 내게 뭔가를 애타게 부탁을 하고 있다는 느낌을 받았는데, 드디어 그녀가 나를 불렀다. 한 손을 힘없이 들어 손짓을 한 것이다. 얼른 다가갔더니 자신의 틀니를 좀 닦아달라는 것이었다.

"미안해요. 여기 간호사들이 더럽다고 안 닦아 줘. 내가 한 손을 못 쓰고 거동도 불편해서 그래."

그녀가 휴지에 싼 틀니를 내게 건넸다. 그리고 치약과 칫솔이 놓인 곳을 가리키며 거듭 미안하다고 말했다. 뭐라도 도우고 싶던 차에 나는 얼른 틀니를 받아들고 화장실로 가서 열심히 닦았다. 닦기는커녕 틀니라는 것을 보는 것도 생전처음이다. 자식도 못 하는 효도를 틀니가 해주고 있구나 하는 생각에 고마운 마음이 들었다.

가슴이 메어왔다. 현실을 돌아보면 또 의문에 휩싸인다. 텔레비전에서 양로원의 풍경을 많이 보아 왔으나, 실제로의 방문은 처음이라 그런지 그곳을 떠나올 때까지 내내 답답하고 속이 거북했다.

양로원 현관문을 막 엶과 동시에, 나는 그만 으악 소리를 지를 뻔했다. 널따란 로비를 거의 꽉 채운 휠체어에 앉아 있는 노인들을 보는 순간, 그들이 인간이 아닌 펭귄의 무리들이 떼지어 있는 듯한 느낌이 온몸을 엄습했기 때문이다.

그들은 하나같이 아무런 표정이 없었고 문을 들어서는 우리에게도 눈길을 주지 않았다. 초점 없는 눈동자가 어디로 향하는지 알 수가 없었다. 고개를 푹 숙이고 바닥만 내려다보고 있기도 했다. 아니, 바닥을 내려다보고 있는 것이 아니고 자고 있는지도 몰랐다.

집에 오는 길에 그녀는 처음으로 남편 얘기를 꺼냈다. 미시스 김이 남편 얘기는 한 번도 한 적이 없고, 교회에도 늘 혼자만 왔기에 난 그녀가 혼자 사는 줄 알았다.

"우리 남편 아주 굉장한 효자야. 아무리 바빠도 일주일에 두 번은 꼭 지 엄마한테 간다구. 지금은 일이 있어서 한국에 나가 있는데, 지 엄마한테 가봤냐구 거의 매일 전화가 와. 어찌나 엄마 걱정을 하는지, 하여튼, 세상에서 제일가는 효자야. 효자."

약간은 빈정대는 말투였다. 지 엄마, 지 엄마, 하는 말투부터가 달랐다.

그 후에도 그녀가 양로원에 몇 번을 갔는데 나도 같이 갔다. 나도 누군가를 도울 수 있다는 사실이 좋았다. 양로원에서 노인들 시중을 드는 것에도 보람을 느꼈다. 갈 때마다 나는 옆 침대의 할머니 틀니를 깨끗이 닦아주었다. 그녀의 시어머니는 여전히 무표정이었다.

하루는 우연히 회사 얘기가 나왔는데 내가 회사 이름을 말했더니 그녀는 "뭐? 아이비 임포터?" 하고는 자기 아는 사람도 그 회사에 다닌다며 비비안의 이름을 들먹였다.

"그럼, 비비안이라고 알아? 거기 국제부 부사장……."

"물론 알죠. 제 직속상관이에요."

"그래?"

태도가 좀 딱딱했다.

세상은 좁았다. 그녀의 남편이 유 변호사 육촌동생이었다.

그런데 이상한 것은 비비안보고 절대로 자기 만났다는 말은 하지 말라면서 앞으로도 자기 안다고 그러지 말라는 것이다. 이유는 다음에 말하겠다며 화제를 돌리기에 나도 더 이상 묻지 않았다.

8

그러던 어느 날, 나는 미시스 김을 따라 기도원이라는 곳엘 갔다. 금요일 오후에 야외로 나가니 소풍을 가는 것 모양 기분이 좋아 우리는 카세트에서 흘러나오는 찬송가를 따라 부르며 마냥 즐거워했다. 기도원에 도착을 하니 울창한 푸른 나무들이 병풍처럼 주위를 둘러싸고 있었다. 한 폭의 그림같이 아름다운 곳이었다. 저만치에서 들려오는 새들의 지저귀는 소리, 또 계곡에서 흐르는 물소리가 생동감을 불러일으켜 주었다.

그날 밤 나는 미시스 김에게 내 이야기를 다 털어놓았다.

분위기 때문이었을까?

그녀에겐 내 속마음을 털어놓고 싶었다. 미국에 온 후, 아무한테도 안 한 이야기를 한 것이다. 단, 유 변호사는 나의 이혼 사실을 안다. 영주권 신청 과정에서 나는 모든 얘기를 다 했었다. 내게 늘 희망의 등대가 되어 주는 어머니, 그리고 아버지의 비극적인 죽음까지도 다 털어놓았다. 그때, 참 얼마나 울었던지…… 유 변호사님도 언뜻 눈물을 비치셨다.

이제는 눈물을 다 쏟았는가 했는데, 그녀에게 이혼하게 된 사연과 그리고 내가 겪었던 그 아픔들을 얘기할 때는 아직도 눈물이 났다. 유 변호사를 알게 되어 회사에 취직이 된 얘기도 몽땅 다 했다.

"그랬었구나. 그래 얼마나 힘들었어?"

감정이 많이 안정된 줄 알았는데 얘기를 하다 보니, 그만 눈물이 복받쳤다. 그녀는 진심으로 나의 슬픔에 마음 아파하며 같이 울었다.

그러면서 화제는 자연히 비비안에게로 이어졌다.

나는 이야기를 들으며 경악을 금치 못했다. 비비안에 대해서도 놀랐으나 미시스 김에 대해서도 놀랐다. 평소에 내가 생각했던 그녀가 아닌 완전한 딴 사람이었다. 신앙 좋은 여자가, 그것도 기도원에서 너무나 어울리지 않는 말들을 했다.

그들에게는, 돈 관계가 얽힌 사건이 있었다. 그 일이 있은 후부터 그녀는 비비안과 인연을 끊었고, 남편이 버는 돈은 다 그 집 빚 갚는 데 들어가 그녀가 집안 경제를 몽땅 짊어진다고 했다. 그렇게 부자면서 돈에는 무서운 사람들이라고 욕을 했다. 마땅히 갚아야 할 돈을 갚는 것인데 왜 저러는지 이상했다. 계속 이야기를 듣노라니 두 여자의 감정 문제가 더 일을 크게 만든 것 같았다.

"하여튼 인물값 하느라고 어딜 가도 여자가 붙어 가지고 내 속을 썩인다구."

"그러니까 비비안이 미시스 김 남편을 좋아했다는 건가요?"

"비비안만 좋아한 게 아니고, 우리 남편이 그 여자를 더 좋아해. 하나님 섬기는 것처럼 그렇게 받들어. 완전히 우상이야 우상. 계속 그 집에 들랑거리면서 궂은일을 다 해 주고 있는 모양인데, 그게 다 비비안 때문 아니겠어? 요새도 무슨 일이 벌어지고 있는지 그 속을 누가 알아."

"아무리 그럴까? 비비안이 훨씬 더 나이가 많잖아요? 그리고 또 친척간이잖아요?"

"참 답답하네. 잘난 여자들 연하의 남자 좋아하는 거 몰라? 또 시동생뻘이니 남의 눈 속이기도 좋고……."

"아닐 거예요. 미시스 김이 오해하고 있는지도 몰라요."

그녀는 자기 말을 믿어 주지 않는 나에게 도리어 화를 내면서 내가 생각하는 그런 세상은 영원히 존재하지 않으니까 앞으로는 정신 바짝 차리고 살라고 훈계를 했다.

유 변호사에게도 두 사람이 이상한 관계라는 것을 말했다고 해, 나는 깜짝 놀랐다.

"내가 유 변호사한테도 다 털어놨었는데 도리어 나보고 괜히 의심한다며 나무라셨어. 둘이 호텔에 들어가는 것을 봤다고 하는데도, 믿지 않는 거야."

나는 깜짝 놀라 물었다.

"어마나, 호텔에 들어가는 것을 봤어요?"

"참 순진한 소리하네. 그렇게 당하고도 세상 물정을 아직도 몰라? 보나마나 뻔한 일 아니겠어?"

한심하다는 듯이 잠시 동안 나를 빤히 바라보다가 그녀는 눈길을 바닥으로 떨어뜨리며 아주 천천히 말을 이었다. 높았던 언성이 확 낮추어졌다.

"도리어 나를 정신병자 취급하고 병원에 처넣으려고 해, 그땐 정말 혼이 났어."

미시스 김은 계속 비비안의 험담을 늘어놓았다. 부부 사이가 나쁜 것은 이미 소문난 사실이란다. 이혼 안 하고 사는 것이 이상하다고 했다. 멀리서 보기에는 남들이 다 우러러보며 부러워하는 완벽한 집안이지만 일단 문을 열면 그냥 악취가 쏟아져 코를 막고 도망을 쳐야 한다는 것이다. 아들 하나 있는 것도 엄마랑 완전히 인연을 끊고 사라져버렸다고 한다.

"내가 결혼하자마자 아들을 두어 번 본 적이 있는데 아주 잘생기고 영특했었어. 그땐 걔가 아주 어릴 때였어. 근데 지금은 행방불명이 됐나 봐. 어디서 죽었는지 살았는지……."

"남편이 그 집 일을 다 봐주는데 아들 얘기 안 해요?"

"진짜 웃긴다구. 와이프인 나한테 얼마나 비밀이 많은지 몰라. 딴 얘기들도 안 하지만, 비비안에게 연관된 얘기는 일체 입 밖에 안 꺼내. 그러니까 그 집 식구 얘기도 일체 함구. 함구야. 안 들어도 뻔한 얘기 아니겠어? 에미가 그 따위니 새끼가 잘 될 리가 있겠니? 그 죄를 다 새끼가 받았겠지. 분명히 뒈졌을 거야."

그 아들한테도 악담을 퍼붓는 그녀의 저질스러운 말투에 나는 깜짝깜짝 놀라고 또 놀랐다. 눈빛의 열기가 무서워 섬뜩하기까지 했다.

'어마나, 이 여자 정말 나쁜 여자 아냐?'

내 이야기를 다 털어놓은 것이 은근히 후회가 돼 심란스러웠다. 아래위 하얀 옷을 입은 그녀와의 첫 만남에서 나는 천사를 연상했었다. 나풀나풀한 블라우스가 천사의 날개 같아 '교회라는 곳에 오니 천사가 나타났나?' 하고 의아한 생각이 들기도 했었다. 그러나 지금 그녀의 말과 표정과 태도는 천사와는 완전 반대였다. 악마였다.

유 변호사님한테 아들이 하나 있다는 얘기는 들은 적이

있다. 그런데 그런 슬픈 사연이 있다니…….

9

유 목사가 노회 일로 엘에이에 출장을 왔다고 하는 소문이 들렸다. 그동안에 나갔던 교인들이 도루 돌아온 분도 많고, 교인 수도 늘어 교회는 안정이 되어 있었다. 썰렁했던 분위기는 이제 사라졌다

나는 그가 우리 교회에서 한 번쯤은 설교하기를 기대했는데, 허사였다. 촉박하고 바쁜 일정이라 시간을 낼 수가 없었고, 그 대신 교회의 몇몇 분과 저녁을 같이 하기로 한 자리가 마련되었다. 그 자리에 내가 초대되었다는 것은 전혀 뜻밖이었다. 물론 미시스 김도 함께였다.

유 목사와는 한 번도 개인적인 대화를 나눠본 적이 없어 쑥스러우리라고 생각을 했으나 나는 그를 꼭 만나고 싶었다. 여럿이 만나는 장소이니 가만있어도 되고, 더구나 그가 나를 기억 못 할 수도 있으니 맘 편하게 가기로 결정을 했는데, 그 결과는 아주 좋았다. 그날의 분위기는 예상밖으로 훈훈했고 화기애애했다. 단상에서 보던 유 목사가 아니었다. 유머와 위트가 풍부해 더러는 폭소를 자아내게도 했다. 종교적인 엄숙한 분위기가 아니라 세상적인 재미가

넘치는 자리여서 더 좋았는지도 모른다.

식사가 끝나고 여기저기서 왁자지껄 얘기가 분산되고 있을 즈음에 담임 목사와 유 목사는 또 다른 약속이 잡혀 있어 자리를 떴다. 그들이 떠난 다음에도 얘기들이 무르익어 분위기는 좋았다.

하 장로님이 유 목사의 개인적인 얘기를 꺼냈다. 하 장로님은 교인들로부터 존경받는 훌륭한 분이다. 모두가 다 유 목사를 칭찬하는 말씀이었다. 앞으로 교계의 거목이 될 사람이라며 유 목사를 높이 평가했다.

유 목사는 미국에서 태어난 2세였다. 물론 공부도 미국에서 했으나 어릴 적부터 한국학교에 계속 다녔고, 초등학교 때부터 한국어 프로그램이 있는 학교에 다녔기에 한국말을 유창하게 할 수가 있었다. 물론 부모의 뒷받침이 컸을 것이다

그는 원래 변호사였다. 법대 재학 중에는 명석한 두뇌와 뛰어난 사고력으로 장래가 촉망되는 인재로서 인정을 받았었다. 변호사가 된 후에도 마찬가지였다. 그러다가 어떤 계기로 인해 그는 변호사직을 과감하게 때려치우고 신학 공부를 시작했다고 한다. 물론 주위의 반대가 컸었다. 그중에서도 부모의 반대가 이만저만이 아니었으나, 그는 고집을 꺾지 않고 자기가 원하는 길을 택한 것이다.

변호사일 당시에도, 최고의 조건을 갖춘 신붓감을 들이 밀었으나 결혼 상대는 자기가 결정할 문제라며 한마디로 거절을 하였다. 여자 쪽에서는 유 목사가 맘에 들어 적극적으로 나왔으나 눈도 깜짝 안 했다고 한다.

"그야, 유 목사가 일등 신랑감이긴 해요. 잘생겼지, 머리 좋지, 또 집안도 굉장히 좋아요. 부모가 미국에 일찌감치 유학을 와 만난 사이로 둘 다 엘리트지요."

그들은 이런저런 얘기를 계속했으나 내게는 관심 밖이었고, 나는 그의 인생길을 바꾸게 한 특수한 계기가 뭘까 하고, 그게 제일 궁금했다. 마침 하 장로님이 내 맘을 읽은 듯 그 이야기를 풀어냈다.

"터기 여행을 갔다가, 거기서 아주 깊은 생각에 빠졌다는군요."

어느 분이 재밌게 말을 받았다.

"헤까닥 했구먼요."

"그럼, 뭐 성령의 불이라도 받았나 보네? 그러지 않고서야 어떻게 잘 달리던 아스팔트길을 마다하고 가시밭길을 택했겠어?"

"아니지요, 유 목사한테는 변호사 길이 가시밭길이고 목사의 길이 아스팔트길일 수도 있는 겁니다."

얘기 중에 갑자기 남편이 떠올랐다. 유 목사와 똑같은

처지였으나 그는 부모에게 이리저리 끌려 다니다가 결국은 결혼도 파탄을 내고, 결과적으로는 두 여자에게 다 어마어마한 상처를 주었다.

'지금쯤 어찌 됐을까? 민영애와는 결혼을 했을까?'

참 오랜만에 남편이 떠올랐다. 생각해 보니 오랫동안 그를 잊고 살았다. 첨에 미국에 와서 학교 다닐 때와, 직업학교에서 일을 할 때는 거의 매일 밤 남편 생각에 눈물을 흘렸다. 그가 꼭 나를 데리러 올 것 같았다. 그리고 그의 품에 안겨 엉엉 우는 상상을 하며 눈물을 흘리곤 했다.

왁자지껄한 분위기에 현실로 돌아오니 그들은 계속 유 목사 이야기를 하고 있었다.

"근데, 유 목사는 결혼에는 통 관심이 없는 것 같아요. 빨리 결혼을 해서 내조자가 있어야 하는데 말입니다."

"지금 나이가 어찌되지요? 이제 서른 중반인데 급할 거 없어요. 결혼에 관심이 없으면, 결혼 않고 사는 것이 목사한테는 더 좋을지도 모르지요."

"또 알아요? 목사도 남자 아닌가요? 좋아하는 여자가 금세 생길지도 모른다구요."

하나 둘 자리를 뜨고 있었다. 나와 미시스 김은 하 장로님 차를 타고 왔기에 일찍 나오고 싶어도 나올 수가 없었다. 거의 다 자리를 뜰 즈음에 우리도 일어났다.

10

돌아오는 차 안에서 하 장로님께서 "내가 할 얘기가 있는데 저기 커피숍에 잠깐 들러도 되겠어요? 두 분 시간이 어떻게 되는지……." 하고 아주 조심스럽게 물었다.

미시스 김이 얼른 좋다고 했다. 시간도 늦지 않아 나도 쾌히 승낙을 했다. 왠지 좀 더 얘기가 하고 싶은 여운이 마음에 남아 있었다.

교회 얘기를 잠시하다가 하 장로님이 뜻밖의 말을 꺼냈다.

"미스 리가 교회 나올 적부터 왠지 관심이 가서 유심히 보게 되었어요. 이런 말…… 하면 좀 놀라겠지만 이해하고 들어주세요."

교회 나간 지가 근 1년에 가까워오지만 하 장로님과는 별로 얘기를 나눈 적이 없다. 교회 끝나면 항상 바로 집으로 향했기에 물론, 친한 사람도 없다. 다만 미시스 김하고만 늘 붙어 다닌다.

하 장로님의 말씀에 나는 놀랐다. 미시스 김도 의외라는 듯이 내 손을 잡고 힘을 주었다. 그녀는 아주 기뻐하는 눈치였다.

말씀인즉, 나와 유 목사님을 중매 서겠다는 것이었다. 목사님에게는 꼭 나 같은 내조자가 필요하다고 했다. 나이도 알맞고 모든 면으로 다 잘 어울려, 오래 생각한 끝에 결론을 내리고 용기를 내어 말한다고 하셨다. 말씀과 태도에 진지함과 진실함이 배어 있었다.

모든 면으로 잘 어울린다니. 그가 날 아는 것이라고 아무 것도 없다. 나는 결혼한 전적이 있는 여자다. 그리고 아버지가 신문에 방송에서 두드려 맞았던 그 누구라는 것을 알면, 그것도 결혼에 커다란 걸림돌이 될 수 있다.

가슴이 뛰고 있었다. 한참을 듣고만 있던 미시스 김이 내가 결혼한 전적이 있는 것을 뻔히 알면서도 거들었다.

"네. 저도 대찬성이에요. 제가 미스 리를 겪어보니까, 목사 사모 자질을 타고났어요. 제 생각에도 유 목사님하고 잘 맞을 것 같아요. 유 목사님 설교 듣다가 성령의 불까지 체험을 했다니까요? 그게 다 목사 사모가 되리라는 하나님의 계시 아니겠어요?"

이리저리 갖다 붙이며 말하는 그녀의 말투가 한참 무식쟁이로 내 눈에 비쳤다.

"성령의 불을 체험하다니요? 그런 일이 있었나요?"

"그럼요. 그게 어디 아무한테나 나타나는 일인가요? 처음으로 교회 나온 날, 유 목사님 설교 듣다가 일어난 현상이니, 이게 어디 보통 인연인가요? 분명히, 분명히 하나님의 계시가 틀림없어요."

그녀의 말이 떨어지자마자 나도 모르게 한마디가 튀어

나왔다.

"아니에요. 저는 자격이 없어요. 저는 결혼 한 번 했었어
요."

하 장모님이 놀라신 듯했다. 미시스 김도 놀란 듯 고개
를 확 돌려 흠칫하고 나를 보더니 다시 거들고 나섰다.

"결혼하고 1년도 못 돼서 헤어졌는데, 요즘 그게 무슨
그리 큰 문제가 되겠어요. 아이도 안 딸리고요. 그것도 속
아서 사기결혼을 한 것이었는데, 미스 리는 아무 잘못이
없어요. 유 목사님도 이해하실 거예요."

기도원에 갔을 때, 비비안에게 욕을 퍼부으면서 그 아들
한테까지 악담을 하던 그녀다. 한데 지금은 완전 딴 여자
가 되어 한 여자를 감싸며 두둔하고 있었다. 나를 위해 주
는 좋은 마음인 것은 안다. 그러나 그건 말도 안 되는 억지
다. 얼굴이 화끈화끈 달아올랐다. 바늘방석에 앉은 듯, 힘
들고 불편했다. 그리고 어색했다.

무슨 말을 해서든, 이 자리를 자연스레 해야 하는데, 할
말을 찾을 수가 없었다. 하 장로님은 생각에 잠긴 듯 잠잠
했다.

"벌써 근 10년 전 일이에요. 그동안에 미스 리, 참 많이
힘들었어요. 이제 모든 역경을 이기고 잘 일어섰고, 나이
도 있고 하니 결혼하기 딱 좋은 시기예요."

나는 그냥, "아니에요. 아니에요. 전 아니에요." 라는 말

을 반복할 뿐이었다. 하 장로님이 한참 만에 입을 뗐다.

"늘 혼자 교회 나오시기에…… 어쨌든 지금은 싱글이잖습니까?"

둘 다 참 말이 쉽다. 나는 현재, 결혼 생각은 조금도 없다. 어떡해서든 박사학위를 따서 대학 강단에 설 것이다. 그리고 어머니를 모시며 살 생각이다.

그 자리에서 나는 결혼할 생각은 추호도 없다는 뜻을 명백히 밝혔다.

11

그러던 중, 공교롭게도 미시스 김의 남편이 우리 회사에 취직이 되었다. 알고 보니 그는 한국에서는 영화배우였다. 젊을 때 잠깐 얼굴을 비쳤으나 한 번 반짝 빛을 발하고는 불러주지를 않아 포기하고 미국에 왔다는 것이다. 다 잘생기고 연기도 잘하지만, 영화계의 경쟁에서 살아남기는 하늘에 별따기만큼이나 어렵다고 한다.

어느 날, 스티브가 자기는 비비안이랑 먼 친척이 된다는 말을 했다. 그래서 나는 금세 그가 미시스 김의 남편이라는 것을 눈치 챌 수 있었다. 어제 그녀를 교회에서 만났는데도 그런 말이 없었다.

전화를 걸었더니 그녀가 반갑게 받으며 오늘은 오후 근무라고 했다.

"남편 이름이 혹시 스티브 김이에요?"

그녀는 깜짝 놀라 반문했다.

"아니, 미스 리가 내 남편 이름을 어떻게 알아? 키가 크고 허여멀건 하게 생겼지?"

그녀가 허여멀건 하다고 표현을 했지만, 그날 기도원에서 아내가 인물값 한다고 할 만치 그는 잘생겼었다. 나는 그녀보다 더 놀랐다, 아니 황당했다.

'이 여자가 자기 남편이 우리 회사에 취직이 된 것도 모르고 있구나.'

"근데…… 우리 남편인 줄 어떻게 알았어?"

"며칠 전에 우리 회사에 입사했는데, 비비안이 자기 친척이라고 오늘 말을 해서 알았어요. 왜, 언젠가 미시스 김이 얘기했잖아요. 남편이 유 변호사 육촌 동생이라구요."

"그래? 기억력도 좋네."

뭔가 못마땅한 말투였다. 이어지는 말도 마찬가지였다.

"우리 남편한테 나 안다고 했어?"

물론, 이제 입사한 남자한테 '당신 아내가 누구 아니냐고' 물어볼 나는 아니다. 또 한 가지 머리가 퍼뜩 돌아갔다.

'아! 그러고 보니, 비비안에게도 미시스 김 안다는 얘기를 일체 비밀로 하고 있는 상태이니 스티브한테도 그의 와

이프를 안다고 할 수는 없겠구나.'

나는 "아아—뇨." 하고 강조하듯 말했다.

"아휴, 그럼 잘 됐다. 절대로 나 아는 척하지 마. 나도 모르는 척하고 있을 거야."

참으로 이상한 부부다.

"그럼 여기 취직된 것도 모르는 척하실 거예요?"

"물론이지. 자기가 말할 때까지 잠잠고 있을 거야. 잘 됐네. 우리 남편 지난번에 한국 갔다 와서 바로 레이오프를 당한 모양이던데 잘됐네. 아마 돈 받기 위해서 비비안이 그 회사에 넣어줬을 거야. 일석이조네. 님도 보고 뽕도 따고."

'레이오프를 당한 모양이라니? 남편이 우리 회사에 취직이 된 것도 모르고 있다니?'

그들이 정말 정식 부부인지도 의심스러울 정도다.

그녀는 확 열이 오른 음성으로 말을 바로 이었다.

"미스 리도 자세히 살펴봐. 둘 사이가 심상치 않은 관계인 걸 금세 알 수 있을 테니까."

질투의 불길이 타오르고 있는 것이다. 나는 멋쩍어서 얼른 화제를 바꾸었다.

"아니 그런데 어떻게 와이프한테 자기 취직된 얘기를 안 해요?"

"그 사람 워낙 그래. 더구나 비비안하고 연관된 얘기는 절대로 안 해. 어쨌든, 비비안이랑 우리 남편한테는 나하고 미스 리는 모르는 사람이야. 알았지?"

그동안 비비안에게 죄를 짓는 것 같아 미안했는데 이제는 나보고 이중으로 죄를 지으란다.

스티브는 회사의 허드렛일을 도맡아 하면서 주로 메일룸에서 일했다. 첫날부터 두 사람의 낌새가 어떤가 하고 눈여겨보았으나 한 달이 지나도록 아무 낌새를 느끼지 못했다.

그런데 나는 또 삼중으로 죄를 지어야만 했다. 그녀가 수시로 전화를 걸어 두 사람의 동태를 묻는 것이다. 두 사람 아무 일도 없는 것 같으니 마음 놓으라고 안심을 시켜도 믿지 않았다.

"그야 사람들 앞이니까 가면을 썼겠지. 두 눈을 좀 똑바로 뜨고 살펴봐. 미스 리도 금방 알게 될 거야."

나는 점점 그녀가 이상하다는 것을 느꼈다. 스티브랑 가까워지면서 더 확실하게 알게 되었다. 스티브는 자기가 미국 오자마자 지금까지 유 변호사 부부 신세를 지고 있으며, 그들은 항상 남을 위해 베풀고 산다면서 칭찬을 했다. 그의 부인과는 너무나 정반대의 말을 해, 똑같은 사람인데도 보는 눈에 따라 이렇게 극과 극으로 비쳐질 수도 있다는 사실을 새삼 느꼈다. 나는 비비안에 대해 평소에 궁금했던 점을 물었다.

"비비안은 언제 미국에 왔어요?"

그는 잠깐 주춤하더니 금세 대답을 안 했다. 지극히 평범한 질문인데도 왜 그런 것을 묻느냐는 식의 의아한 얼굴을 했다.

"한국말을 통 안 쓰는데 혹시 한국말이 서툰 거 아녜요? 아주 어릴 때 미국에 왔어요?"

그제야 그는 빙그레 웃으며 스무 살이 넘어서 유학을 왔으며, 한국말도 우리와 똑같이 잘한다고 했다.

"매사에 정확하고 똑 부러지는 성격이라, 미국 회사이니 영어만 쓰는 모양이죠. 저보고도 사내에서는 한국말 쓰지 말라고 주의를 주었어요. 한데 한국 사람끼리 한국말을 해야지 어떻게 영어를 써요? 낯간지럽게……."

스티브는 내게 항상 친절하게 대해 주었다. 나뿐만이 아니라 사무실의 모든 여자들에게 친절했다. 어떤 때는 너무 희생적이라 좀 지나치다는 생각이 들기도 했으나, 그것은 그의 착한 성품 탓이지 어떤 흑심을 품어서 그런 것은 절대로 아니었다. 남자 직원들에게도 마찬가지였다. 그는 항상 상대방의 입장에 서서 남을 배려해주는 사람이었다.

그런데 이상한 것은 자기 와이프 얘기는 좋게 말하는 적이 없었다. 점점 시간이 흐르니 와이프에 대한 불만도 슬슬 털어놓기 시작했다. 콩나물국도 자기가 더 잘 끓인다는, 등등…….

"도대체 할 줄 아는 게 아무것도 없어요. 딱 한 가지, 잘하는 것이 있는데, 그게 뭔가 하면 바로 기도예요. 기도……기도할 때는 방문을 딱 잠그고 몇 시간씩 안 나와요. 주여! 주여……를 연발하면서 막 소리를 지르고 엉엉 울어요. 어떤 때는 하도 방에서 안 나와 걱정 돼서 방 문 앞에서 지켜 서 있기도 해요."

그는 예수 믿고 기도하는 것이 무슨 못할 짓이라도 하는 듯이 빈정대는 투로 말을 이어갔다.

"말만 주여, 주여…… 하면 뭐합니까? 행동이 따라야지요. 근데 이 사람은 아녜요. 가슴속에 시커먼 먹물이 흐르고 있어요. 교회에 나갈까 하다가도 와이프 보면 그런 맘이 싹 사라져버린다구요."

한 번 시작한 와이프 험담은 날이 갈수록 심해졌다. 가정사도 풀어놓았다.

"시어머니도 찾아보는 법이 없다가 얼마 전에 내가 한국 나가 있을 때, 아마 몇 년 만에 처음으로 갔을 겁니다."

'아! 나랑 같이 양로원 방문했을 그때 얘기로구나.'

"그것도 어머니가 사인을 해야 돈이 나오는 일이 생겨서 어쩔 수 없어 간 거지요. 한 달에 두 번 사인을 해야 하니까, 아마 한 서너 번은 갔을 겁니다. 돈이라면 어찌나 벌벌 떠는지 몰라요. 그리고 있는 사람들한테는 살살 잘하고 없는 사람은 싹 무시하고 그래요. 그게 어디 주여! 주여! 부르짖는 사람이 할 짓입니까?"

그러나 그는 어머니가 양로원에 있다는 얘기는 안 했다.

종교 얘기뿐만이 아니라, 인간성이 어쩌고저쩌고 하는 소릴 계속 늘어놓으며 거짓말도 곧잘 한다고 했다. 상상의 세계를 그만 현실로 둔갑시킨다고 하며 열을 냈다. 나는 금세 알아차렸다.

'아 이 남자가 얘기는 안 하지만, 비비안과의 사건을 떠올리고 있구나.'

그리 안 봤는데 남자가 입이 가벼웠다. 목구멍까지 꽉 차서 치밀어 올라온 말들을 더 이상 담고 있을 공간이 없는 모양 같았다.

내게 이런 말을 할 정도면 유 변호사나 비비안에게도 하소연을 했을 것이다. 의부증 환자로 취급되어 정신병원에까지 보내려고 한 걸 보면 그들도 다 아는 것이 확실하다.

부인이 누구인지 뻔히 아는 상황에서 모르는 척하고 들으려니 불편하기 짝이 없었으나 시치미를 떼는 수밖에 없었다.

12

어느 날이었다. 그는 드디어 내가 아는 얘기를 꺼냈다.

"와이프는 날 믿지를 못해요. 여자하고 얘기만 해도 이상한 눈초리로 봐요. 내가 매일 아이린같이 젊고 예쁜 한국 여자랑 같은 사무실에서 일하는 거 알면, 그 사람 아마 밤잠도 못 잘 겁니다."

나는 아차했다. 그렇다면 그녀가 거의 매일 전화를 걸어 나를 귀찮게 구는 대상이 비비안이 아니고 나일 수도 있는 것이다.

"그럼 의부증이 있는 거예요?"

의부증이라는 말에 그는 눈을 떨구며 잠시 침묵을 지켰다. 기도원에서 그녀로부터 들은 이야기가 갑자기 떠올랐다. 정신병환자 취급을 받았다는 얘기가 확 머릴 스쳤으나, 아무것도 모르는 척하고 나는 지극히 평범한 질문을 던졌다.

"혹시 스티브가 여자 문제로 부인한테 단단히 속을 썩인 적이 있어 그러는 거 아녜요?"

그는 단호하게 아니라고 하면서 답답한 듯 한숨을 쉬며 말을 이었다.

"아녜요. 괜히 자기가 혼자 상상을 해서 그렇지, 그런 일 없었어요. 무슨 오해가 있으면 얘길 하고 속을 풀면 좋을 텐데 입을 꼭 다물고 혼자서 끙끙 앓기만 해요. 혼자 상상하고 혼자 결론짓고 또 혼자 고민하고 그래요. 그동안은 괜찮았었는데 얼마 전부터 또 시작이에요."

'아! 얼마 전부터 또 시작이라고?'

나를 겨냥하고 있는 것이 확실하다.

"아니, 이상하네요. 와이프가 아무 말도 안 하는데 스티브가 그 속을 어떻게 알아요? 오버센스 아녜요?"

"전 다 알아요. 일단 그런 의심이 생기면, 우리 와이프는 아무것도 아닌 다른 일에 괜히 화를 내고 언성을 높이고 그래요. 그리고 잘 울어요. 왜 우느냐고 물으면 더욱 신경질을 내, 나도 그냥 입 꽉 다물어버리는 것이 상책이더라고요. 이제는 만성이 돼 모르는 척 넘겨버려요. 그러다가 또 혼자 풀어지거든요. 한데 요즘은 부쩍 심해졌어요."

분명히 나 때문이다.

이야기를 듣고도 나는 스티브한테 아무 말도 할 수가 없었다. 앞으로 미시스 김을 어찌 대해야 할지가 큰 걱정거리로 다가왔다.

스티브가 회사에 들어온 다음부터 미시스 김과는 좀 서먹서먹한 사이가 되었다.

"어때 이제는 좀 알겠어? 둘이서 점심 먹으러 같이 나가고 그러지?"

"아―녜요.― 점심은……."

말을 이어가려다가 깜짝 놀라 중단했다. 큰일 날 뻔했다. 점심은 나와 둘이서 런치 룸에서 먹을 때가 많은 스티브라, 그 말이 그만 튀어나올 뻔한 것이다. "둘이서"가 나와 스티브를 지칭한 말인지도 모른다.

나는 스티브가 와이프 칭찬을 가끔 한다면서 되도록 듣기 좋은 소리를 하려고 노력했으나 그녀는 단박에 잘랐다.

"그 속은 내가 더 잘 알아. 이제 체념하고 사니까 괜히 나 위로하려고 그러지 마. 미스 리가 자꾸 그런 소리하면 더 이상하게 생각할 수도 있어. 하여튼 미스 리도 조심해. 그 사람 여자 후리는 데는 선수야."

그녀가 드디어 나와 자기 남편 사이를 의심하는 말을 했다. 모욕을 당한 것 같아 기분이 매우 나빴다. 그러나 그런 내색은 한마디도 못한 채 도리어 그녀를 위로하려고 애썼다. 죄도 없는데 괜히 가슴이 철렁 내려앉으면서 두근두근했다.

"아이 참, 나한테는 거의 아버지뻘인데, 무슨 말씀을 그렇게 하세요?"

"아버지뻘이라니? 뭐가 아버지뻘이야. 15년 차이밖에 안 되는데."

그녀는 벌써 나이 계산까지 하고 있었다. 그녀가 남편보다 나이가 더 많다는 사실을 나는 모르고 있었다.

"그런 말씀 마세요. 저도 이제 곧 결혼할 거예요."

나는 그녀를 안심시키기 위해 마음에도 없는 말을 했다. 그녀는 갑자기 얼굴이 환해졌다.

"그래? 누구야? 누구야? 유 목사 아냐? 그렇지 유 목사지? 그럼, 그간에 계속 연락이 있었다는 거 아냐? 그래 놓고, 어쩜 나한테는 그렇게 딱 잡아떼? 그런 일은 나하고 상의를 했었어야지. 정말 섭섭하다. 섭섭해. 근데 언제 결혼할 거야?"

그녀는 아예 유 목사로 단정을 지으며 계속 질문을 퍼부었다.

아니라고 했으나, 그녀의 상상은 현실로 둔갑했다. 스티브의 말이 옳았다.

"너무 잘됐다. 내가 그랬잖아. 미스 리 그때, 불 성령을 받은 게 다 목사 사모가 되라는 하나님의 계시였다고. 더구나 유 목사 설교 듣다가 성령을 받았잖아. 그 상대가 바로 유 목사라니까, 유시영 목사……."

미시스 김은 나의 결혼을 절실히 원하고 있다. 그 상대가 유시영 목사든 누구든 간에 내가 결혼만 하면 되는 것이다.

나 때문에 그동안 밤잠도 제대로 못 잤나 보다고 생각하니 그녀가 참 안됐었다. 잘생긴 연하의 남편과 살다 보니 열등의식이 마음속 깊이 자리 잡고 있는 것 같았다.

더구나 전직 영화배우였으니 더 그럴 수 있다.

언젠가 내가 한 번 그녀 기분 좋으라고 얘기를 한 적이 있다.

"남편이 영화배우였다면서요? 미시스 김은 좋겠어요. 남들이 다 부러워하겠어요."

"아니, 그게 뭐 자랑이라고 그딴 말까지 했지? 그게 문제야 문제. 배우 노릇한 게 뭐 큰 자랑이나 되는 줄 아는 모양이지? 좋아? 개뿔도 좋은 거 없다구. 평생을 빌빌거리는 주제에……."

기분 좋으라고 한 말이 도리어 그녀의 심기를 건드려 미안했다. 개뿔이란 말이 귀에 거슬렸다.

사실, 하 장로님과 대화를 나눈 후, 일의 진전은 아무것도 없었다. 내가 분명한 의사를 밝혔기에 하 장로님도 포기하신 것이다. 물론 유 목사는 모르는 일일 게다. 하 장로님이 유 목사한테 얘기를 할 수도 있다는 생각이 들기도 했으나, 하 장로가 거기에 대해 일체의 언급이 없으니 나는 알 수가 없다.

13

비비안을 며칠째 회사에서 볼 수가 없었다. 출장을 갔나 보다 하고 쟌한테 물었더니 한국에 갔다고 했다. 한국에는 출장 갈 일이 없다. 출장이냐고 물었더니 아니라고 하면서 뒷말을 하는데 나는 그만 너무 놀라 까무러칠 뻔했다. 교통사고로 딸이 위독해서 부랴부랴 한국에 나갔다는 것이었다.

딸이라니……. 그럼 비비안에게 딸이 있었다는 말인가?

가슴에 심한 방망이질이 시작됐다. 쿵.쿵.쿵.쿵. 얼른 메일 룸으로 갔다. 스티브는 알고 있을 것이다.

"비비안 딸이 교통사고를 당했다는데, 딸이 있었어요?"

"아니, 누구한테 들었어요?"

그는 놀란 듯이 반문했다.

"지금 쟌이 그러던데요. 아들만 하나 있는 걸로 알았는데, 딸도 있어요?"

내가 어찌할 바를 몰라 다급하게 묻는 것을 그는 이상하다는 듯이 바라봤다. 나는 그때서야 이성을 찾아 사고의 상황을 물었다.

"위독하다고 그러던데 어느 정도래요?"

차에 다른 사람도 같이 탔느냐고, 그 사람은 누구냐고, 계속 묻고 싶은 것을 꾹 참았다. 아니, 제일 먼저 알고 싶은 것은 비비안 딸의 이름이었다. 그러나 그 질문은 할 수가 없었다. 나는 스티브의 말부터 듣기로 했다. 이 이야기는 비밀인데 나한테만 털어놓는다며 그는 말을 시작했다. 혹시나 했던 그 일이 사실로 확인되어 가는 순간이었다.

비비안이 처녀 적에 딸을 하나 낳았다고 한다. 부인이 있는 남자와 사랑에 빠져 실수로 생긴 아이였다는 것이다. 그 아이를 애 아버지한테 주고 비비안은 미국으로 건너 왔고, 워낙 똑똑한 그녀는 명문대학에 입학을 해 유 변호사를 만났다고 한다.

"내가 그 사실을 안 지는 몇 년 안 돼요. 딸이 미국에 왔을 때 알았거든요."

"그때가 언제였어요?"

"7, 8년 전 같은데, 여기서 몇 달 있다가 적응을 못해 한국으로 도로 나갔어요. 나가서 바로 결혼했다는 말을 들었어요."

맞구나. 모든 것이 들어맞는구나. 우리가 만나서 선보고 결혼하고, 한 1년 좀 못 되게 같이 살았고, 바로 그때 그녀가 미국에 있었구나. 그녀 말대로 한 몇 달 떨어져서 잊으려고 노력하다가 도저히 안 돼 도로 나타나 내 운명을 완전히 바꿔놓고 그들은 결혼을 했구나.

"그럼 결혼한 후에 남편이랑 같이 미국에 왔었겠네요."

"아뇨. 내가 알기로는 한 번도 온 적이 없어요. 그쪽 집안에서는 비비안의 존재를 인정 안 하는 모양이에요. 비비안도 딸하고 별 연락 없이 지내는 것 같고요."

"그럼 비비안이 딸 결혼식에도 안 갔어요?"

스티브가 잠시 말을 끊었다가 고개를 저었다. 내 말이

너무 속사포로 쏟아진 모양이다.

"모르겠어요. 결혼식 얘기는 통 못 들었어요."

'그럼 결혼식 사진은 본 적이 있느냐'고 물으려다가 나는 그만 입을 다물었다. 그런데 미시스 김이 이 일을 모르고 있는 것이 좀 이상했다. 아니 스티브가 말 안 했을 것이다. 그는 와이프한테 비비안에 대한 이야기는 절대로 안 하며 더구나 남의 약점은 말 안 하는 사람이다. 만일 미시스 김이 알고 있었다면 나한테 말 안 했을 리가 없다. 확실히 모르고 있는 것이다.

"그럼 스티브도 비비안 딸 봤겠네요."

"그럼요. 내가 구경도 시켜주고 자주 같이 다녔어요. 아주 굉장히 미인이었어요. 피는 못 속인다더니 어쩜 그렇게 비비안이랑 똑 닮았는지……. 서로가 너무 오래 안 보고 살다가 만나서 그런지 모녀간에 별로 정도 없어 보였어요. 그런데 성격이 너무 강해 엄마하고 많이 부딪쳤어요."

그는 내가 묻지도 않은 말을 하면서, 자기가 보기에 그 딸이 좀 이상했다고 한다. 엄마인 비비안한테 할말 안 할 말을 분간 못하고 상처받을 말들을 마구 내뱉었고, 소리를 지르고 행패를 부리면서 물건을 집어던지기까지 해, 성장 과정에 문제가 있었던 것이 분명하다며 비비안이 많이 울었다고 한다. 그리고 다 자기 책임이라면서 끝까지 참고 딸한테 잘해주었다는 것이다.

"그럼 결혼 후에도 문제가 많았겠네요."

"글쎄요, 비비안도 걱정을 많이 했는데 남편한테는 잘했나 봐요. 시댁하고는 좀 문제가 있었던 것 같아요. 마침 어젯밤에 유 변호사님이랑 통화가 되어 자세한 얘기를 들었는데, 사고 난 날도 시댁에 갔다 오다가 부부가 차에서 싸웠다는군요. 남편이 술을 마셔서 부인이 운전을 했다는데 그만⋯⋯."

스티브는 잠깐 말을 끊고는 나를 빤히 바라보았다. 내 심중을 알 리가 없건만 나는 흠칫했다. 그리고 그 뒷말을 기다렸다. 남편의 생사를 가늠하는 말이 분명히 나올 것 같아서다.

남편은 어떻게 됐대요? 많이 다쳤대요?

나는 감히 '죽었어요?'라고는 물을 수가 없어 이렇게 질문을 던지고 있으면서도 소리가 밖으로 나오지 않았다. 숨을 들이쉬면서 나는 스티브의 말을 초조하게 기다렸다. 순간이 영원으로 이어지는 기분이었다. 드디어 스티브가 입을 열었다.

"사위는 현장에서 숨지고 딸은 코마 상태래요."

나는 완전히 물속으로 가라앉아버린 기분이 되었다. 정신을 가다듬고 태연해지려고 애쓰며 다시 한 번 확인을 했다.

"남편은 뭐하는 사람이었어요?"

"변호사였는데 아주 똑똑한 사람이라고 했어요. 시부모님도 둘 다 유명한 변호사이고, 법조계에서 알아주는 좋은 집안이라고 비비안이 자랑한 적이 있어요."

그의 입에서 변호사라는 말이 나왔을 때 나는 잠시 현기증을 느꼈다.

이제 모든 것이 명백해졌다. 남편이 죽었다. 갑자기 가슴이 옥죄어들며 숨이 막혔다. 눈물이라도 확 쏟아버리면 막힌 가슴이 뻥 뚫릴 것 같다. 그러나 웬일인지 눈물이 나오지 않았다. 몸 안의 세포 하나하나가 다 움츠러들어 전신이 뻣뻣하게 경직돼버린 느낌이었다. 답답했다. 나는 한숨을 한 번 크게 쉬고는 두 손으로 가슴을 문질렀다.

"아니, 어디 아파요? 안색이 안 좋아요."

스티브가 걱정스레 말했지만 나는 아무렇지도 않은 척 다시 한 번 태연을 가장하며 궁금한 것을 물었다.

"아녜요. 괜찮아요. 근데 아이는 없었어요?"

"딸이 하나 있는데 무사한가 봐요. 차에 같이 탔었는데 기적적으로 다치지도 않았다고 해요."

"지금 몇 살이래요?"

"글쎄요. 확실히는 모르겠는데 아마 네댓 살쯤 됐을 거예요."

아, 그랬구나. 그 여자랑 결혼하고는 바로 아이를 가졌었구나.

그날 밤, 나는 뜬눈으로 밤을 새웠다. 아득히 먼 곳에서 그의 얼굴이 파도처럼 출렁이며 다가왔다. 내게는 빈껍데기뿐이었던 남편, 그 빈껍데기에 알맹이를 채우려고 나는 노력했다. 그러나 알맹이가 채워지기는커녕 껍데기마저 찢기는 듯 그는 아파하고 괴로워했다.

두 여자 사이에서 갈팡질팡하던 우유부단한 남편, 내가 좀 더 강인한 사랑과 끈질긴 인내로 버티었으면 그가 내게로 돌아왔을까? 내 사랑이 부족한 탓이었을까?

그러나 그를 사랑한 것만은 사실이다. 그렇게 배신을 당하고도 남편을 생각하면 아스스한 그리움이 온몸에 전율처럼 흘렀다. 그가 미국에 있을 리는 만무한데도 바바리코트를 입은 키 큰 남자의 뒷모습만 봐도 가슴이 철렁철렁 내려앉곤 했다. 그리고 괜히 눈물이 났다. 혹시 그가 마음을 돌려 나를 찾으러 오지나 않을까 하는 상상의 나래를 폈다 접었다 하기도 했다. 이상했다. 그가 꼭 나를 찾아 올 것만 같았다. 세월은 흘러갔지만 그로부터는 소식 한 자 없었고, 그 세월은 내게 약으로 작용했다. 남편이 점점 내게서 잊혀 간 것이다.

언제부터였을까……? …… 가만히 생각을 가다듬어 보니, 내가 교회에 나간 이후부터가 아닌가 싶다.

정말 혼돈스럽다. 그렇다면 유 변호사는 내가 누군 줄

알고 도와준 것일까? 나만 그동안 깜박 속아온 것일까? 아닐 거야. 내가 먼저 도움을 청했지 유 변호사가 먼저 나를 도와주겠다고 한 것은 아니니까.

나는 매일 초조하고 불안한 마음으로 그들을 기다렸다. 유 변호사라도 먼저 오면 이 답답한 마음을 풀 수 있을 텐데 소식이 없었다.

두 주일쯤 되었을 때, 그들이 돌아왔다. 스티브가 대충 소식을 전해 주었다. 딸은 계속 혼수상태라고 했다. 그러면서 우울한 소식 말고 좋은 소식도 있다고 했다.

"웬일로 우리 와이프가 비비안을 위로해야 된다면서 그 집엘 갔어요. 사실 그동안에 비비안과 와이프 사이가 안 좋았거든요. 와이프가 괜히 나랑 비비안 사이를 의심한 때문이죠. 모든 것이 다 자기 오해였다는 것을 깨달았다면서 하루빨리 사과를 해야겠다나요? 나한테도 사과를 했어요. 답답하던 속이 이제야 확 뚫린 기분이에요. 막힌 하수구가 뚫렸으니 앞으로 와이프와도 일이 잘 풀릴 것 같네요. 실은 내가 이 회사에 취직이 된 것도 와이프는 며칠 전에야 알았어요."

스티브의 말을 듣고 있는데, 어디선가 스산한 바람이 불어와 온몸이 서늘해졌다. 오한이 들며 몸이 떨렸다. 그 좋은 소식이 내게는 불안감으로 다가왔다.

14

　비비안의 얼굴은 몰라보게 초췌해져 있었다. 인사를 하려는데 그녀는 나를 쳐다보지도 않고 그냥 지나쳤다. 무거운 기분으로 멍하니 앉았는데 전화벨이 요란하게 울렸다. 비비안이었다. 자기 방으로 오라는 것이다. 목소리가 쌀쌀맞기 그지없었다. 문을 닫으라면서 앉으라고 하는데 그녀의 표정이 심상치가 않았다. 그녀의 입에서 한국말이 튀어나왔다. 공무가 아닌 얘기도 회사에서는 영어만 사용하던 그녀.

　"사람을 어떻게 그렇게까지 기만할 수가 있어? 앙큼하게 나를 철저하게 속이고 있는 사실을 꿈에도 모르고 난 아이린을 인간적으로 좋아했고 일도 잘해서 키워주려고 노력했어. 그동안 감쪽같이 속아온 걸 생각하니 치가 떨려."

　앉기가 무섭게 속사포로 쏟아내는 말들에 나는 '도대체 이게 무슨 소린가?' 하고 어안이 벙벙했다. 계속 쏟아지는 말들이 어디로 치닫고 있는지 조금씩 감이 잡혀졌다. 미시스 김이 떠올랐다.

　"그래, 모든 걸 뻔히 알면서 천사의 탈을 뒤집어쓰고 내 남편을 유혹해? 그리고 돈까지 뜯어내? 니가 영애한테 남편 빼앗겼다고 그 복수를 나한테 하려고 했어? 따지고 보면 네가 우리 영애 남자를 뺏은 거야. 우리 영애가 너보다 먼저였다구―. 네가 두 사람 사이에 끼어든 거라구―"

드디어 영애라는 이름이 비비안의 입에서 줄줄이 튀어 나왔다. 마디마다 똑똑 끊어 상대방을 다잡을 듯한 그녀의 음성은 분에 받혀 있었다. 서슬이 퍼런 그녀의 눈빛은 나를 집어삼킬 듯이 강렬했다. 나는 자다가 홍두깨로 세차게 맞고 있었다. 그녀는 내게 말할 틈도 주지 않고 계속 흥분했다.

"지금 우리 영애 죽어 가고 있어. 어때, 속이 시원하니?"

영애라는 두 글자가 바늘이 되어 내 속을 콕콕 찔렀다.

"뭐야? 스티브한테도 추파를 던졌다며? 그 집은 지금 너 때문에 이혼 직전이야. 니가 이혼당했다고 남의 가정도 파괴하려고 해? 너는 가정파괴범이야. 스티브 와이프하고 친하게 지내면서 어떻게 그렇게 감쪽같이 속여? 그게 남자 유혹하는 전술이야?"

그리고 그리고…….

그다음에 이어진 말은 진짜진짜 청천벽력이었다. 커다란 둔기가 내 정수리를 내리쳤다.

"그래 놓고…… 뭐? 뭐? 뭐……?"

목청이 하늘을 찔렀다.

"세상에…… 세상에…… 이제, 내 아들한테까지 손을 뻗쳐어―어―?"

강한 힘을 주어 폭언을 퍼붓는 그녀의 혀끝에 온 전신이 말려 들어갔다. 그 입속으로 흡수돼버린 듯 정신이 혼미했다. 갑자기 눈앞이 노래지고 비비안 얼굴이 빙빙 돌면서 시야가 흐려졌다. 속이 메슥메슥해 왔다. 하늘을 찌르는 비비안의 목청이 송곳이 되어 귓속을 후벼팠다.

'내 아들이라니. 내 아들이라니…… 누구? 누구? 누구? 누가 아들이란 말인가?'

홍두깨와 날벼락이 계속 요동쳤다.

'그럼…… 그럼…… 그럼…… 유 목사가 비비안 아들이란 말인가 그렇구나. 그렇구나. 성씨가 같구나. 유 변호사가 아버지였구나.'

빙글빙글 도는 사면의 하얀 벽들이 눈앞에서 왔다 갔다 했다. 귀가 멍멍해 왔다. 비비안이 소릴 지르고 있는데 통 들리지가 않았다. 소리가 자꾸 더 높아지는 것만 느낄 수 있었다. 한참 동안 소리를 지르다가 그녀는 거친 발걸음으로 방을 나갔다. 문을 쾅 닫고 나가면서 강하게 내뱉은 마지막 말은 귀에 뚜렷이 들어왔다. 어금니 사이에서 파아랗게 갈려나온 그 소리는 내 뼛속을 후비며 파고들었다.

"당장, 당장, 당자―. 앙―돈 갚아. 내 아들한테서도 떨어져. 앙큼한 것 같으니. 회사에도 나오지 마!"

내가 예전에 그녀의 딸인 민영애한테 혹독하게 당할 때와 똑같은 변화가 내 몸을 엄습했다. 온몸의 맥이 풀리며 손가락 하나도 까딱거릴 수가 없었다.

　비비안이 나간 후 쟌이 급하게 들어왔다. 얼굴이 창백한데 운전은 할 수 있겠냐고 걱정을 하며 자기가 데려다 주겠다고 했다. 비비안은 바로 퇴근했다면서 우선은 그 소파에 누워 안정을 찾으라며 안절부절못하고 어쩔 줄을 몰라 야단이었다.

　스티브가 놀래서 뛰어 들어왔다. 아무 말도 하고 싶지가 않았다. 말할 기력조차 없었다. 밑바닥이 보이지도 않는 까마득한 벼랑의 낭떠러지 아래로 굴러 떨어져 온몸이 바스러진 채 나는 한줌의 재가 되어 흩어지고 있었다.

　내가 그동안 자기를 얼마나 좋아하고 흠모해 왔는데 그런 소리를 한단 말인가? 뭐 유 변호사를 유혹했다고? 돈까지 뜯어냈다고? 아무리 오해를 했다손 치더라도 어떻게 그런 끔직한 말을 할 수 있단 말인가? 그리고 뭐, 내가 자기 딸 애인을 뺏었다고? 또. 또…… 자기 아들한테까지 손을 뻗쳤다니…….

　유시영 목사가 유 변호사와 그녀의 아들이었다니, 그럴 수가, 그럴 수가…….

　비비안에게 그런 더러운 인간으로 낙인이 찍힌다는 것은 내게는 죽음보다도 더 무서운 형벌이다.

운전을 하는데 눈물이 앞을 가려 시야가 흐려왔다. 하염없이 흘러내리는 눈물을 주체할 수가 없었다. 그들과 필연적으로 얽혀야 하는 것이 내게 주어진 운명일까? 이것이 악연이라는 것인가? 이제 겨우 좋은 직장을 갖게 되어 회사 근처로 이사까지 하고 새 삶을 시작했는데 이 무슨 변고인가? 학교에 등록까지 하고 꿈에 부풀어 있는 내게 이 무슨 청천벽력인가?

비비안이 나한테 왜 저러는지 줄거리를 정리해 봤다. 대강 윤곽이 잡혔다. 그때 기도원에서 나는 미시스 김에게 남편의 그 여자가 비비안과 너무 닮았다는 이야기를 했었다. 그리고 영주권을 받는 과정에서 유 변호사한테 빚을 좀 졌는데 이제 곧 갚을 수 있을 것 같다는 이야기도 했다. 그녀는 자기 남편과 나 사이에 무슨 일이 벌어지고 있으리라는 상상을 하며 고민하고 있었다. 더구나 내가 교회로부터 슬슬 발길을 끊자, 나를 안 보면 좀 나아지리라는 내 생각과는 정반대로 미시스 김은 더욱 더 깊은 고뇌의 수렁에 빠져 헤어나지 못하고 있었다.

그러던 중, 이번에 터진 비비안의 딸 문제를 알게 되었다. 그리고 유 목사가 비비안의 아들인 것도 알았다. 이야기를 정리한 결과 모든 사실을 파악한 후 그녀는 나를 잡으려고 자기 좋을 대로 내용을 각색했다. 그리고 비비안을 통해 나를 향하여 화살을 쏜 것이다. 참으로 억울하게 맞은 두 번째 화살이다.

실수로 인해 화살이 빗나갔다 하더라도 그 화살을 맞은 사람은 피를 흘리게 마련이다. 처음에는 피해자의 입장에서 지금은 가해자의 입장에서 나는 피를 흘리고 있다. 너무 아파서, 정말 너무 아파서 숨도 제대로 못 쉴 지경이다.

비비안은 자기 딸과 내가 얽힌 사연과 아들과 혼담이 오간 사실도 지금에야 알았다. 영주권을 받은 것도 내가 계획적으로 유 변호사에게 접근한 것으로 오해를 하고 있다. 모두가 다 미시스 김의 계략이다.

그렇게 똑똑한 비비안이 미시스 김의 말을 어찌 그대로 믿을 수가 있단 말인가? 의부증이 있는 것을 모른단 말인가? 한때는 정신병자로 취급이 되어 정신병원에까지 갈 뻔했던 사실을 잊었단 말인가? 나를 겪어 보고도 내가 그런 여자로 그녀의 눈에 비춰졌단 말인가? 그야 딸이 저 지경이 됐으니 넋이 나가 이성의 판단이 흐려질 수도 있다.

어서 빨리 오해를 풀어야 한다. 우선 미시스 김부터 만나야 한다.

그 순간이었다. 갑자기 시커먼 커다란 물체가 눈앞을 가로막았다. 절벽의 검은 아가리가 한입에 나를 삼킬 듯이 돌진해 왔다. 나는 무의식적으로 핸들을 오른쪽으로 확 꺾

었다. 삶과 죽음을 좌우하는 일이 실로 눈 깜짝할 사이에
벌어진 것이다.

15

바람 소리가 물결처럼 하늘거리는 허허 벌판이었다. 희
뿌옇게 밀려오던 새벽빛은 어느새 걷히고 동녘 하늘엔 붉
은 태양이 찬란한 빛을 내뿜으며 떠오르고 있었다. 눈이
부셔 고개를 들 수가 없었다. 묻어나리 만큼 짙은 어둠 속
에서 막 빠져나온 것 같은 느낌이었다.

저만치 강 건너에서 웬 남자가 나를 향해 손짓을 하고
있는 모습이 어렴풋이 시야에 들어왔다. 훌쭉하니 큰 키에
바바리코트를 걸치고 있었다. 자세히 보니 그 남자는 남편
이었다. 하나도 변하지 않은 옛날 모습 그대로였다. 아침
햇살을 받은 강물은 은빛 가루를 뿌려놓은 것처럼 아름답
게 반짝였다. 남편은 환하게 웃으며 빨리 오라고 자꾸 손
짓을 했다. 강물은 잔잔하기 그지없었다. 남편을 바라보는
내 마음 역시 강물처럼 잔잔했다.

이 강을 어떻게 건널까 하고 엉거주춤 서 있는데, 그때
갑자기 한 여자가 나타나 나르듯이 훌쩍 강을 건넜다. 민
영애였다. 그리고 남편은 다정하게 그녀의 어깨를 감쌌다.

그들은 나를 바라보며 손을 흔들었다.

그 순간이었다. 어디서 나타났는지 여자아이 하나가 한 손으로는 내 손을 살며시 잡고 또 한손으로는 그들을 향해 손을 흔들고 있지 않은가?

어리둥절하여 서 있는데 그들도, 아이도 환히 웃고 있었다. 네댓 살쯤 되었을까?

한참을 손을 흔들며 서 있던 그들이 돌아섰다. 그리고 서서히 내 시야에서 멀어져 갔다. 나는 그들의 뒷모습을 우두커니 지켜보다가 아이의 손을 잡은 채 발걸음을 떼었다. 아이는 내 걸음에 따라 사뿐사뿐 잘 따라왔다. 어디로 가야 하나?

아주 멀리서 희미하게 무슨 소리가 들려왔다. 그 소리는 눈물을 흥건히 머금고 누군가를 애타게 부르고 있었다. 나는 귀를 기울이며 그쪽을 향해 발걸음을 옮겼다.

희미하게 들리는 소리, 그 소리는 점점 가까워졌다. 점점 뚜렷이 들려왔다. 누군가가 내 이름을 애타게 부르고 있었다.

영아야! 영아야……!

아! 얼마 만에 들어보는 내 이름인가. 영아란 이름은 잊은 지 오래고 나는 아이린이었고, 미스 리였다. 미국에서 내 이름을 영아라고 부를 사람은 아무도 없다. 목소리가 귀에 익었다. 나는 전신의 힘을 귀에다 모으고 안간힘을 쓰며 애를 태웠다.

누굴까? 아! 어머니의 목소리다.

꿈은 아니었다. 분명히 내 귀에는 어머니의 목소리가 바로 지척에서 들렸다. 외롭고 쓸쓸할 때 항상 등불이 되어 내게로 다가온 어머니, 얼마나 보고 싶었던 어머니였던가? 그러나 아무리 눈을 뜨려고 애를 써도 눈을 뜰 수가 없었다. 엄마라고 목청이 터지라 불러도 그 소리는 그대로 내 안에 머물러 있을 뿐이었다.

그렇지 교통사고가 났었지…… 그럼 내가 죽었단 말인가. 육체는 죽고 영혼만 남아 어머니를 그리워하고 있는 것일까? 영혼의 눈이라도 뜨면 어머니를 볼 수 있을 것이다. 지금까지 살아온 전신의 힘을 다 모아서 애를 태워도 소용이 없었다. 어머니는 보이지 않고 목소리만 들릴 뿐이었다.

'아! 그리운 어머니……'

순간, 남자의 목소리가 들렸다.

의사인가?

두런두런 얘기하는 소리가 조금씩 가까워졌다. 의사는 아니었다.

소리가 점점 또렷해졌다.

"어머니는 지금 한국에 나가 계세요. 한 달 전에 잠깐 오셨다가 누님이 위독하다고 해서 금세 또 나가셨어요."

그럼…… 그럼…… 이 남자는? 이 남자는?

갑자기 온몸이 더워오며 열기가 나를 감쌌다. 생명의 불꽃이 서서히 내 몸에 피기 시작한 것이다. 그것은 뜨거운 눈물이 되어 두 뺨을 타고 흘러내렸다. 그 순간이었다. 커다란 남자의 목소리가 나를 에워쌌고 동시에. 엄마가 자지러지듯이 소리를 질렀다.

"아이린, 아이린, 정신이 들어요? 어머니 얼굴 보여요? 나, 유 목사예요. 유 목사…… 알겠어요?"

"영아야! 영아야! 엄마다. 엄마야. 이제 정신이 드니?"

부산한 발걸음 소리…… 아! 여기가 병원이구나.

"선생님, 얘가 눈물을 흘려요. 그럼 살아난 거지요? 내 딸이 이제 살아난 거지요?"

나는 '엄마, 엄마!' 하고 계속 불렀다. 소리는 나오지 않았으나. 어렴풋이 어머니의 얼굴이 시야에 들어왔다. 유 목사가 의사와 얘기를 주고받는 모습도 실루엣처럼 눈에 비쳤다. 그리고 눈은 다시 감겼다. 찰나에 불과했으나 헛것이 보인 건 절대 아니었다.

정신은 돌아왔는데 말도 안 나오고 눈도 안 떠졌다. 육체의 세포는 꼼짝을 안 해, 손가락 하나도 까딱거릴 수가 없었다. 그러나 귀는 들렸다. 의사와 유 목사의 대화였다.

"한 고비는 넘겼습니다. 일단, 의식은 돌아왔으니 좀 더 기다려 보죠."

"조금 전에는 눈물을 흘리고 눈을 약간 뜬 것 같았는데, 맞죠? 근데 왜 또 꼼짝을 않죠?"

"네. 간절한 소망이 순간적으로 빠짝한 것입니다. 기적이지요. 아무튼 희망 신호입니다."

그러니까, 내가 살아난 것은 이제 확실한 현실이 되었다. 마음에서 쉴 새 없는 질문들이 쏟아졌다

맨 먼저 비비안의 오해였다. 어머니는 그런 내 마음을 다 읽은 듯이 내 뺨에 볼을 비비며 말했다.

"그래, 니 마음 다 안다. 아무 걱정하지 말고 마음 푹 놓아라. 모든 오해가 다 풀렸다. 앞으로 유 변호사 부부가 너를 친딸처럼 보살펴 주시겠다고 했다."

눈물과 눈물이 함께 섞여 흐르고 있었다.

"그동안 다들 너를 위해 얼마나 기도했는지 모른다. 미시스 김이 한 달 동안 하루도 빠지지 않고, 매일 와서 기도해 주셨다. 교회 분들도 많이 오셔서 기도해 주셨어. 더구나 유 목사님이 한국에서 오셔서 네 병상을 지키며 모든일을 다 처리해 주셨다."

유 목사님이…… 유 목사님이…….

그럼, 내가 한 달 동안이나 의식이 없었단 말인가!

내가 정신이 든 그날, 민영애는 이 세상을 떠났다고 한

다.

우리는 한 달 동안 이 세상과 저 세상을 넘나들면서 남편을 찾아 같이 헤매고 다닌 것일까?

내가 꿈을 꾸던 그 시간에 그녀도 똑같은 꿈을 꾸었을까?

내 손을 잡고 있는 아이도 보았을까?

결국, 민영애는 내가 건너지 못하는 강을 훌쩍 건너서 저세상까지 남편을 따라간 것이다. 〈＊〉

건너지 못하는 강
작가 노트

이 소설은 원래 200자 원고지 80매 정도의 단편소설이었습니다. 소설이라는 것이 시작된 저의 첫 작품이기도 합니다. 그리고 이 작품으로 미주크리스천문학에 등단을 하게 되어 제가 문단에 발을 들여놓게 되었지요. 제게는 참으로 의미 있는 소설입니다. 그 해가 1999년이었어요.

누구에게나 '첫'이라는 글자는 각별하고 애틋합니다. 첫 사랑, 첫 아이, 첫 작품…….
그래서 저에게는 첫 작품인 「건너지 못하는 강」이 더 의미가 깊습니다.

밤을 꼴딱 새고 첫 작품인 「건너지 못하는 강」의 초고를 완성해 놓고는 저도 놀랐어요. 그리고 퇴고에 퇴고를 수없이 거듭한 후에는 자신감도 생겼지요. 문예지에 입상도 하게 되었고요. 첫 작품으로 첫 수상을 하게 된 것입니다. 열심히 노력도 했지만 운도 따라준 것 같습니다.

산문을 더러 쓰긴 했으나 소설은 처음 쓰는데도, 막힘없이 줄줄 잘 풀려나갔어요. 머릿속에 갇혀 있는 소설이 나가고 싶어 아우성을 치고 있는 줄을 제가 미처 몰랐을까요? 이 말은 좀 지나쳤지요? 그냥 소설적으로 들어주세요. 아무튼 소설을 확 쏟아놓고 보니 몸이 날아갈 듯 가벼워지고 가슴이 툭 트였으니까요.

이 작품이 이제 중편소설로 개작이 되었습니다. 허나, 하루아침에 이루어진 것이 아닙니다. 오랫동안 구상은 하고 있었어요. 그리고 써 놓고는 발표를 않고 있다가 이번에 다시 손질을 하여 세상에 내놓게 되었습니다. 이 작품을 다듬어서 다시 내놓는 마음은 초심으로 돌아가고 싶다는 다짐이기도 합니다.
그리고 지금, 제 마음은 첫 아이를 결혼시켜 세상으로 내보내는 듯한 설렘으로 가득 차 있습니다.

밟고 서 있는 땅과 푸르고 맑은 하늘까지도 축복으로 다가왔다.
햇빛에 반짝이는 이파리 하나도 아름다웠고,
모든 사물이 그를 통해 비춰졌다.
가슴속에 피어오르는 불꽃으로 인해 세상이 더 환하게 눈앞에 펼쳐졌고
찬란하게 솟아오르는 태양,
밤하늘에 총총 박혀, 보석처럼 영롱하게 빛나는 별들,
그리고 바람 소리조차도 그녀에게 새로운 의미를 부여했다.
가느다란 별빛 하나, 소소한 빗방울 하나에서도
감동이 느껴져 영혼까지 맑아지는 기분이었다.
촛불 한 자루가 방안에 밝음을 채우듯,
사랑 한줌이 세상을 환히 비추고 있었다.

침묵의 그림자

1

일간신문을 대충 훑다가 문예면에서 시선이 멈추었다. 거기에는 「침묵의 비밀」이라는 단편소설이 실려 있었는데, 작가의 사진이 강미경이었기 때문이다. 필명이 강 미셸로 적혀 있었으나 그녀는 분명히 강미경이었다. 30년도 더 지난 세월이 흘렀지만 해주는 그녀를 한눈에 알아보았다.

강미경이 소설가가 되었단 말인가?

한국 문단에서 뽑은 올해의 최우수 작품에 강미경의 소설이 선정되었다. 그녀의 사진을 보는 순간, 돌멩이 하나가 퐁당 하고 해주의 가슴속으로 뛰어들어 파문을 일으켰지만 물결은 곧 잔잔해졌다.

강미경……. 그녀는 한때 해주가 애절하게 사랑했던 남자인 이민우의 아내다.

이민우가 강미경을 소설가로 만들었나?

소설가 아내를 두었다는 것도 그의 이미지에는 도움이 될 테니까.

대학 시절, 이민우는 어릴 적 꿈이 소설가가 되는 것이 었다고 했다. 그는 고전문학에 관해 특별히 조예가 깊었 다. 조선 시대 시조들을 줄줄 외웠으며 작가들에 대해서도 훤히 꿰뚫고 있었다. 그리고 한글의 우수성을 강조하며 한 민족의 전통을 자랑스럽게 여기는 그를 해주는 존경했다. 그에게는 학자가 딱 어울렸다.

그러나 그것은 오산이었다. 이민우는 어디까지나 돈을 쫓는 사업가였으며 이재에 밝은 현실적인 남자였다. 그가 해주를 버리고 강미경을 선택한 사실도 마찬가지 이치이 다.

아프고 괴로웠던 추억들이 이제는 모두가 다 아름다움 으로 승화되었다. 헤어날 수 없는 슬픔에 빠져 해주 자신 이 얼마나 소중한 경험을 하고 있는지를 그때는 몰랐으나, 지금은 깨달았다.

참 우습게도, 해주는 이민우가 떠난 것까지도 감사한 마 음이 들 때가 있다.

약력을 보니 강미경은 오래 전에 일간신문에서 실시하 는 신춘문예에 당선을 했고, 문학상도 탔었다. 약력 맨 끝 에는 '버지니아 거주'라고 적혀 있었다.

'엘에이에서 언제 버지니아로 갔을까?' 하는 생각과 함께, '혹시 우리의 삼각관계에 얽힌 이야기를 쓴 것이 아닌가?' 하는 의혹을 품고 해주는 재빨리 소설을 읽어 내려갔다. 그런데 아니었다. 사실 삼각관계이긴 했으나 소설을 쓸 만한 소재는 아니다. 한 남자가 변심하여 다른 여자한테로 가버린 지극히 흔한 스토리였으니까. 그러나 소설엔 처음부터 상상조차 못 한 사건이 전개되고 있었다. 해주는 긴박감에 휩싸여 숨을 죽였고, 드러나는 내용에 빨려 들어갔다.

강미경에게는 여동생이 하나 있었다. 이름은 강애경, 그녀는 25년 전 스물아홉이라는 젊은 나이에 교통사고로 죽었고, 해주와는 친구 사이였다. 애경이를 따라 교회에 나갔다가 해주도 이민우도 자연스럽게 강미경을 만나게 되었다.

강미경을 처음 보는 순간, 해주는 깜짝 놀랐다. 애경이와는 너무나 달랐기 때문이다. 쌍까풀이 진 깊은 눈, 그리고 오뚝한 콧날과 갸름한 얼굴이 참으로 매력적이었다. 유난히 흰 피부는 그녀를 한껏 더 돋보이게 했고, 갈색의 윤기 나는 긴 머리 또한 조화를 잘 이룬 모습이었다. 키도 크고 늘씬했다. 곁에서 애경이가 뭐라고 한참 수다를 떨고 있었으나 그 말이 하나도 귀에 들어오지 않았다. 애경의 언니라고는 도저히 상상이 안 되었다.

그때 해주는 강미경과 이민우의 마주치는 묘한 시선을 조금도 눈치 채지 못했다.

소설은 바로 애경이의 비극적인 삶을 그린 것이었다. 놀랍게도 소설에는 실명이 그대로 표기되어 있었다. 동생인 애경의 실명을 그대로 사용했다는 것도 놀라운 사실인데, 작가인 강미경이 자신의 이름을 주인공에게 갖다 붙였다는 것은 실로 획기적인 시도가 아닐 수 없다.

'필명이 강 미셸이니 가능한 일이었을까? 자신의 감정이 강미경으로부터 완전히 빠져나와 이제는 강 미셸로 굳어졌다는 의미일까?'

2

소설의 첫머리는 이렇게 시작되었다.

한해가 저물어가는 12월의 어느 날 밤, 전화벨 소리가 정적을 깨며 요란하게 울렸다. 좀처럼 잠이 들지 않아 이런저런 생각에 잠겨 있던 미경은 얼른 수화기를 집어 들었다. 밖에는 바람이 몹시 불고 있었다. "휘이잉 휘이—잉—"하고 유리창을 스치며 지나가는 바람 한 줄기가 가슴속을 헤집고 들어왔다. 갑자기 온몸이 오싹해지며 소름이 끼쳤다.

"애경이가 자살을 했어요. 천장에 목을 맸다고요."

뭔가에 쫓기는 듯, 숨 가쁘게 뱉어내는 말이 귓속으로 흘러들었다. 그리고 "엉—엉—" 우는 소리가 아주 크게 들렸다. 목소리의 주인공은 애경의 남편 톰이었다. 벌떡 일어나 앉는데 무거운 둔기로 머리통을 한 대 얻어맞은 듯한 아찔함에 현기증이 났다.

애경이가 자살을 했다는 사실이 도무지 믿어지지가 않았다. 혹시 꿈을 꾸고 있나 하고 머리를 세차게 흔들어보았으나 이어지는 톰의 말은 명확한 현실이 되어 미경의 가슴에 칼날처럼 박혔다.

"밤중에 웬 전화야?" 하고 남편이 어둠 속에서 말했다.

"톰이에요. 톰."

미경은 부들부들 떨며 기어들어가는 목소리로 겨우 대답했다. 남편이 얼른 일어나 불을 켜고 전화기를 뺏었다.

해주는 숨을 한 번 크게 내쉰 후, 그다음을 읽어 내려갔다.

소설에 서술한 바에 의하면 애경은 센트럴 엘에이 지역, 어느 열악한 환경의 아파트에 거주하고 있었고, 미경은 동생의 집에 가보기는커녕 그 동네조차도 첫 발걸음이었다.

갈수록 궁금증은 더해 갔다.

하고 싶은 것 다 하면서 최고로 비싼 동네에 살던 애경이가 이렇게 살다가 죽었다는 말인가?

해주는 신문에서 눈을 떼지 못한 채, 허구인 소설을 현실로 받아들이고 있었다.

문도 없는 입구가 입을 쩍 벌리고는 시커먼 속을 드러내놓고 그들을 기다리고 있었다. 아파트 건물은 꽤 높은데도 엘리베이터가 작동을 안 했고 층계는 너저분하기 짝이 없었다. 애경이가 산다는 4층으로 올라가니 컴컴한 복도 양쪽으로 방들이 즐비하게 늘어서 마주보고 있었다. 그러나 애경의 죽음은 옆방에서조차도 모르는 듯, 삭막한 분위기는 처참할 정도로 고요했다. 어슴푸레 시야에 들어온 복도 끝이 지옥의 입구라도 되는 듯, 미경의 몸은 경직되어 갔다.

아파트엘 들어서니 천장에 목을 맸다는 애경이가 방바닥에 반듯이 누워 있었다. 가슴에서부터 무릎 위까지 얇은 담요를 덮고, 얼굴을 약간 오른쪽으로 돌린 채 두 눈은 감고 있었다. 목에는 노끈의 붉은 흔적이 선명하게 나 있었고, 쭉 뻗은 두 다리는 푸르스름한 색을 띠고 있으면서 약간은 얼룩덜룩했다.

문장 표현에 사실감이 살아 움직였다. 애경의 시체가 바로 해주 눈앞에 있었다. 심장박동이 빨라져 해주는 왼손으로 가슴 한복판을 쓸어내렸다.

톰은 한참을 조용히 훌쩍거리다가 고개를 젖히며 손가락으로 천장을 가리켰다.

"일 끝내고 들어오니까 저기에, 저기에……."

남편이 벌떡 일어나 저기라는 곳을 쳐다보았다. 그녀도 고개를 들어 천장에 시선을 꽂았다. 형광등 불빛에 눈이 부셨다. 거기에는 손목만큼 굵은 파이프가 여러 개 줄줄이 나열되어 있었다. 곧고 매끈매끈한 보통 파이프가 아니었다. 납으로 만들었는지 허연 색깔에 표면이 좀 꺼칠꺼칠해 보이고 또 약간은 울퉁불퉁했다. 파이프가 천장에 딱 붙어 있지 않고 그 사이에 약간의 공간이 있었다. 히터 시스템이라 했다. 톰은 눈물 콧물 범벅이 된 얼굴로 말을 이었다.

"내려놓으면 금세 도로 살아날 것만 같아서……."

천장에 매달려 있는 애경을 톰은 방바닥에 내려놓고 인공호흡을 시키면서 살려보려고 수단 방법을 가리지 않고 온갖 노력을 다했으나 숨은 이미 끊어진 후였다고 한다.

톰은 병원 랩에서 테크니션으로 일을 하는데 그 시간이 일정하지가 않다. 정식 직원이 아니고 병원에서 불러줘야만 하는 파트타임이라 뜨내기 신세나 마찬가지다. 그래서 주로 밤에 일을 하며 요즘은 크리스마스 연휴를 맞아 휴가 간 직원들이 많아 거의 매일 일을 했다고 한다. 밤 열두 시에 일을 끝내고 행여 아내가 깰까봐 살며시 들어왔는데, 애경이가 천장에 대롱대롱 매달려 있었다는 것이다.

애경이가 목을 맸다는 노오란 노끈이 눈이 띄었다. 가는 나일론 줄을 여러 겹으로 꼬아서 만든 매끈매끈 윤기가 나는 아주 튼튼해 보이는 손가락 굵기 정도의 끈이었다. 아파트 베란다에서 빨래 말릴 때 쓰는 줄이라고 했다. 빨랫줄치고는 짧았다.

애경의 친구인 해주에게는 참으로 충격적인 줄거리였다. 허구로 꾸민 소설이라고는 도저히 인정할 수가 없었다. 이름까지 실명을 사용해 더 그랬다. 갑자기 활자가 뒤엉켜 해주는 눈을 감았다. 한참 동안 눈을 감은 채 숨을 크게 들이쉬고 내쉬고 하니, 뛰는 가슴이 조금씩 진정이 되었다.

그다음은 주인공인 강미경이 과거를 회상하는 것으로 줄거리가 이어졌다. 네 살 차이로 태어난 그들 자매의 가족관계가 서술되어 있었다.

물론 소설 밖의 강미경과 애경이도 네 살 차이다. 생김새를 묘사한 부분도 실제와 같았다. 어릴 적부터 성격이 워낙 못돼 부모의 속을 썩이며 거기다가 판별 능력까지 없는 바보 동생을 둔 것이 너무 부끄러워 미경은 차라리 애경이가 죽어 없어져버렸으면 하는 생각까지 했다고 한다. 해주는 깜짝 놀랐다.

'항상 동생을 감싸고 생각만 해도 애처로워 죽겠다는 듯이 눈물까지 글썽이던 강미경이 아니었던가? 아! 이건 소설이잖아. 왜 나는 소설을 자꾸만 현실로 착각하고 있는 것일까?'

허구인 소설이 해주가 알고 있는 현실과 너무나 똑 같았다. 교통사고로 부모가 죽은 후 유산 문제의 갈등이 잘 그려져 있었다. 애경이한테 유산을 물려주면 하루아침에 탕진을 해버릴까 염려한 부모는 모든 것을 큰딸인 미경에게 맡겼다. 둘째 딸의 모든 것을 큰딸에게 위임한 것이었다. 물론 큰딸을 그만큼 믿었고, 미경 역시 동생의 일생을 책임져야 한다는 각오를 한 것도 잘 나타나 있었다.

그러나 유산 내놓으라는 동생의 행패에는 당할 수가 없었다. 집으로 찾아와 돈 내놓으라며 가재도구를 때려 부수는 장면이 소름이 돋을 정도로 실감나게 묘사돼 있었다. 옆집 사람이 경찰까지 불렀으나 동생의 손에 차마 수갑을 채울 수는 없었다고 서술했다. 글 솜씨가 보통이 아니었다.

결국은 애경이가 원하는 대로 다 해주었다고 강미경은 소설에서 밝히고 있었다. 해주가 거의 알고 있는 그들 자매 이야기였으나, 유산을 분배한 사실은 몰랐다. 원하는 돈을 손에 쥔 애경은 뉴욕으로 갔었다.

애경이와 소식이 두절된 것이 아마 그때인 것 같다. 소식이 없는 것이 해주에게는 차라리 더 좋았다. 그녀가 이민우의 처제라는 인간관계에서도 더 이상은 보고 싶지 않았기 때문이다. 그리고 잊고 살다가, 결국은 죽었다는 소식을 들었다.

그 돈을 다 탕진한 2년 후에 애경은 언니 앞에 나타났다. 결혼을 했다면서 남편이라는 사람과 함께 미경을 찾아온 것이다. 바로 한 달 전의 일이었다.

이사를 했는데도 용케 집을 찾아왔었다. 애경은 너무 살이 쪄 몰라볼 정도였다. 대책 없이 마구 먹어대던 어릴 적 모습이 생각나 미경은 진저리를 쳤다. 이제 겨우 스물아홉인데, 완연한 중년 여인의 모습을 하고 있는 동생이 너무 한심스러웠다.

반면에 남편인 톰은 동생보다 10년이 위라는데도 도리어 애경이보다 더 젊어보였다. 그는 유난히 하얀 피부에 짙은 눈썹이 맨 먼저 눈에 띄는 백인이었다. 톰은 완벽한 한국말을 구사했다. 놀라서 물었더니 어머니가 한국 여자이며 한국에서 태어났고 미국에는 고등학교 때 왔다고 했다. 뉴욕에서 만나 넉 달 전에 결혼을 했고, 그곳에서 살다가 언니가 보고 싶어 엘에이로 왔다는 것이다. 동생은 무릎을 꿇고 빌었다.

"언니, 내가 다 잘못했어. 용서해 줘. 앞으로는 그런 일 절대로 없을 거야. 이제 나도 결혼했으니까 마음잡고 잘 살게."

이상하게도 미경은 아무 감정이 일지 않았다. 동생이 "언니! 언니!" 하고 소리 내어 흐느끼면서 자신을 껴안는데도 목석을 대하는 것같이 아무 느낌이 와 닿지 않았다.

톰은 아내가 울고불고 야단인데도 놀라지도 않고 으리으리하게 잘 꾸며진 실내를 두리번거리기만 했다. 높은 천장으로부터 길게 늘어진 샹들리에의 불빛을 눈이 부신 듯 한참이나 쳐다보고 있었다.

그날은 쌀쌀맞은 언니를 원망할 겨를도 없는 듯이 눈물만 쏟아놓고 돌아갔지만 미경은 곧, '또 돈타령을 하겠지.' 하고 애경의 반전을 염두에 두고 있었다.

다음날 바로 전화가 왔다. 생각했던 대로 역시 돈 이야기였다. 미경은 '또 시작이로구나.' 하는 후끈한 덩어리를 품고 고민에 빠져 밤잠을 못 잤다. "언니가 안 도와주면 나 죽어버릴 거야." 하고 전화를 탕 끊은 동생의 음성이 귓가에서 떠나질 않았다. 남편은 죽든 말든 인연을 끊어버리라고 강력히 말했다.

두 자매는 실명 그대로 표기가 되었으나 어느 한 곳에도 이민우의 이름은 거론되지 않았다. 계속 남편이라고만 호칭을 했는데 톰을 묘사한 부분에서는 이민우를 그대로 그려놓아 해주는 쓴웃음을 흘렸다. 하얀 피부와 짙은 눈썹, 뚜렷한 이목구비 등…… 여고 시절, 이민우를 처음 봤을 때 혹시 외국인인가 하고 잠시 혼란을 겪었던 사실이 새삼 뇌리를 스쳤다.

3

이민우를 안다는 그 자체가 축복으로 다가왔다. 햇빛에 반짝이는 이파리 하나도 아름다웠고, 모든 사물이 그를 통해 비쳐졌다. 가슴속에 피어오르는 불꽃으로 인해 세상이 더 환하게 눈앞에 펼쳐졌고 찬란하게 솟아오르는 태양, 밤하늘에 총총 박혀 보석처럼 영롱하게 빛나는 별들, 그리고 바람 소리조차도 그녀에게 새로운 의미를 부여했다. 가느다란 별빛 하나, 소소한 빗방울 하나에서도 감동이 느껴져 영혼까지 맑아지는 기분이었다. 촛불 한 자루가 방 안에 밝음을 채우듯, 사랑 한줌이 온 세상을 비추고 있었다.

이민우를 처음 본 것은 고등학교 3학년 때였다. 어느 일요일 아침, 누가 요란스럽게 초인종을 눌렀다. 어머니와 일하는 아줌마가 시장에 가고 없어 해주는 부리나케 대문으로 달려갔다. 키가 큰 젊은 남자가 서 있었다. 이목구비가 뚜렷한 것이 어딘가 이국적인 인상을 풍기는 얼굴이었다. 피부도 유난히 하얬다. 그는 해주가 목표로 하고 있는 A대학 배지를 달고 있었다. A대학은 서울에 있는 명문으로 해주가 다니는 대전의 C여고에서는 합격자 수가 매년 한두 명 정도에 불과했다.

"사모님, 계셔?"

해주 어머니를 사모님이라 부르며 그는 대뜸 반말을 했다. 그리고 턱을 쳐들고 눈에 힘을 주며 그녀를 내려다보았다.

"지금 안 계신데요. 어떻게 오셨어요?"

그는 "나……." 하고는 잠시 머뭇거리다가 사모님이 아침에 들르라고 해서 왔다고 말했다.

그가 무슨 말인가를 더 계속하려는데 마침 어머니가 아줌마와 함께 집에 도착했다. 그를 보자 어머니는 미안해서 어쩔 줄을 몰라 하며 반가워했다.

"내가 한 발 늦었네. 미안해요. 일단 들어가요."

아랫사람에게 항상 친절한 성품을 가진 어머니를 해주는 존경하지만 아들 같은 사람한테 너무 쩔쩔매는 것 같아 기분이 씁쓸했다. A법대 배지 때문인지도 모른다는 생각을 하고 그녀는 피식 웃었다. 어머니를 대하는 그의 태도는 지극히 예의가 발랐다. 그는 아버지의 회사에서 일하는 트럭 운전기사의 아들이었다. 그 당시 아버지는 대전에서 제법 이름이 알려진 운수회사를 경영하고 있었다.

그 후부터 이상하게도 이민우 모습이 언뜻언뜻 해주의 머리에 떠올랐다. A대학에 입학을 하고부터는 그와 마주치는 요행을 바라며 이리저리 두리번거렸고, 일부러 법대 건물 앞에까지 가서 서성대기도 했다.

그러던 어느 날, 해주는 이민우를 만났다. 하늘이 무겁게 내려앉아 빗발이 가는 금을 그으며 흩뿌리고 있는 오후였다. 분명히 이민우였다. 하루의 무게가 그를 짓누르고 있는 것같이 어깨가 축 처져 있었다. 고개를 떨어뜨리고 깊은 생각에 잠긴 듯, 우산도 없이 걸어가는 뒷모습이 쓸쓸해 보이면서도 묘한 여운을 남겼다. 해주는 뒤를 쫓아가며 "저기요." 하고 불렀다. 무심결에 나온 호칭이었다. 그는 계속 앞만 보고 걸었다. 해주는 바짝 다가가서 "저기요." 하고 또 불렀다.

그가 휙 돌아보았다. 그녀를 한눈에 알아보고는 "네가 여기 웬일이냐?" 하면서 놀라는 표정을 지었다. 그는 얼른 해주 우산 속으로 몸을 들이밀었다. 그리고 손잡이를 잡으면서 우산을 치켜들었다. 그는 근처 빵집으로 들어갔다. 해주는 군말 한마디 없이 자석에 끌리듯 그를 따랐다.

이민우는 군복무를 마치고 복학하여 지금 3학년에 재학 중이라고 했다. 그의 유창한 화술에 말려들어 같이 앉아 이야기를 나누는 것이 참 재미있었다. 이민우는 학교생활의 길잡이가 되어 해주를 도와주었다. 이렇게 인연이 되어 그들은 가끔 만나 저녁도 먹고 영화 구경도 갔다.

고등학교를 졸업할 때까지 해주는 엄격한 가정에서 틀에 박힌 생활을 했다. 대학에 들어간 다음부터는 제약받지 않는 생활을 할 수 있었다. 그도 맘대로 만날 수가 있어 좋았다. 대전에서 부모님과 함께 살았더라면 어림도 없는 일이었다. 만나면 만날수록 점점 그에게 빠져들었다. 매일같이 만나고 싶었고 조금이라도 더 같이 있고 싶었다. 하루하루를 사는 것이 그렇게 신날 수가 없었다.

이민우는 대학 입시생들에게 과외 공부를 시키고 있었다. 그는 아버지 회사에서 장학금을 받고 있었으나 집에 생활비까지 보태야 하는 입장이라, 학교 끝난 후는 항상 학생들 공부방으로 달려가야 했다. 데이트할 시간이 충분치가 못했다. 이민우보다도 해주가 더 몸이 달았다.

2학년으로 접어든 어느 날, 저녁을 먹고 나오니 주위는 이미 어둑어둑 땅거미가 지고 있었다. 길가의 네온사인들이 하나 둘, 불을 밝히는 가운데 가족들이 기다리는 집을 향하는 사람들의 발걸음이 부산을 떨었다. 그들은 둘 다

하숙방 신세를 지고 있는 처지라 기다리는 사람도 없었다. 어딜 가는지 이민우는 계속 걸었다. 두 손을 바지 주머니에 꾹 찌르고는 묵묵히 걸었다. 한참을 걷던 그는 가슴이 답답하다면서 "어디 조용한 데 없나." 하고 한숨을 폭 내쉬었다.

이민우가 해주를 데리고 간 곳은 덕수궁이었다. 그녀는 밤에도 덕수궁이 문을 여는지 몰랐다. 불을 어슴푸레 밝히고 있는 길을 따라 청춘남녀들이 손을 붙잡고 더러는 어깨를 감싸안으며 걷고 있었다. 어두운 숲속에서도 사람의 인기척이 났다.

그날 밤, 숲속에 파묻혀 있는 벤치에서 이민우는 해주에게 첫 키스를 했고, 그날을 계기로 그들의 사랑은 걸음을 재촉하기 시작했다.

하루는 아침나절에 덕수궁을 향했다. 그날은 미술전시회가 있었다. 과외도 쉬고 모처럼 자유로운 주말이라 종일토록 같이 있을 수 있었기에 해주는 즐거웠다. 그림이 아닌 밑으로 내려쓴 석 줄의 붓글씨 앞에 그가 멈추었다.

靑草 우거진 골에 자는다 누엇는다
紅顔을 어듸 두고 白骨만 무첫는다
盞 자바 勸하 리 업스니 그를 슬허하노라.

옛날 글로 씌어졌지만 술술 잘 읽혀지는 시조였다.

"이 시조는 이조 선조 때, 임제라는 문인이 지은 시조인데 임제라는 본명보다 백호라는 호로 더 많이 알려져 있는 사람이지. 이건 백호가 황진이 무덤 앞에서 읊은 시조야."

해주는 얼른 시조의 마지막 구절을 지적하며 말했다.

"여길 잘못 썼나? 슬퍼가 슬허로 돼 있네."

그가 씩 웃으며 대답했다. "슬퍼의 옛말이 슬허야." 하고.

그때였다. 이민우의 이름을 부르는 남자의 목소리가 들렸다. 이민우는 잠시 어정쩡한 표정을 짓다가 금세 안색을 바꾸어 반가운 어조로 인사를 했다.

"김 부장님, 오랜만입니다."

김 부장이라는 사람은 해주에게 눈길을 주면서 "사장님 따님?" 하고 이민우에게 물었다. 해주를 알고 있음이 분명했다.

"인사해. 아버지 회사 김 부장님이셔."

해주는 가슴이 철커덩 내려앉았다. 도둑질을 하다 들킨 사람 모양 얼굴이 빨개졌다. 덕수궁을 나와서도 해주 맘은 아버지로 가득 차 천근만근 무거웠다. 시커먼 돌덩이 하나가 가슴 한복판에 얹혀 있는 듯했다.

아침부터 내려앉아 있던 하늘은 여전히 을씨년스러웠다. 광화문 가락국수 집에서 늦은 점심을 먹고 책방에도 들르고, 여기저기 기웃거리다가 그들은 르네상스로 향했다. 그 당시, 많은 대학생들이 르네상스에 드나들었다. 물론 데이트 장소로도 많이 이용되었다. 그들도 자주 그곳을 찾았다.

이민우는 눈을 지그시 감고 음악에 묻혀 있었다. 김 부장 일행의 흘끔거리는 시선이 자꾸 떠올라 해주의 기분은 엉망이 되어갔다. 침묵의 무게가 점점 더해 가는 그때, 해주는 이민우가 잠을 자고 있다는 것을 알았다. 순간, 멍한 기분이 들며 몸의 알맹이가 다 빠져나가버린 듯했다. 그러나 오죽 피곤하면 저럴까 하는 생각이 뒤따라 그녀도 눈을 감아버렸다. 얼마를 그러고 있었는지 꽤 시간이 흐른 후였다. 자세가 편치 않아 의자에 등을 바짝 붙이려고 몸을 꼼지락거리는데, 그가 덥석 해주의 손을 잡았다.

"배고프다. 저녁 먹으러 가자."

그는 해주의 손을 붙들고 일어섰다. 따뜻한 감촉이 느껴졌다. 착잡했던 가슴이 금세 훈훈해져 쓴웃음이 나왔다.

'실컷 잤어요?' 하고 쏘아주지도 못했다. '나도 모르게 잠이 들어버렸네. 미안해.' 하는 한마디 말이라도 할 수 있건만 그는 암말 안 했다. 저녁 시간이 이미 지나 있었다. 근처 식당에서 비빔밥을 먹었다. 이제 각자의 집으로 갈 일만 남았다. 종일을 내내 같이 있으면서 단둘이 있을 수 있는 곳은 아무 데도 없다는 것을 느낀 하루였다.

집 동네에 들어서서 그들은 누가 먼저랄 것도 없이 자주 가던 찻집을 향했다. 찻집은 텅 비어 있었다. 늘 반가워하던 주인여자도 안 보였다. 그가 해주의 손을 꼭 쥐었다. 한 사람만 앉을 수 있는 의자에 팔걸이까지 있어 손을 잡는 것이 불편하고 어색했다. 그리고는 그녀의 손을 자기 뺨에다 갖다 댔다. 손을 빼내려고 하는데도 그는 놓아주지 않았다. 누가 볼까봐 흠칫했다. 해주는 그가 하는 대로 가만히 있었다. 가슴이 뛰었다. 그의 뺨은 뜨거웠다.

이미 어두워진 바깥에는 가는 비가 불빛 속에서 빙수처럼 흩날리고 있었다. 색색가지의 네온사인들이 활짝 웃고 있는 불빛 환한 어두운 저녁, 저녁 비는 불빛 속에서만 내리는 것 같았다.

찻집 입구에서 우산을 사 쓰고, 천천히 걸었는데도 어느새 그들은 집 앞까지 와 있었다. 그가 해주의 어깨를 감싸 안고 돌아세우며 저기까지만 다시 갔다 오자고 했다. 그리고 다 와서는 또 돌아서고…… 그렇게 그들은 우산 속에서 여러 번을 왔다갔다 반복했다.

"해주야!" 하고 그가 불렀다. 보통, 부를 때와는 뭔가 다른 억양이었다. 불러만 놓고 잠잠했다.

"왜요?" 하고 묻는 해주에게 그는 가만히 말했다.

"너, 그냥 내 주머니 속으로 쏙 들어가라. 맨날 쪼물딱 쪼물딱하고 다니게."

밤이라도 새울 듯, 그렇게 한참을 왔다갔다 하다가 그는 어느 컴컴한 골목으로 해주를 밀어붙였다. 삼켜버릴 듯이 진한 입맞춤이 그녀를 덮쳤다. 거센 포옹에 해주는 가슴이 조여들어 숨이 막힐 지경이었다. 가냘픈 새 한 마리가 그의 품안에서 꼼짝을 못 하고 할딱거렸다. 우산은 저절로 땅바닥에 떨어졌다.

해주가 이민우와 자주 만나고 있다는 사실을 알고 집에서는 난리가 났다. 아버지의 진노는 하늘을 찔렀다. 이민우를 남자 친구로 사귄다는 것은 하늘이 두 쪽이 나도 안 된다고 했다. 아버지는 이민우 자체를 싫어했다. 믿음이 안 가는 놈이라고 했다. 또한 그의 아버지는 소문난 바람둥이라고 엄마도 완강히 반대를 했다. 그러나 해주에게는 아무런 말도 귀에 들어오지 않았다.

덕수궁 미술 전시회에서 김 부장을 만난 후, 아버지가 곧 아시리라고는 각오했지만 이리도 강력하게 반대할 줄은 몰랐다. 똑똑한 이민우이니 아버지가 어느 정도는 수용하리라 믿고 있었는데, 그게 아니었다.

그와 계속 만나고 있는 것을 눈치 챈 아버지의 강압에 못 이겨 해주는 미국으로 유학을 왔다. 미국 유학이라는 불호령이 떨어진 때부터 이민우의 태도에는 냉기가 흘렀다. 감정이 현실에 따라 그렇게 쉽게 변할 수 있는 사실에 해주는 놀랐다. 그녀와 헤어지려고 마음을 굳힌 게 분명했다. 해주의 아버지에게 불려가 불벼락을 맞았다면 그의 자존심이 땅바닥에 내팽개쳐졌을 수도 있다. 그렇지 않고서야 그녀를 그처럼 냉랭하게 대할 수는 없는 것이다.

4

그들은 미국에서 다시 만났다. 이민우가 해주와 같은 B 대학에 유학을 왔기 때문이다. 사법 고시에 낙방을 해 미국으로 현실도피를 한 것이라 했다. 부모와 동생들이 자신의 어깨에 매달려 있기에 걸음조차 떼놓을 수가 없어 그 짐덩어리를 바닥에 내려놓을 수밖에 없었다는 것이다.

고시에 낙방을 한 후, 유학 준비를 위해 부지런히 일을 해서 돈을 마련했고, 그리고 앞날이 보이지 않는 캄캄한 세상에서는 도저히 살 수가 없어 자신의 힘으로 날개를 달아 바다를 건널 수밖에 없었다고 아주 태연하게 말했다.

그리고 현실의 흐름은 순식간에 물줄기를 바꾸어놓았다. 그는 그동안 해주가 까마득히 몰랐던 아버지 소식을 전해주었다. 그녀는 아버지의 사업이 좀 부진하다고만 생각했지 아주 파산을 한 것은 몰랐다. 빚에 몰려 건강이 극도로 악화된 채 피해 다니는 것도 몰랐다. 어찌할 줄을 몰라 울기만 하는 해주를 그는 꼭 감싸안았다. 그의 품에 안기니 모든 시련과 고통이 다 해결될 것만 같았다.

"사업의 흥망은 정한 이치 아니니? 떠나기 전 날, 어머닐 잠깐 뵈었는데, 어떻게 해서라도 학비 조달은 할 테니까 집 걱정은 말고 공부만 열심히 하랬어. 아버지는 분명히 재기하실 거야."

이민우와 사귀는 것조차도 반대하시던 아버지 어머니가 이제는 그에게 해주를 부탁하는 입장이 돼버렸다. 그러나 그 후, 해주에게는 하늘과 땅을 온통 뒤흔들어놓는 크나큰 슬픔이 연이어 닥쳤다.

심장마비로 아버지 사망이라는 비보가 날아들었고, 그 슬픔이 채 가시기도 전에 어머니마저 저 세상으로 가버리셨기 때문이다. 불과 2년 동안에 한평생을 살아도 겪지 못할 비극을 해주는 체험했다. 허지만 그가 해주 곁에 있었기에 그녀는 비극을 딛고 일어설 수가 있었다. 부모처럼 그를 의지했고, 남편처럼 그를 믿고 따랐다. 그렇게 2년이라는 세월이 흐르는 동안에 결국 해주는 모든 것을 그에게 맡겨버리고 말았다.

그러다가 임신이라는 커다란 고민 덩어리를 안게 되었다.

"병원에 가봐야 되겠어요."

"그러지 뭐. 임신이 확실하면 유산을 시켜야 되겠지?"

너무나 쉽게 그가 내뱉은 말이다. 예리한 칼이 해주의

온몸을 난도질하는 듯한 통증이 왔다. 그녀는 눈을 질끈 감으면서 숨을 고른 다음에 용기를 내어 말했다.

"뱃속의 아이도 한 생명체인데 어떻게 아이를 죽여요? 왜요? 나으면 안 돼요?"

형편을 뻔히 알면서도, 그의 관심 없는 태도와 무책임한 소리에 반동으로 튀어나온 말인지도 모른다. 어쨌든 진단은 받아야 하니, 이주일 후 병원 예약을 했다. 예약도 이민우가 알아서 다 해주었다. 그 이주일 동안 해주는 내내 눈물로 밤을 지새웠다. '그가 끝까지 유산을 고집하면 혼자 나아서 아이를 키울 수 있을까?' 하는 생각에 미래를 걱정하며 눈물을 흘렸다.

부모님이 사무치게 그리웠다. 갈팡질팡하는 이 고통이 부모님만 옆에 계시면 다 해결이 될 것 같았다. 도대체 판단이 서지 않았다. 그러나 해주는 그의 의견에 따를 수밖에 없었다. 언제나 해주는 이민우 원하는 대로 따랐으니 마땅한 일이었다.

병원에 갈 날이 다가올수록 불안하고 무서웠다. 병원 앞에 서니 더 무서웠다. 예약이 된 병원은 종합병원에 부속된 산부인과가 아닌 자그마한 개인병원이었다. 해주는 수치심에 얼굴을 들 수가 없었다. 그는 태연하게 모든 수속을 밟았다. 신상 조사서 등, 모든 것을 작성해 주었다.

임신은 확실했다. 그날로 바로 수술을 할 줄 알았는데

검사 결과가 나오는 대로 알려주겠다고 했다. 해주의 마음은 또 흔들렸다. 아무 대책이 없는데도 불구하고 애를 낳고 싶었다.

그와 그녀 사이에 태어나는 아기는 이 세상에서 가장 똑똑하고 예쁠 것 같았다. 위대한 인재로서 온 세계를 위해 크게 공헌할 수 있는 그런 아기가 태어날 것 같았다. 얘기를 꺼냈다가 해주는 또 설득을 당했고, 그가 원하는 쪽으로 그녀 마음도 굳어졌다.

며칠 후, 해주는 수술대 위에 누웠다. 수술 역시 큰 병원이 아닌 그 병원에서 이루어졌다. 부분 마취를 했기 때문에 정신은 말짱했다. 달그락달그락하는 소리까지 선명하게 들렸다. 눈을 감았는데 목구멍으로부터 치솟아 오르는 울음을 참을 수가 없었다. 한 생명이 소리를 지르고 있었다. 벌떡 일어나고 싶었다.

5

그 즈음에 해주는 우연하게도 한국 마켓에서 애경이를 만났다. 누가 해주를 유심히 보다 말고 다가와 말을 걸었다. 아주 화려한 차림새였다. 키가 큰데다가 살도 꽤 찐 편이라 화려한 차림새가 더 눈에 띄었다. 해주의 이름까지 불렀는데도 그녀는 누군지 기억할 수가 없었다.

"나 강애경이야. 중 2때 너랑 짝했잖아."

그때서야 생각이 났다. 중 2때 미국으로 이민을 간다며 애들 앞에서 엉엉 울었던 애다. 어릴 때는 키가 해주랑 비슷했기에, 몰라볼 만도 했다. 그리고 얼굴도 딴 사람이 되어 있었다. 애경은 낄낄 웃으며 말했다.

"몰라보겠지? 나 말야. 눈 코 입, 다 뜯어 고쳤어. 그래서 옛날 사람들, 나 아무도 못 알아봐."

해주는 "키도 고쳤어?" 하고 물었다. 그녀보다 키가 훨씬 큰 것이 이해가 안 돼 무심결에 뱉은 말인데,

말을 하고 보니 말도 안 되는 말이었다. 애경은 배꼽을 쥐고 웃었다.

"그래. 그냥 이것저것 닥치는 대로 막 먹어댔더니 키도 크고 살도 찌고 그러더라. 그런데 넌 중학교 때나 지금이나 똑 같네. 배짝 말라서 그런지 더 작아진 것 같아. 근데 왜 이렇게 말랐니? 어디 아픈 사람 같아. 너 어릴 적엔 무지 이뻤는데. 지금은 야, 얼굴이 그게 뭐냐? 그냥 팍 늙어버렸다 야아—"

애경은 상대방의 기분 같은 건 염두에도 없는 듯이 하고 싶은 말들을 탁탁 뱉어냈다. 그녀는 해주의 얼굴에서 눈을 떼지 못했다. 안쓰러워 죽겠다는 표정이었다. 모든 것이 다 휘청거리며 해주 눈을 어지럽히던 때이니 그 몰골은 자

신이 봐도 유해주가 아니었다.

그녀는 서먹해하는 해주 손을 잡아끌고 마켓 옆 빵집으로 들어갔다. 애경은 신상조사를 하듯이, 언제 미국에 왔느냐, 어느 학교에 다니며 어디에 사느냐 등등, 말을 속사포로 쏟아놓았다. 그녀의 태도와 말투에는 진실된 반가움이 담겨져 있었다. 그녀는 공부하고는 원래가 인연이 멀어 커뮤니티 칼리지에 적만 두고 그냥 왔다 갔다 한다면서 깔깔대고 웃었다.

부모님이 사는 집에 방이 남아돌아가는데도 그녀는 따로 나와 살고 있었다. 애경은 사는 것이 신바람이 나 죽겠다는 듯이 희열이 차 재잘거리다가 갑자기 풀죽은 목소리로 말했다.

"우리 집은 언니가 부모의 꿈을 다 이루어주고 있으니 난 이대로가 좋아. 우리 집에선 언니는 하늘이고 나는 땅이야."

해주의 아파트에 들르는 횟수가 잦아지면서 애경은 부모님과 언니에 대한 불만을 털어놓았다. 해주는 들어주는 것만으로 위로를 대신했는데 한참 듣다보면 그녀의 말엔 앞뒤가 맞지 않았다.

상대방의 허물을 이해하고 감싸주는 아량과 관용이 있어야 친구라고 할 수 있다. 또한 친구를 아낄 줄 알아야 하고, 고독할 때 위로할 줄 알아야 하고, 어려울 때 도울 줄 알아야 한다. 그러나 해주에게는 그런 마음이 없었다. 애경이가 좀 이상하다고만 생각이 들고, 그녀가 해주를 필요로 하니 얘기를 들어줄 뿐이었다.

6

졸업은 점점 더 멀어만 가고 이민우도 해주에게서 멀어져갔다. 그리고 강미경이 등장한 후, 그는 떠났다. 이미 대학원까지 졸업하고 전문직에 종사하는 똑똑하고 예쁜 여자, 같은 여자가 보아도 어딘가에 끌리는 매력을 가진 강미경, 그리고 그녀는 부잣집 딸이었다. 혼자 힘으로 모든 것을 해결해야 하는 그녀의 형편은 뛰어도, 뛰어도 넘어야 할 험난한 고개들이 계속 나타났지만 강미경은 확 뚫린 고속도로를 승용차를 타고 달리고 있었다. 이민우는 그 옆자리에 타기만 하면 되었다.

뇌에서는 분명히 그가 떠났다고 생각하면서도 해주 가슴 한구석에서는 그 사실을 인정하지 못했다. 이민우가 '미안해.' 하고 그녀에게 도로 돌아올 것 같았다. 그가 돌아오기만 하면 슬픔과 아픔과 비참함까지도 모두가 한순간에 녹아내릴 것 같았다.

그러나 그는 해주가 붙들고 있는 한 가닥 끈을 단칼에

베어버리고 강미경과 결혼을 했다.

"근데 빅뉴스가 있어. 강미경의 혼전 임신. 어때 너한테는 빅뉴스 아니니? 우리 부모가 결혼 반대한 거 너도 알지? 그런데 금세 허락을 받아내고 결혼을 한다기에 이상하다 했더니, 언니가 임신을 했더라고."

애경이의 말은 뇌성번개가 되어 그녀의 정수리를 후려쳤다

뭐라고? 내 아이는 그렇게 죽여 놓고 강미경과는 아이 때문에 급히 결혼을 했단 말이지?

부르르 치가 떨리며 어금니 사이에서 소리가 부서졌다. 가슴이 쿵쾅거렸다. 심장에 빨간 신호등이 켜지며 인생이 멈추어버린 느낌이었다. 눈앞에는 온통 안개비와 같은 눈물기가 뿌옇게 어려 물체가 흐릿하게 번져갔다. 애경이의 얼굴이 물속에서 일렁거렸다.

7

소설의 끝 부분은 이렇게 매듭지어졌다.

아침이 되어서야 푸르스름한 가운을 입은 남자 둘이 들어섰다. 진회색의 제법 두꺼운 비닐로 머리에서 발끝까지 애경

이를 둘둘 말고는 노끈으로 팔 그리고 발목 부분을 단단히 묶은 후, 들것에 담고는 두 사람이 들고 방을 나갔다.

그 순간, 갑자기 한 가지 의문이 섬광처럼 머리를 스쳤다.

'천장에 목을 매고 대롱대롱 매달려 있는 사람을 발견했으면 놀라 뛰어나와 먼저 옆집 사람을 부르는 것이 상식 아닐까? 시체를 바닥에 내려놓다니, 그럴 수는 없다.'

밖으로 나오니 길 한쪽 옆에 앰뷸런스가 대기하고 있었다. 그들은 차 뒷문을 열고 들것째로 애경의 시체를 밀어넣고는 문을 쾅 닫았다. 부르릉거리는 요란한 자동차 소리가 동생의 통곡이 되어 미경의 고막을 쳤다. 그녀는 자신도 모르는 사이에 "애경아!" 하고 부르며 달리는 차를 향해 뛰었다. 남편이 따라와 붙들었다.

어느새 쫓아왔는지 톰도 미경의 팔을 잡았다. 소름이 온몸을 훑고 지나갔다. 그녀는 톰의 팔을 세차게 뿌리쳤다. 그리고 그 자리에 그만 털썩 주저앉고 말았다. 가슴속에 쌓였던 덩어리들이 통곡이 되어 밖으로 쏟아져나왔다. 통곡 소리는 새벽 공기를 가르며 하늘에 땅에 마구 퍼져나갔다.

남편이 말했다.

"남들한텐 자살했다 그러지 말고 교통사고라고 해."

그 다음날부터 미경은 편지함을 열 때마다 가슴이 섬뜩섬뜩했다.

손이 덜덜 떨렸다.

그러나 유서는 없었다.

소설은 어디까지나 창작이고 허구라고 하지만, 강미경의 소설을 읽어 내려가면서 해주는 의혹에 빠지기 시작했다. 뻔히 알면서 애경의 죽음을 신고조차 않은 채 자살로 덮어버린 것일까. 그들이 원하는 일을 톰이 대신 해주었기에.

25년이라는 세월이 흘렀으니 이제는 진실을 밝혀도 괜찮을 것이라는 계산 아래 이 소설을 발표했을까? 이 소설을 근래에 쓴 것은 절대로 아니다. 아마도 애경이가 죽고 나서 바로 썼을 것이다. 끝맺음에서 교통사고로 위장하라는 이민우, 아니 미경의 남편 말은 현실감이 생생하게 살아 움직였다.

8

그날은 토요일이었다. 해주의 발걸음은 학교 채플을 향했다. 만사가 귀찮고 의욕이 없어져 몸속의 기운이 다 빠져나간 듯했다. 아무리 주먹을 힘주어 쥐어보려 해도 손에 힘이 모아지지가 않았다. 가슴 밑바닥에 구멍이 송송 뚫린 것같이 허전했다. 숨을 쉬어도 허방으로 다 새어버리는 것 같았다.

동이 막 트기 시작한 아침의 교정은 무척이나 한적했다. 교회당도 텅 비어 있었다. 기도도 할 줄 모르는 해주인지라 눈을 감고 "하나님!" 하고 입속으로 불러보았다. 부르긴 했는데 그다음에 무슨 말을 해야 할지 생각이 안 났다. 머릿속이 하얗게 비어버리는 것 같았는데 어느새 그녀는 "도와주세요." 라고 소리를 내며 기도하고 있었다.

"도와주세요. 하나님. 지금 저는 아무런 의욕이 없습니다. 제게 의욕을 주시고 힘을 주셔서 공부를 계속할 수 있게 해주세요."

몇 마디를 지껄이는데 목이 메면서 눈물이 주르르 흘렀다. 이제는 눈물이 그친 줄 알았는데 다시 울음이 복받쳤다.

"아버지, 아버지 말씀이 다 옳았어요. 이민우는 나쁜 놈이었어요."

자신도 모르는 사이에 넋두리까지 나왔다.

"왜 엄마까지 날 두고 떠나셨어요. 엄마…… 엄마……."

흐느낌이 어느새 통곡이 되었다. 소리는 점점 커져 갔다. 소리가 바깥으로 새나가는 줄도 모르고 마냥 울고 또 울었다. 한참을 울다가, 뭔가 이상한 느낌에 고개를 들었다. 웬 남자가 해주를 내려다보고 있었다. 유리창 너머의 햇살에 눈이 부셨지만 그의 얼굴이 금세 눈에 들어왔다.

언어학과 교수인 닥터 애론 스미스였다. 그는 한국 고아로 어릴 때 미국에 입양이 된 것으로 잘 알려져 있었다. 5개 국어에 능통한 유명 교수였지만 학생들은 그를 아무 스스럼없이 애론이라고 불렀다. 그가 그렇게 불러 주기를 원했기 때문이다. 학생들과도 친구처럼 친했기에, 첨에 해주는 그가 교수인 줄 모르고 학생인 줄 알았었다.

무안해서 얼른 일어나 인사를 하려고 하는 순간, 갑자기 왼다리가 뻣뻣해지면서 송곳으로 후벼파는 것 같은 참을 수 없는 통증이 온몸을 휩쌌다. "아아아―." 하고 자지러지는 비명을 지르며 저절로 들린 왼다리를 두 손으로 부여잡았는데, 해주는 그만 그 자리에서 쓰러지고 말았다.

세상에 태어나서 이런 통증은 처음이었다. 숨이 막힐 정도였다. 엉덩이로부터 왼발이 뜯겨나가는 것같이 아팠다. 뜯겨나간 자리에 혈관이 실밥처럼 너덜거리는 것이 감은 눈 속에 보였다. 검진 결과는 디스크였다.

사실, 얼마 전부터 왼다리가 아팠었다. 밤에는 더 심했다. 어찌나 욱신거리는지 잠을 잘 수 없었다. 등뼈 사이사이에 못을 박아 놓은 것같이 돌아눕기도 힘들었다. 밤새 끙끙 앓으며 해주는 몸 아픈 것이 얼마나 큰 고통인가를 알게 되었다.

사랑? 이민우? 그런 건, 육체적 고통에 비하면 정말 하잘 것 없는 것이었다. 그런데 희한하게도 아침이 되면 통증이 덜해 견딜 만했고 또 그런 증상이 매일 계속되지는 않아 시간이 지나면 낫겠지 하고 내버려둔 것이 병을 키운 결과가 되고 말았다.

그간에 애론이 그녀의 보호자 노릇을 완벽하게 해주었다. 병원, 학교, 또 보험 관계의 모든 일을 그가 일사천리로 해결을 해준 것이다. 해주는 애론의 손을 덥석 잡을 수밖에 없었다. 심장에 켜 있던 빨간 신호등이 서서히 파란불로 바뀌면서 그녀의 인생이 한 걸음씩 한 걸음씩 앞으로 나아갔다. 사철이 서로 얼싸안고 해마다 사랑을 잉태해 계절의 순환기에 접어들 듯, 해주의 삶도 또 하나의 부활인 봄을 맞게 된 것이었다.

주위에 아무도 없는 자신에게 그는 신이 보내준 천사였다. 그날, 텅 빈 교회당에서 해주는 통곡을 하며 신에게 매달렸었다. 그리고 그 통곡의 끈이 해주와 애론을 결혼으로까지 이어주었다.

결혼 1년 후에 아이가 들어서는 행운이 찾아왔고, 행운은 연달아 이어져 해주는 4남매를 낳았다. 첫 임신과 중절 수술, 그 악몽이 되살아나 혹시 애를 못 낳으면 어쩌나 하는 불안감 때문에 얼마나 두려움에 떨었는지 모른다. 그러나 신은 그녀 편에 서 주었다.

결혼을 한 다음에 공부를 계속한다던 계획이 수포로 돌

아갔으나 후회는 없었다. 그녀에게는 가정이 가장 중요했다. 아이들, 그 자체가 행복이었다. 그리고 좋은 남편 주신 것을 신에게 감사했다.

어느 순간, 남편이 곁에 없는 삶을 상상하고는 눈앞이 캄캄해져 그의 소중함을 일깨웠다. 항상 그는 해주의 커다란 버팀목이었다. 꿈과 소망을 키우며 사랑의 동반자로 함께 가는 세상에 둘도 없는 소중한 사람은 바로 남편이었다.

9

이제, 해주의 나이도 50을 훌쩍 넘어섰다.

그동안에 그들은 어떻게 살았을까?

이런저런 궁금증이 밀물처럼 밀려왔다.

'이해의 작가 수상을 축하한다면서 전화라도 한 번 걸어볼까?' 하는 예기치도 못한 생각이 불쑥 치솟았다. 그러다가 '뭐하러? 전화는 무슨.' 하고 피식 웃음을 흘렸는데도 또 갑작스런 충동이 일곤 했다. 「침묵의 비밀」이 해주를 뒤흔든 것이다. 결국 해주는 신문사에 전화를 걸고 말았다. 다시 연락해주겠다는 직원에게 전화번호를 남겼다.

소설을 또 읽었다. 처음 읽을 때보다 더 강렬한 의문이 스쳤다. 소설에 나타난 바와 마찬가지로 애경은 결혼을 했었고, 남편은 톰이라는 이름으로 소설에 등장하는 그런 남자였을까? 어떻게 목을 매고 죽어 있는 사람을 혼자서 내려놓을 수가 있단 말인가? 경찰에 신고를 하던지 먼저 옆집 사람이라도 부르는 것이 순서가 아닐까? 소설에서의 강미경도 여기에 대해서 의문을 제시했었다.

25년 전에 이미 한줌의 재로 산산이 흩어져버린 애경이다. 무거운 머리를 겨우 가누고 누워 있어도 혼란스럽기만 했다. 마음이 납덩이가 되어 온몸을 짓눌렀다. 신문사에 전화를 해버리고 나니 기분이 묘했다. 물론, 애경의 죽음을 캐보자는 의도는 손톱만치도 없다. 신문사에서 연락이 와도 강미경에게 전화를 한다는 확신은 없다. 연락이 안 오면 그만이다.

그런데 바로 그 다음날, 해주는 뜻밖에도 강미경의 전화를 받았다. 흥분된 목소리가 약간 떨리고 있었다.

"신문사에서 연락받고 얼마나 반가웠는지 몰라. 그리고 또 얼마나 놀랐는지 꿈인가 생신가 했단다."

뜻밖의 전화에 뜻밖의 말을 듣고 보니 해주는 어리둥절했다. 물론 놀랐겠지. '동생 친구 유해주'라는 메시지에 애경이 보담 먼저 자신의 남편인 이민우가 앞을 가렸을 테니까. 반가웠다는 말은 생소했다.

"안 그래도 너를 찾아보려고 지금 수소문을 하던 참이었는데. 이렇게 네가 연락을 주다니…… 정말 신이 도운 것 같구나. 내가 너를 꼭 만나야 할 일이 있어. 나한테는 정말 중요한 일이야."

나를 찾으려고 수소문을 하다니…….

30년의 세월을 거슬러 올라간 듯, 그녀는 비약했다. 꼭, 꼭을 몇 번이나 강조하면서 해주에게 부탁할 일이 있다는 것이다.

"내가 지금 건강이 별 시원치 않아 비행기를 탈 수가 없어서 그러니 네가 여기로 와 줄 수 있겠니? 꼭 부탁한다."

그녀의 음성엔 해주가 거절할 수 없는 간절함이 서려 있었다.

"어디가 편찮으세요?"

"너도 알잖아. 나 허릿병 있는 거."

오래전 어느 날, 애경이가 갑자기 찾아왔었다.

"어디 아프니? 얼굴이 못쓰게 됐어."

해주는 다른 얘기는 묻어두고 간단하게 대답했다.

"응. 디스크에 걸려 다리가 아팠는데 이제는 거의 다 나았어."

"뭐? 디스크? 왜 하필이면 우리 언니가 걸린 병에 걸렸냐? 언니도 첨엔 다리가 아팠었거든. 그 병엔 푹 쉬는 게 최고야. 우리 언닌 수술을 두 번이나 했는데도 늘 허리가 아프대. 꼴까닥 죽어버리면 그건 재미가 없고, 그냥 누워서 꼼짝 못하는 병신이 됐으면 속이 시원하겠다. 너 솔직히 말해 봐. 우리 언니 꼬꾸라지면 속 시원하겠지?"

해주는 이런 애경을 보면서 어쩜 인간이 저렇게 악할 수가 있을까 하고 의문스러웠다. 가끔 그녀는 인간이기를 거부하듯, 자신의 치부를 송두리째 드러내어 해주를 당혹하게 만들었다. 더 이상 가다간 또 무슨 소리가 나올지 몰라 해주는 그녀의 말을 잘랐다.

"애경아, 앞으로는 내 앞에서 언니 얘긴 하지 마. 듣기 싫거든."

이제 그만 가라는 말이 목구멍까지 나왔으나 겨우 참고 있는데 다행히 그녀가 일어섰다.

"우리 언니 또 수술할 날이 곧 올지도 모르니 기대해도 괜찮아. 혹시 알아? 지금은 네 애인 뺏고도, 또 부모 유산 다 가로채고도 저렇게 이민우 사업이 잘돼, 하나님이 원망스럽지만 사람 일이란 모르는 거야. 우리가 뭐 다 살았니?

그 다음날도, 그 다음날도 강미경은 해주에게 전화를 걸어 꼭 와달라고 간곡히 부탁을 했다. 안 가면 안 되는 일이 있는 듯이 그녀는 해주에게 매달렸다. 결국 해주는 버지니아행 비행기를 탔다. 세미나 관계로 타주에 출장 중인 남편에게 친구 집에 다녀오겠다는 전화를 하는데, 조금은 아리송했으나 마음은 홀가분했다.

창밖으로 눈을 돌리니 하늘엔 뭉게구름이 둥실둥실 떠다녔다. 손을 뻗치면 뭉텅 바로 잡힐 듯하고, 훌쩍 건너뛰면 구름 위에 사뿐히 내려앉을 것 같다. 세상이 가뿐하게 다가왔다. 한데 눈물 콧물 범벅이 된 애경이가 구름을 타고 어디론가 떠가고 있었다.

'난 억울하게 죽었어. 정말 억울하게 죽었다고. 그래서 내 영혼은 하늘나라에 올라가지도 못하고 이렇게 허공을 떠돌고 있단다. 내 죽음의 의문을 풀어줘. 나를 도와줄 수 있는 사람은 너밖에 없어. 해주야! 제발, 제발 부탁이야.'

애경이가 해주에게 간절한 눈길을 보내면서 호소했다. 아래를 내려다보니 잘 정돈된 엘에이 시내가 바둑판처럼 한눈에 들어왔다. 납작한 장난감 차들이 줄줄이 움직였다.

온갖 잡다한 인생살이가 해주 손바닥 안에 들어와 있는 듯해 세상사가 참으로 보잘 것 없어 보였다. 삶 속에 얽혀 있는 정교한 인간관계나 운명 같은 것이 한낱 종이 한 장처럼 얄팍하게 느껴졌다.

10

공항에 도착하니 강미경이 아닌 중년의 미국 여자가 해

주를 맞았다. 의외였기에 운전을 못할 정도로 허리가 아픈 가 하는 생각이 들었다. 그녀는 '유해주'라고 쓴 작은 팻말을 들고 있었다.

"미셸이 아파서 못 나왔습니다."

미셸이라는 이름이 무척이나 생소했다.

"어디가 많이 아픈가요?"

여인은 가타부타 말을 않고 입술을 약간 움직이며 어색한 웃음을 띠었다. 그 표정이 아리송하면서도 엉거주춤했다. 미셸이 집으로 모시고 오라고 했다는 말만 하고는 여기서 한 50분쯤 걸린다고 했다.

'집으로? 이민우가 살고 있을 그 집에?'

공항을 벗어난 차는 시골길로 접어들었다. 가을은 벌써 끝이 나버리고 겨울이 시작되고 있었다. 길 양쪽에는 잎을 다 떨군 채 몸통을 드러낸 가로수들이 일렬종대로 서 있고 거리엔 차들도 한산했다. 가로수길이 끝나자 건널목이 나왔고, 건널목이 끝나니 마을 입구가 나왔다.

낡은 집들과 잡목이 흩어져 있는 환경이 한눈에 들어왔다. 저택들과 잘 손질된 나무들이 운치를 이루는 아름다운 주위 풍경을 상상했던 해주의 예상은 완전히 빗나갔다. 여인은 혼자 차를 탄 듯이 꼼짝을 않고 앞만 바라보았다. 더러는 말을 걸면서 강미의 안부를 들려줄 만도 하건만 그녀는 침묵했다.

강미경의 집 앞에 도착을 했다. 자그마한 단층으로 오랜 세월 동안 손길이 안 갔는지 퍽 낡은 인상을 주는 집이었다. 탁한 먼지 색 같은 벽 색깔이 아주 옹색하고 충충해 보였다.

  현관으로 들어가는 좁은 통로를 제외하고는, 온통 정원인 앞마당에는 잎은 다 떨어지고 가지만 제멋대로 뻗친 나지막한 나무들이 여기저기에 산만하게 서 있고, 이미 말라버려 갈색으로 변한 꽃나무들의 무리가 함부로 넘어져 있었다. 오래 돌보지 않아 쾌쾌하고 축축한 냄새가 났다.

  여인이 키를 꽂고 현관문을 열었다. 문이 열렸는데도 강미경의 얼굴은 볼 수가 없었다. 해주는 조금은 떨리고 또 흥분이 되었다. 문을 열자마자 바로 좁은 복도가 나왔다. 벽에는 그림 하나 붙어 있지 않았다. 복도 왼편엔 거실로 보이는 자그마한 방이 있었다. 오랜 세월 동안 사람의 그림자도 얼씬거리지 않은 곳 같아 싸늘한 냉기가 전해 왔다.

  여인을 따라 거실을 지나서니 툭 트인 뒤뜰이 시야에 들어왔다. 뜰은 꽤 넓었으나 오랫동안 가꾸지를 않아 그대로 폐허가 되어버려 황량하기 그지없었다. 집안 분위기도 전혀 예상 밖이라 해주는 점점 미스터리에 빠져들었다.

  어쨌든 시야가 환해지니 가슴이 확 트였다. 그곳 실내는 거실보다도 훨씬 넓고 밝았다. 가족들이 주로 쓰는 패밀리

룸 같았다. 옆 벽이 아치형으로 툭 틔어져서 부엌과 식당이 바로 붙어 있었다. 그곳에도 강미경의 모습은 보이지가 않았다.

11

거기에는 백발의 웬 깡마른 할머니가 휠체어에 앉아 있었다. 그 모습이 너무 말라 마치 유령을 보는 듯해 순간적으로 해주는 섬뜩했다. 퀭하니 움푹 파인 두 눈만이 온 얼굴을 차지하고 있었고 마른 목이 머리를 지탱하기도 힘들어 보였다.

언니는 어딜 가고 저분은 누구일까?

멈칫하다가 해주는 그만 하마터면 '악' 하고 소리를 지를 뻔했다. 그녀가 바로 강미경이었기 때문이다. 강미경은 몰라보게 늙어 있었다. 염색을 하지 않은 머리 때문에 더 늙어 보였겠지만 그렇게 온통 백발이 될 나이는 아직 아니라 해주는 더 놀랐다.

'강미경이 저렇게 변하다니……'

10년이면 강산이 변한다는 옛말이 있지만, 강산이 열 번을 변하더라도 강미경이 저토록 변할 수는 없는 일이다.

어느 날, 사라져가는 석양빛을 창 너머로 받으며 교회

구석진 의자에 앉아 기도하고 있는 그녀의 모습을 본 적이 있다. 해주는 그때 "헉" 하고 숨을 들이쉬고는 금세 뱉어 내지를 못했었다. 정말 하늘에서 내려온 천사 같았다.

해주가 가까이 가고 있는데도 그녀는 일어설 기미를 보이지 않고 그대로 앉아 있었다. 해주는 다시 한 번 더 속으로 비명을 질렀다.

'혹시 일어설 수가 없어서?'

앉아 있는 휠체어도 특수하게 제작된 것임이 한눈에 들어왔다. 팔걸이와 등받이 발판 등도 예사롭지가 않았다. 널따란 오른편 팔걸이 바깥쪽에는 스위치가 여러 개 붙어 있었다.

해주는 "언니!" 하고 부르며 그녀의 손을 잡으면서 털썩 꿇어 앉아버렸다. 언니라는 말이 너무나 자연스럽게 나왔다. 손은 작고 까칠했으나 따뜻했다.

"내가 너무 변해서 놀랐지?"

해주는 말을 잃고 눈물을 흘렸다. 언니의 뻥 뚫린 커다란 눈에서도 눈물이 강물처럼 쏟아져 나올 줄 알았는데 아니었다. 그녀는 해주를 어제 만났던 사람처럼 담담하게 대했다.

"이게 도대체 몇 년 만이냐? 30년도 더 넘었지? 아마…… 내가 이토록 변한 건 그동안에 그만큼 사연이 많았다는 증거야."

강미경은 첫마디부터 궁금증을 불러일으키는 말을 했다. 기운이 다 빠져버려 손가락으로 살짝 건드리기만 해도 스르르 가라앉을 것 같은 모습이었으나, 그 음성에는 생동감이 넘쳤다. 말을 이어가는 그녀의 눈빛도 밤하늘의 별처럼 초롱초롱했다.

무슨 사연이 그렇게 많았을까?

집 안 어디에도 이민우의 자취는 없었다. 아들과 강미경이 찍은 사진 한 장이 벽난로 선반 위에 놓여 있을 뿐이었다. 아들은 이민우와 판에 박은 닮은꼴이었다. 지금쯤은 서른이 넘었을 텐데 사진은 틴에이저 때 찍은 것 같았고 강미경도 새파랗게 젊어 있었다. 신문에 났던 바로 그 얼굴이었다.

혹시 이혼을 한 게 아닐까?

이혼을 해 처녀 적 '강'으로 도로 돌아갔다면 등단 연도를 볼 때, 아주 옛날에 이혼을 한 것으로 계산이 나온다. 그럼 그 후에도 불행한 일만 계속됐다는 말인가? 아닐 것이다. 결혼 후에도 자신의 본성을 고수하는 여자도 많으니 강미경이 저렇게 된 것은 분명히 이민우와의 결혼 생활에서 온 결과이다. 그리고 지금 그는 이 집에 살고 있지 않는 것이 확실하다.

아무리 그래도 어찌 저렇게까지…….

강미경은 저녁 준비가 다 됐다고 하면서 호텔 예약을 취소하라고 했다. "여기서 자라."는 그녀의 말꼬리엔 해주가 가버릴까 봐 안타까워하는 아쉬움이 끈끈이 묻어 있었고 눈빛에도 간절함이 서려 있었다. 강미경이 혼자 살고 있다는 확신이 들었다.

그들은 다이닝룸으로 자리를 옮겼다. 스위치를 누르니 휠체어는 스르르 미끄러져 식탁 앞 알맞은 위치에서 멈췄다. 식탁 역시 그녀에게 맞게끔 특수 제작이 된 듯했다. 그녀의 앉은키에 잘 맞았다. 식탁에 딸린 의자도 보통 의자보다는 높았다.

저녁을 먹은 다음, 해주는 좀 망설이다가 언제부터 이렇게 많이 아팠느냐고 물었다. 그것은 걷지 못함을 뜻하는 질문이다.

"허리 때문에 고생을 좀 했어."

그녀의 눈빛에 슬픔이 가득했다. 더 이상 물어볼 수가 없었다. 그 속에는 왠지 아픈 기억들이 파편처럼 박혀 있을 것만 같아서다.

"마지막 수술 때는 정말 힘들었어. 그렇지만 난 절대로 죽을 수 없었어. 꼭 살아남아야 할 이유가 있었거든. 그래서 신께서 내게 기적을 베푸셨는지도 몰라. 소설을 쓰라고 말야."

그녀는 구체적인 이유는 덮고 넘어갔다. 소설 얘기가 시작이 되어 해주는 「침묵의 비밀」 첫 부분을 화제에 올렸다. 애경의 죽음을 소설에 연관 지은 것이다.

"첫머리에 동생의 죽음을 묘사한 부분은 꼭 언니가 겪은 일 같았어요. 애경이가 교통사고로 죽은 것이 아니지 않나 하고요. 또 끝 부분에 교통사고로 위장하라는 대목도 나오고 해서요."

한데, 강미경은 불같이 소리를 지르며 해주를 야단쳤다. 야단을 치는 정도가 아니었다. 어찌나 화를 내는지 너무 놀라 까무러칠 정도였다.

"그게 무슨 소리니? 소설은 어디까지나 픽션이야. 허구의 세계, 말짱 지어낸 거짓말이야. 창작이라고 창작. 소설을 가지고 어떻게 그런 상상을 할 수 있어? 너 정말 무식하구나. 애경이는 분명히 교통사고로 죽었어."

쩌렁쩌렁한 목소리가 해주의 전신을 후려쳤다. "교통사고로 죽었어." 하는 끝말에는 글자 하나하나를 길게 늘이면서 강조를 했다. 동시에 옥타브를 확 높이며 악을 썼다. 눈빛은 무서울 정도로 강렬했다.

'애경이가 그렇게 죽었단다.' 하고 혹시 모든 사실을 털어놓을지도 모른다는 해주의 계산은 완전히 빗나갔다. 해주는 얼른 그녀를 위로하기 시작했다. 겁이 났다. 외모만큼이나 성격도 메말라 있었다.

"참 언니도. 내가 소설과 현실을 어떻게 구분을 못 하겠어요. 어디서 그런 기발한 아이디어가 나왔는지 언니의 상상력에 놀랐다는 거죠. 제 말은 소설이 그만큼 현실감 있게 잘 씌어졌다는 거예요. 다음이 궁금해서 소설에서 눈을 뗄 수가 없었어요. 언니는 소설가로서의 천부적인 재능을 타고 났어요."

다행히 강미경은 금세 평정을 되찾았다. 언제 그리도 화를 냈냐는 듯이 가라앉은 음성으로 "그래? 그렇지 나도 내가 천부적인 재능이 있다고 생각해." 하고는 애경이가 죽은 이야기부터 하기 시작했다. 교통사고로 죽은 것이 확실하다는 것을 증명이라도 하듯.

해주는 소설을 읽으면서 느낀 의문들을 일체 입 밖으로 끄집어내서는 안 되겠다는 판단이 단박에 섰다. 등장인물의 이름이 실명인 것도.

"애경이 남편이 그랬어. 자길 만나기 전에 어떤 남자와 동거를 했었다고."

강미경은 애경이로부터 소식이 두절되었던 2년 동안의 행적을 그녀의 남편을 통해 들었다고 한다. 이야기는 간단했다.

남자를 잘못 만나 있는 돈 다 없애고 알코올 중독이 되어 뉴욕의 어느 재활원에서 고생하는 애경이를 구해줬다는 것이었다. 그러면서 어떻게 그 많은 돈을 2년 만에 다 탕진을 했을까 하고 의아해 했다. 그러나 돈의 액수는 밝히지 않았다.

애경의 남편은 소설에서 서술된 톰과는 전혀 다른 사람이었다. 강미경은 애경의 얘기를 시작하면서부터 눈물을 흘리기 시작했다. 흑흑 흐느끼면서 오열했다. 해주도 그녀에게 감전이 돼버려 금세 눈물이 났다. 그것은 애경을 위한 눈물이 아니라 강미경의 모습에서 온 슬픔 때문이었다.

애경의 남편은 요리사였다. 물론 한국 사람이었다. 한인교회에서 주일 학교 선생으로 봉사하는 진실한 종교인이었다. 어둠의 구석구석을 찾아 봉사활동을 벌이는 참으로 신실한 하나님의 종이었다. 직업은 중국 식당 요리사였으나 꿈은 신학교에 가서 목사가 되는 것이었다. 그러던 그가 어느 알코올재활센터에서 봉사를 하다가 거의 폐인이 되다시피 한 애경을 만났다.

그리고 그녀를 사랑하게 되었고 그녀를 위해선 언니를 만나 화해를 하고 따뜻한 가정을 갖는 것이 급선무라 생각이 되어 결혼을 한 후, 언니가 있는 엘에이로 달려왔다는 것이다. 교통사고가 나리라고는 꿈에도 상상 못한 그는 생활이 조금 안정된 후에 언니를 만나 그간의 사연들을 다 이야기하려 했는데, 이렇게 죽은 후에 그 이야기를 하게 될 줄 몰랐다면서 애경의 죽음을 진실로 슬퍼했다는 것이다.

12

　계속 울음을 그치지 않고 얘기를 하는 강미경의 목소리
엔 굴뚝 속 모양 그을음이 잔뜩 스며들어 있었다. 해주는
이야기를 듣는 동안 내내 갑갑하고 답답했다. 강미경이 또
다른 소설을 쓰고 있는 듯한 기분이 들었다.

　소설의 내용이 자꾸 생생하게 떠올랐다. 혼란에 혼란이
거듭되고 있었으나 해주는 입도 벙긋 안 했다.

　"그때, 식당을 보러 가다가 사고가 났었어. 차가 중심을
잃고 프리웨이에서 중앙 분리대를 받고 뺑 돌았는데 뒤에
서 과속으로 오던 트럭이 들이받은 거였어. 엘에이로 와서
한 달도 못 돼 일어난 사고였어. 둘이 같이 탔었는데 애경
이만 죽은 거야."

　언니 앞에 다시 나타나, 한 달도 못 돼 애경이가 죽은 사
실은 소설과 일치했고, 교통사고로 죽은 것도 소문과 일치
했다. 그녀는 눈물콧물 범벅이 된 얼굴로 클리넥스를 휴지
통에 수북이 쌓아갔다. 자기가 유산을 내주지만 않았더라
도 죽지는 않았을 것이라고 하며 쉬지 않고 슬피 울었다.
다 자기가 보살피지 못한 탓이라고, 모두가 자기의 책임이
라고 진실로 잘못을 뉘우치고 있었다. 죽어서 어떻게 어머
니를 만날 수 있겠느냐며 죽은 후의 걱정까지 했다.

그렇게 울다가 금세 그녀의 표정이 밝아졌다. 실컷 울어 속이 시원해졌는지 그녀 얼굴은 정말 괜찮아 보였다. 소낙비를 내리쏟다가 활짝 갠 하늘처럼 강미경의 표정에는 반짝하는 햇빛까지 비쳤다. 언제 그렇게 흐느꼈냐는 듯, 정말 거짓말같이 말끔한 얼굴이었다. 강미경은 애경이를 눈물의 강에 떠내려 보내며 아주 깨끗하게 일단락을 지었다.

해주는 간간히 맞장구를 치며 강미경의 얘기를 다 들어주었다.

얘기는 방향을 틀어 자신의 신세한탄으로 들어갔다.

"왜 나는 내 가족을 모두 잃어야만 하니?"

가족이란 부모님과 애경이만을 지칭하는 말은 아니다.

그렇다면 이민우도 아들도 이 세상에 없는 사람이란 말인가?

집 안에는 이민우의 그림자는커녕 흔적조차도 없다. 다른 여자한테로 가버렸을까 하는 상상을 넘어 그가 죽은 것이 아닐까 하는 의문이 강하게 밀려왔다.

드디어 강미경의 입에서 이민우가 나왔다. 해주의 짐작은 적중했다. 이민우는 이 세상에 없는 사람이었다.

"죽었어. 15년 전에."

아무런 감정의 변화도 없이 마치 지나가던 강아지 한 마리가 죽었다는 식의 말투였다. 그리고는 말을 끊고 해주를 빤히 바라보았다. 무슨 수수께끼라도 푸는 듯, 피카소의 그림처럼 복잡하고 난해한 표정이었다. 그리고 목소리와는 반대로 눈에는 힘이 잔뜩 들어가 있었다. 감정의 변화를 살피는 듯해 좀 불편하다는 생각과 함께 그 눈빛이 해주 얼굴을 찔러 기분이 나빴다.

남편이 죽었다고 하니, 위로의 인사를 던져야 하는 것은 당연한 이치이다. 하지만, 해주는 정말 무슨 얘기를 어떻게 해야 할지 통 감이 안 잡혔다. 아무 감정이 일지 않고 담담했다. 침묵이 흐르는 어색한 분위기를 깨기 위해 무슨 말이라도 해야 하는데 다문 입은 열리지가 않았다. 다행히 적합한 말이 떠올랐다.

"교통사고였어요?"

강미경은 "아니." 하고 한마디로 잘랐다. 그리고 이어지는 그 뒷말에 해주는 누군가가 무거운 둔기로 자신의 정수리를 내리치는 듯하는 커다란 충격을 느꼈다.

"이민우가 그렇게 죽었다."

그렇게 죽다니? 소설 첫머리에 나온 장면이 이민우의 죽음을 그린 것이란 말인가? 그렇담 이민우가 목을 매고 자살을 했다는 말이 아닌가?

죽었다는 말에는 별 감정이 일지 않았는데, 목을 매고 자살을 한 사실에는 가슴이 요동쳤다. 놀라는 해주를 가만히 바라보며 그녀는 조용히 말했다.

"워낙에 큰 사건이라 미국 신문에도 나고 한국 신문에도 났었는데 네가 못 본 모양이구나. 봐서도 이름이 마이클 리로 기사가 나갔으니 모를 수도 있지. 벌써 15년 전 일이니까 지금은 다 잊혔을 거야."

한국 신문, 미국 신문, 둘 다 보기는 하지만 해주에게는 금시초문이었다. 마이클 리라는 이름도 기억에 없다. 사업가가 목을 매고 자살을 한 것이 신문이 떠들썩할 정도로 큰 사건이 될 수는 없다. 워낙 큰 사건이라고 표현한 것을 보니 그 뒷면에는 반드시 무슨 사연이 있는 것 같았다.

강미경은 얘기의 골자는 쏙 빼놓고, 이민우가 나쁜 놈이라는 말만 잔뜩 늘어놓았다.

"나는 이민우가 그렇게 나쁜 인간인 줄은 정말 꿈에도 몰랐어. 자신의 목적을 위해서는 수단방법을 가리지 않는 남자였어. 거기에 나도 넘어갔지만 말야. 남을 비평하고 중상하고 질투하고 미워하고, 비인간적인 면은 몽땅 다 가진 그런 인간이었다고. 그리고 진실하지가 못해 어느 누구도 사랑할 수 없는 인간이었어."

시작부터 그녀는 이민우를 혹독하게 비판했다. 그녀의 입에서 그런 말이 나오리라고는 정말 상상조차 못한 일이다.

"이민우와 살면서, 그가 철저한 악인이라는 사실을 알게 되었어. 사람이 그토록 악해질 수도 있다는 것에 놀랄 지경이었어. 그에겐 양심이라는 것이 조금도 없었어. 그걸 깨닫기까지는 그리 긴 시간이 걸리지 않았는데 왜 내가 이민우하고 계속 살아야만 했는지 지금 생각하니 참 한심해."

자신의 남편이었던 이민우, 이미 죽어서 없어진 사람인데도 강미경은 그를 계속해서 짓이겼다. 남편이 죽은 후에는 자기가 잘못한 일만 생각나 후회의 눈물을 흘리며 반성하는 아내들이 많다는데 그녀에게는 어림도 없는 일 같았다.

망자에 대해서 말을 함부로 하는 것은 예의가 아니라는 말도, 죽은 사람은 다 용서가 된다는 말도 거리가 멀어 보였다. 죽은 남편을 계속 죽이고 있는 그녀의 태도로 보아 그 뒤에는 무슨 흑막이 있을 것이라는 느낌이 강하게 밀려왔다.

"그는 남이 자기를 어떻게 보든 간에 목적만 달성하면 되었고, 돈만 아는 죽일 놈이라고 욕을 먹어도 안색 하나 안 변하는 인간이었어. 나중에 사업이 기울어지기 시작하니 인간성이 더 포악해지더라고. 그런 경우에는 사람이 수양을 하게 되어 지난 과거를 반성하고 좋은 사람으로 거듭날 수도 있건만 그의 본성은 변하지 않았어. 오죽하면 부모하고도 의절을 했겠니?"

화제는 아들에게로 옮겨졌다. 혼전임신을 하여 낳은 바로 그 아들이다. 해주는 그들의 결혼이 아이로 인해 급하게 서둘러졌다는 사실을 애경이로부터 들었을 때, '내 아이는 그렇게 죽여놓고, 뭐가 어쩌고 어째? 어디 두고 보자.' 하고 이빨을 악문 기억이 났다.

"자기 친자식한테 어찌 했나 알면 너도 놀랄 거야."

이상하게도 이민우는 하나밖에 없는 아들인 제이슨을 미워했다. 제이슨 역시 아버지를 무서워하고 또 싫어해 아주 어릴 적부터 "엄마 왜 그러고 사느냐." 면서 이혼하라고 졸라댔다. 아빠로부터 도망가자고 했다. 세월이 갈수록 부자관계는 걷잡을 수 없는 소용돌이 속에 빠지고 말았지만, 반항으로 맞서지 않고 아들은 아버지에게 복종을 했다고 한다.

"한번은 골프채를 휘둘러 제이슨이 죽을 뻔했었어. 생각하면 내가 너무 가슴이 아파. 나 역시 초조하고 불안한 마음으로 살았고. 내 건강은 자꾸만 나빠지고 세월이 갈수록 그의 행패에는 가속도가 붙었어. 그래서 나는 점점 더 바보가 돼 갔나봐."

이민우 얘기를 시작하고부터는 말의 두서가 없었다. 순서도 뒤죽박죽이 돼 가며 그 일관성을 잃어갔고, 이해가 안 되는 부분도 많았다. 처음부터 끝까지 그를 나쁜 놈으로 몰고 가기 위해 상상의 나래를 맘껏 펼치고 있는 듯했

다. 해주가 아는 이민우는 그렇게 속속들이 나쁜 인간은
아니었다.

아들 얘기를 할 때는 더 그랬다.

어릴 때부터 괜히 미워해? 친아들을? 꾹 참고 복종하면
서 꼼짝 못 했는데도 골프채를 휘둘러?

강미경은 그녀의 암울했던 결혼생활을 토해내기 시작했
다. 여자 문제로 인해 가정불화가 극으로 치닫고 있었다.
이민우의 여자 편력은 세월이 갈수록 심해졌다. 결국은 금
발의 미녀를 아예 작은마누라로 들여앉혀 공공연히 두 집
살림을 했다. 더 이상 남편과 살 수가 없었다. 이제는 이혼
을 해야겠다고 결심을 하고 강미경은 여행을 떠났었다.

13

사건은 여행 중에 일어났다. 아들이 열여섯 살이 되던
해였다. 이민우는 자신의 대저택, 아들과 아내가 살고 있
는 집, 차고 천장에 목을 맸고, 이를 맨 처음 발견한 제이
슨이 아버지를 바닥에 내려놓은 것이었다.

"이민우가 그렇게 죽었다."라고 강미경이 토로하기 시
작했을 때, 불현듯 소설에 그려진, 애경이가 목을 맸다는
그 허연 히터 시스템이 떠올라 해주는 그 현장으로 달려가

고 있었다. 창작이 아닌, 직접 경험하고 눈으로 보고 느낀 그대로 묘사를 해놓은 듯이 생생히 현실감이 살아 움직이는 장면이었다.

톰으로부터 애경이가 죽었다는 전화를 받고, 웨스턴 길을 따라 피코를 지나 한참 남쪽으로 내려가, 처음으로 발을 들여놓은 흑인지역의 오래된 아파트⋯⋯. 엘리베이터가 작동을 안 해 층계를 딛고 올라갈 때 느꼈던 가슴 섬뜩함⋯⋯. 지옥을 향하는 통로 같았던 어슴푸레한 복도⋯⋯. 애경이가 목을 맸다는 천장에 붙은 손목 굵기의 울퉁불퉁한 납덩이의 파이프⋯⋯.

그리고 고개를 약간 모로 돌린 채 방바닥에 반듯이 누워 있는 애경의 시체⋯⋯. 목에 선명하게 그려진 불그스름한 흔적⋯⋯. 푸르스름한 색깔이 약간은 얼룩덜룩하게 퍼져 있는 쭉 뻗은 두 다리⋯⋯. 목을 맬 때 사용했다는 샛노란 끈⋯⋯.

그런데 현실에서의 애경은 프리웨이에서 중앙분리대를 들이받은 교통사고로 죽었다. 그리고 소설에서의 애경이와 현실에서의 이민우, 이 두 죽음이 "그렇게 죽었다."는 같은 점이 있었으나 그 상황은 완전히 달랐다. 강미경이 집으로 돌아왔을 때, 그 현장은 이미 깨끗이 치워진 다음이었다.

사건 이후 바로, 남편의 여자 쪽에서 소송을 걸었고 검찰측에서도 제이슨이 아버지를 살해했다고 끈질기게 사건을 물고 늘어졌다

벌써 15년이라는 세월이 흘렀다.

"미국이라는 법치국가에서 정말 이럴 수가 있니? 사형 언도가 내려지고 이미 집행도 시행이 됐는데, 나중에 진범이 잡혀 판사가 옷을 벗고 승려가 된 그런 경우도 있잖아? 꼭 그 격이라니까."

그녀의 말은 계속 이어지고 있었다. 해주는 듣기만 해도 된다는 사실이 다행으로 여겨졌다.

"근데 지금 와서 뭐라 그러는지 알아? 참 기가 차서 말이 안 나와. 검찰과 합의를 하자는 거야. '길티' 라고 인정을 하면 석방해 준다고 말야."

그 당시 제이슨은 미성년자였고 15년을 감옥에서 보냈으니 그것으로써 죗값은 치렀다는 것이다. 그녀는 점점 더 흥분했다. 15년 동안이나 죄 없이 감옥살이를 하고 있는 것이 정말이지 원통하고 분해 미치겠다는 듯이 목소리를 벌벌 떨었다.

"우리 쪽 변호사는 이제 지쳤는지 아들을 위해서는 합의를 보는 것도 괜찮다는 거야. 정말 너무 억울해."

"억울해, 억울해 정말 너무 억울해!"를 연거푸 외치면서

눈에 불을 내뿜듯 열을 내며 언성을 높였다. 그녀의 내부로부터는 뜨거운 열정이 끝없이 끓어오르고 있었다.

"정말 이럴 수는 없어, 길티라고 인정을 하라니…… 법치국가인 미국에서 죄 없는 사람을 옭아매고 뒤집어씌워. 이래도 되는 거니? 제이슨이 아버지를 죽이다니. 그건 말도 안 되는 소리야. 차고 천장에 아버지가 대롱대롱 매달려 있는데 우선 내려놓고 봐야지…… 그렇잖니? 내려놓으면 도로 살아날 가능성도 있잖아?"

순간, 아내가 천장에 대롱대롱 매달려 있는 것을 톰이 내려놓았다고 했을 때, 소설 속의 주인공 미경이 '그럴 수는 없다.'고 강하게 의문을 내비친 것이, 번개처럼 번쩍하며 뇌리를 스쳤다.

동시에 강미경의 울부짖는 소리가 귓전을 내리쳤다.

"분명히 자살이야. 자살이라구우우—."

커다란 두 눈에서 쉴 새 없이 눈물이 흘렀다. 사건 이후, 아들 이야기가 시작되는 대목에서부터는 목소리가 점점 고조되어 해주는 아찔아찔했다. 우는 것도 힘들고 지쳐보였다. 허약한 육체가 목소리에 울려서 무너져 내릴 것만 같았다. 갈라지고 마른 가슴 한구석에서 오래 응고되어 있던 피가 솟구치는 것처럼 그녀는 피눈물을 쏟고 있었다.

목에는 푸른 심줄이 돋아 이마빡까지 뻗쳐 팽팽한 핏줄이 금세 툭툭 터져버릴 것만 같았다. 쏟아지는 소낙비에

뇌성과 번개를 동반한 통곡이었다. 저러다가 그냥 정신이라도 잃을 것 같아 해주는 가슴이 조마조마했다. 광기에 서린 미경의 눈빛에는 섬뜩한 섬광이 번뜩거렸다.

해주가 소설의 첫 부분을 잠깐 언급했을 때, 불같이 화를 내며 언성을 있는 대로 높였던 것과 마찬가지인 상황이 벌어진 것이다.

아까, 집에 도착했을 때도, 틴에이저로 보이는 여자아이 하나가 문을 나서는 것을 보았다. 24시간을 지켜봐야 할 정도로 강미경의 정신건강이 안 좋은가 하는 의문이 들었다.

14

강미경은 앞에 놓인 냉수를 한 모금 들이켰다. 물 잔을 쥔 손이 떨렸다. 감정이 여울처럼 휘돌아치며 한없이 격렬해졌다가 조금은 잠잠해진 것 같았다.

"나는 지난 15년 동안 글쓰기에 매달려 살아왔어. 글을 쓸 땐 시간이 잘 가서 좋고, 또 아들이 빨리 나올 수 있을 것 같은 희망이 생겨 좋았어. 그간에 여러 편의 소설을 썼지만 마음에 들지가 않아 발표를 않고 묵혀둔 것이 더 많아. 만일 내가 소설을 쓰지 않았더라면 지금까지 살아 있지도 못했을 거야. 이 상황에서도 소설 쓰는 것이 너무나 재미있고 보람돼."

"그게 다 재질을 타고났기 때문 아니겠어요? 이번 소설도 한국의 기성작가들을 제치고 문학상을 탔다는 것, 정말 놀라운 일이에요."

강미경이 제일 좋아하는 말로 해주는 그녀의 만면에 웃음꽃를 활짝 피게 했다.

"그렇지? 실은 난 내가 글 쓰는 데에 재능이 있는 것도 모르고 살았어. 그런데, 글을 써보니까 줄줄 써지는 게 너무 재미있고 신바람이 났어. 그리고 또 신문에 당선도 되고 하니까 자신감도 생기고 말야."

자화자찬에 빠져 있는 강미경은 행복해 보였다. 불행과 행복이 초를 다투며 교차하고 있었다.

"실은 지금 내가 말야, 새 소설 한 편을 쓰고 있는 중이야. 제목은 「침묵의 그림자」, 어때, 제목 멋있지?"

해주는 그렇다고 대답했다.

"보통 소설을 쓸 때는 써놓고 제목을 정하는데 이번엔 제목이 딱 미리 정해졌단다."

잠깐 말을 끊었다가 그녀는 "줄거리가 완전히 실제로 일어난 얘기를 소재로 했기 때문일 거야." 하고 서두를 던진 후, 더 자세한 설명을 했다.

"맞아. 「침묵의 그림자」는 완전히 실제 얘기야. 허구는 하나도 안 들어가. 그러니 얼마나 실감 나겠니? 애경이 얘기를 실제 얘기로 네가 오해한 거와 마찬가지로 이번 소설은 독자들이 실제 얘기라고는 도저히 믿지 않을 거야. 현실에서는 있을 수 없는 일이 일어난 거니까.”

이제야 버지니아까지 해주를 부른 진짜 본론 이야기로 접어든 듯했다.

“실은 소설 속에 네가 많이 등장을 해. 애경이 친구라는 것에서부터 이민우를 쓰려면 너를 빼놓을 수는 없잖아. 이민우와 너랑 알았던 세월, 가족관계, 그리고 이민우와 헤어진 후, 네가 어찌 살았는지, 또 한 남자한테 짓밟힌 너의 그 처절한 심정이 어땠는지를 그리고 싶어. 이민우의 결혼 전과 결혼 후, 그러니까 너와 내가 공동작가가 되는 거야. 할 수 있겠지? 거기다 한 가지 줄거리를 더 붙여, 버림받은 네가 이민우 아이를 낳았다고 하면 더 재미있을 거야 그지?”

쓴웃음이 일었다. 뭔가 소설의 영감이 스쳤을까? 모를 일이다. 더구나 공동작가라니? 지금 강미경은 완전히 상상 속에서 살고 있는가?

소설에서 다시 옛날로 돌아가 강미경은 정색을 하고 해주를 빤히 바라보며 말했다.

“이민우는 널 사랑하지 않았어. 순진한 너를 농락한 거야."

지금 해주한테는 아무런 의미가 없는 한 마디였다. 다만
해주의 감정을 부추겨서 이민우를 더 나쁜 놈으로 만들기
위한 그녀의 계획이 내포된 말이라는 것에는 확신이 갔다.
아들의 무죄를 세상에 알리기 위해 소설을 쓰고 있는 사실
이 점점 확실해졌다. 이미 죽은 그를 그토록 악인으로 몰
아붙인 것도 다 이 때문이었다. 만일 아들이 진짜 범인이
라 하더라도 '그래 그런 놈은 죽어 마땅해.' 하고 이민우
를 향한 여론을 조성하기 위해서도 그렇다.

강미경은 그 큰 눈을 스르르 감더니 휠체어 스위치를 눌
러 등받이를 뒤로 젖혔다. 휠체어는 금세 편안한 침대가
되었다.

"피곤하지 않으세요? 이제 그만 주무셔야죠."

그녀는 손을 저으며 괜찮다는 말을 연발하고는 누운 채
로 말을 이어갔다. 얘기를 쉴 새 없이 내쏟으면서도 피곤
한 기색이 없었다. 그녀의 눈빛은 계속 초롱초롱했다.

"그에게는 돈과 섹스, 그런 것들이 전부였어. 너도 알잖
아. 내 허리가 결혼 전부터 안 좋았던 것…… 그런데도 그
는 내 허리를 분질러버릴 듯이 덤벼들었어. 나중엔 그에게
다른 여자가 있다는 것이 다행이라는 생각이 들더라. 우선
내 몸이 편했으니까."

그는 해주게도 온 세상을 때려 부수듯이 달려들었다. 정

말 그런 밤들이 싫었다. 그러나 남편을 만나고부터 해주의 몸은 서서히 열리기 시작했다. 길가에 굴러다니는 돌멩이를 발로 차버리듯 무지막지하게 해주를 대하던 이민우에 비해, 남편은 그녀를 귀중한 보물을 다루듯이 소중하게 대했다. 그가 해주를 안을 때마다 그녀는 불빛이 명멸하는 밤의 바다를 빠른 속도로 둥둥 떠내려갔다. 그곳은 보석을 쏟아놓은 듯 불빛이 춤추는 긴 황금 바다였다.

15

강미경이 이상한 소리를 하기 시작했다. 말짱한 정신으로 옛 일을 회상한 것이다.

"근데, 내가 소설을 구상하면서 생각해낸 건데, 아니 생각해낸 게 아니라 그런 생각이 진짜로 들었는데 말야, 이민우가 세월이 갈수록 비인간적이 되어 갔고, 또 자살을 한 데에는 뭐가 있는 것 같아."

그녀는 목소리를 낮추며 혼자서 독백하는 것처럼 중얼댔다.

"혹시, 애경의 혼이 이민우한테 들러붙은 것이 아닐까? 너도 알겠지만, 애경이가 좀 이상했잖아. 이민우 하는 짓이 꼭 애경이 같아서 내가 깜짝깜짝 놀랠 때가 많았어. 술수를 써가지고 남을 옴짝달싹 못 하게 꽉 옭아매는 것도 똑같고, 성격이 포악한 것도 똑같고……."

강미경은 애경이가 자기를 괴롭힌 얘기는 일체 않고 동생이 죽은 것이 애처로워 죽겠다는 듯이 눈물만 쏟았는데, 드디어 "너도 알겠지만."으로 서두를 꺼내고는 똑같다를 반복하며 애경이와 이민우를 비교하기 시작했다.

"둘이 그렇게 죽은 것도 똑같고……."

뭐? 그렇게 죽은 것도 똑같다고? 그렇다면……?

죽었다는 사실이 같다는 말인지 죽은 상황이 같다는 말인지 그녀는 애매하게 말을 흘렸다. 그러나 해주는 묻지 않았다.

"그래서 말인데 이 문제를 좀 깊이 파고들어 영혼의 세계로 끌고 가려고 해. 애경의 죽음을 타살로 몰고 가는 거야. 물론 표면에 나타내지는 말고 독자들에게 암시만 주는 거지. 그러면 소설이 더 흥미를 끌 수 있지 않을까? 우리가 몰라서 그렇지 영원히 미해결로 남는 살인사건들도 많잖아?"

애경의 죽음이 교통사고라고 누누이 강조하던 강미경이 지금은 소설 속 애경의 죽음을 사실인 양 언급하고 있다. 교통사고를 타살로 몰고 간다는 말은 절대 아니었다. 그러면 「침묵의 비밀」속에 묻힌 애경의 죽음을 「침묵의 그림자」에서 파헤쳐 보겠다는 건가? 교통사고로 위장된 애경의 죽음, 타살인 것을 뻔히 알면서도 경찰에 신고도 않고 자살로 덮어버린 강미경과 이민우가 아닌가? 그러기에 「침묵의 그림자」에서의 이민우는 더 악질로 그려지는 것이다. 제이슨을 위해서다.

"네 생각은 어떠니?"

그 순간 해주는 목구멍까지 치솟는 말을 꿀꺽 삼켰다.

'그렇게 끌고 나가려면 애경이의 죽음이 타살인데 이민우가 덮어버린 걸로 해야죠. 그래서 억울하게 죽은 애경의 혼이 이민우한테 들러붙었다……. 그러면 소설의 줄거리가 타당성 있게 전개될 거예요.'

하지만 해주의 심정은 오늘밤에라도 꺼져 버릴지 모르는 촛불 같은 강미경의 심기를 조금도 건드리고 싶지 않았다. 잘못하다간 또 불같이 화를 낼지도 모르는 일이었다. 소설의 줄거리가 교통사고에서 타살로 전환이 됐으나 모르는 척했다.

다행히 간병인이 나타나 얘기는 거기서 그쳤다. 잘 시간이 넘었다면서 그녀는 휠체어를 조심스레 끌며 해주에게 눈인사를 남기고 사라졌다. 수많은 사연들이 숨어 있는 듯, 그 눈빛이 묘했다.

하나의 생각이 번개처럼 번쩍하고 정수리를 내려쳤다.

제이슨이 이민우를 진짜로 죽인 것이 아닐까? 그리고 제이슨 역시 이 세상에는 없는 사람이 아닐까?

세상엔 이미 다 밝혀진 사실인데도 강미경이 홀로 상상의 나래에서 헤어나질 못하고 나름대로의 각본을 짤 수도 있는 것이다. 너무나 큰 충격으로 인해 상상이 현실로 능히 둔갑할 수도 있다.

그 시간에 제이슨이 어디에 있었는지의 정확한 알리바이, 차고 천장에 목을 매고 있는 이민우를 아들이 언제 어떻게 발견을 했는지에 대해서는 한마디의 언급도 없지 않았는가? 그리고 어떤 방식으로 내려놓았는지…….

이는「침묵의 비밀」, 애경이의 죽음에서도 나타나 있지 않았다.

증거가 없었다면 미성년자였던 제이슨이 15년 동안이나 감옥살이를 할 수는 없다. 언도가 내려져 지금은 사건이 종결됐어야 한다.

그럼 혹시 사형을? 아냐. 아니야. 미성년자에게 사형은 내릴 수 없다.

동시에 가슴이 철커덩 내려앉으며 거의 확신에 가까운 그 무엇이 뇌리를 쳤다.

그렇다면 무기징역을……?

지금 강미경은 오직 한 가닥 소망의 불빛을 붙들고 살고 있다. 아들이 곧 석방되리라는 소망의 불빛, 그것이 그녀의 삶의 등불이다.

강미경이 열을 뿜어대는 소설, 「침묵의 그림자」가 정말
존재할까?

　자려고 눈을 감았으나 잠이 오지 않았다. 생각이 얽히며
기분은 자꾸만 깊은 나락으로 가라앉았다. 닫힌 방 저쪽에
서 기침 소리가 들려왔다. 간헐적으로 들리는 기침 소리는
꺼져가는 촛불처럼 힘이 없었다.

　얼마쯤 지난 후 기침 소리는 잠잠해졌다. 아무리 잠을
청해도 잠을 이룰 수가 없어 이리저리 뒤척이는데 눈가에
서 눈물이 굴러 떨어졌다. 〈＊〉

침묵의 그림자
작가 노트

이 소설, 「침묵의 그림자」는 제 단편소설 「침묵의 비밀」이 소재가 되어 씌어졌습니다. 탈고한 후에는 세 곳의 인터넷 카페에 연재로 올리게 되었지요. 연재를 함으로써 독자와의 소통이 이루어져 기뻤고, 무엇보다도 용기를 실어주는 그들의 격려가 제게 큰 힘이 되었습니다. 그리고 그 격려에 힘입어 이 중편소설이 장편으로 이어져 『침묵의 메아리』라는 제목을 달고 출판까지 하게 되었습니다. 장편에서는 중편에서 못 다한 이야기들을 썼고 새로운 인물도 등장을 하며, 열려 있는 마지막 이야기도 마무리를 하게 됩니다.

단편 한 편으로 끝나버릴 줄 알았던 이야기, 「침묵의 비밀」이 중편, 「침묵의 그림자」로 이어지고, 또 장편, 『침묵의 메아리』로 발전을 하였습니다. 그리고 이 장편으로 '고원문학상'을 수상하게 되는 영광을 안았습니다.

이 소설에서 유해주와 강미경은 아주 다른 캐릭터로 등장을 하지만 인간의 깊숙한 곳을 파고들면 같은 맥락의 인물일 수도 있습니다. 눈에 보이는 외적 모습은 유해주이고 눈에 안 보이는 내적 모습은 강미경인 것입니다.

다시 말해서 「침묵의 비밀」 속의 강미경이 소설 바깥으로 튀어나와 「침묵의 그림자」에서 자아를 비판한 것이라고도 할 수 있지요. 즉 강미경이 유해주가 되어, 애경의 죽음을 똑바로 들여다보았고, '소설 속의 소설'에 깔린 그 침묵의 비밀이 결국은 그림자로 '본 소설'에 깔리게 된 것입니다.

그러나 침묵의 비밀도, 그 그림자도 온전한 해결책은 없습니다. 독자의 몫으로 남겨 둘 뿐입니다.

미주 디아스포라 여성문학의 한 정형
— 소설가 김영강의 작품세계

글을 시작하기 전에, 이 글은 평론의 형식을 제대로 갖춘 글이 아니라는 점을 밝혀야겠다. 그저 한 착실한 독자의 느낌과 생각을 자유롭게 적은 감상문 정도로 읽어주면 고맙겠다.

조그만 바람을 더 한다면, 여러 해 동안 같은 글쓰기 동인으로 함께 글공부를 하면서, 가까이에서 보고 느낀 작가의 사람됨이나 문학정신, 꿈 같은 것을 이야기하고 싶다. 그러니까, 독자들이 작가의 참 모습을 이해하는데 조금이라도 보탬이 되기를 바라는 마음으로 쓴 응원의 글인 셈이다.

동인이란 본디 그런 모임이다. 서로 돕고 감싸 북돋아주고 격려하는 공동체…… 그러니, 애당초 객관적이고 냉철한 글을 기대하기 어렵다. 내게는 그럴 능력도 없다. 너그러운 이해 바란다.

하지만, 한편으로는, 평론의 형식이라는 것이 정해져 있는 것도 아니고, 비판만이 평론의 기능이라고는 생각지는 않는다. 흔히 말하듯, 평론은 편견이게 마련이다.

*

독자들의 이해를 돕기 위해, 작가에 대한 객관적 평가와 자리매김을 위해서는 이미 발표된 평문 몇 가지를 인용해 두는 것이 좋겠다.

"미국 생활의 이모저모가 잘 그려져 있으며 그 가운데 끝내 현실에 적응하지 못하고 죽음에 이른 사연을 추적하고 있다.
  담담하게 이끌어가는 솜씨는 만만치 않았고 끝마무리도 깔끔했다. 캐릭터가 생생하게 살아 있는 글쓰기는 오랜 연마의 수준을 가늠케 하기에 부족함이 없었다."
  ― 윤후명 소설가, 《미주문학》 작품평 중에서

"소설에 있어서 과거는 작품 소재의 주요한 곳간이면서, 현재의 삶을 입체적으로 반사하는 거울이자 균형 있게 가늠하는 저울의 역할을 한다. 이 과거를 현실 속으로 끌고 들어와 양자를 효율적으로 매만지고 가공하는 작가가 김영강이다."
  ― 김종회 교수, 《미주문학》 작품평 중에서

"김영강은 남다른 시선으로 욕망의 실체와 현상을 포착해 내는 작가이다. (······) '무서운 집념과 뜨거운 욕망'을 두드리는 작가의 서사에 홀려 독자는 자신도 모르게 충격적인 현장으로 끌려들어간다. 특히 한국독자들이 그의 낯선 맛에 빠져들 수밖에 없는 까닭은 욕망과 죽음이 소위 서울특별시 나성구라는 별칭을 가진 엘에이 한인 타운을 배경으로 삼기 때문이다."

— 문학평론가 박양근 교수, 김영강 소설집 『가시꽃 향기』 작품 해설에서

*

인용한 평문에서도 알 수 있겠지만, 김영강 작가는 미주 디아스포라 문학의 한 정형을 보여준 작가, 특히 여성문학의 특징적 작가세계를 집중적으로 파고든 작가로 높은 평가를 받는다.

이민문학 또는 디아스포라 문학에 대한 관심이 조금씩이나마 높아지는 것 같다. '변방의 아마추어 취미 문학'이라고 터무니없이 낮잡아 보던 기존의 시각에서 벗어나 긍정적으로 평가하는 눈길이 많아지는 것을 느낀다.

이른바 'K—문학'이라는 이름으로 최근 주목을 받는 것은 〈파친코〉의 이민진, 캐시 홍 박, 스테프 차 같은 2세 작

가들이 영어로 쓴 작품들이다. 하지만 이민문학의 중심은 어차피 이민 1세들의 한글문학일 수밖에 없다. 지금 미주 한인문단은 여성작가들이 압도적으로 많고, 발표작품도 여성작가들이 주를 이루는 구도다. 여성문학에 중요하게 주목해야 하는 이유다.

이런 현실을 잘 아는 문학평론가 박양근 교수는 "김영강 작가야말로 가장 디아스포라답고 여성주의적인 페르소나를 지니고 있다."고 평했다.

김영강 작가가 그동안 발표한 작품들의 바탕을 이루는 것은 '관계'와 '거리'이다. 사람과 사람 사이의 관계, 설레는 만남과 안타까운 헤어짐 사이의 애증 관계, 과거와 현재의 관계……

그런 관계 사이에 짙은 사람사랑이 깔려있고, 태평양이라는 물리적 거리, 어제와 오늘이라는 시간적 거리가 공존하고 있어 작품의 입체적 깊이가 생겨난다. 이것이 이민문학의 한 특징을 이루는 기본 여건이다. 그리움과 안타까움, 후회와 희망의 엇갈림……

'태평양 너머'라는 거리감은 참 아득하다. 고향과 타향 사이에 완강하게 버티고 있는 아득한 거리…… 김영강 소설의 인물들은 거의가 이런 관계와 거리 때문에 갈등과 아픔을 겪는데, 이렇게 부대끼는 마음은 타향살이 이민자들이 공통적으로 경험하는 일이다. 달리 말하면, 한국의 작가들은 쓸 수 없는 정신세계의 미묘한 흔들림인 것이다. 이 섬세하고 미묘한 떨림을 절실하게 묘사하는 것이 이민작가들의 의무이기도 하다.

김영강의 많은 작품들이 남녀 간의 만나고 헤어지면서 밀고 당기는 안타까운 사랑을 다루고 있다. 물론 부부 관계, 부모와 자식의 관계 등등 다양한 인간관계를 다루고 있지만, 역시 가장 많은 것은 남녀 간의 사랑 풍속도다. 이런 섬세한 사랑 이야기는 여성작가 김영강의 장기이기도 하다. 그런데 한 꺼풀 벗기고 보면, 거기에 인간의 본질과 태평양이라는 거리가 깔려 있는 것이다.

물론, 현실적으로는 마음만 먹으면 태평양쯤이야 어렵지 않게 넘나들 수 있는 거리지만, 심리적으로는 그렇게 간단하지 않다. 고향을 떠난다는 것, 떠나온 곳은 있는데 돌아갈 곳은 없는…… 그런 이민사회의 현실을 정직하게 투시하고, 그 안에서 갈등하는 여성의 내면을 치열하게 묘파하는 것이 이민문학의 핵심적 매력이다. 이것이 바로 디아스포라의 운명이고, 이민문학의 등뼈를 이루는 핵심적 요소이기도 하다.

김영강 작품의 인물들은 이민문학에서 흔히 나타나는 고향타령, 나그네 푸념, 과거지향적 넋두리에 빠지지 않고, 현실에 두 발을 단단히 딛고 서 있다.

　김영강 작품에서 고향은 흔히 '사랑했던 남자'로 상징된
다. 이미 떠나온, 되돌아갈 수 없는 존재…… 미국적 가치
와 한국적 명분, 아련한 추억과 현실적 욕망 사이의 균형
을 잘 맞추어서 이민자로서의 건강한 정체성을 확립하는
일…… 여기에서 '디아스포라 여성 문학'의 한 전형이 생
겨난다. 그리고 이런 작품들은 곧 '이민생활의 풍속도'가
되고, 이런 섬세한 풍속도들이 모여서 훗날 역사가 되는
것이다.

*

　소설가 김영강은 주로 여성적 작품에 집중해온 작가다.
미국에 사는 한인 여성들의 진솔한 내면, 숨겨진 욕망과
갈등 같은 미묘한 감정을 치밀하게 묘사하여 공감을 이끌
어낸다. 여성의 삶이란, 미국에 사는 한인 여성이란 과연
어떤 존재인가라는 질문을 작가 자신과 독자들에게 진지
하게 던진다. 이런 질문들이 곧 작품의 핵심이 된다.

　김영강은 작고 알찬 이야기를 주로 다룬다. 이른바 거대
담론을 앞세운 거창하지만 추상적 소재보다는 자신의 생
활 주변에서 흔히 부딪치는 사소한 듯 보이지만 절실하게
느껴지는 이야기를 갈고 닦아 보석으로 만들어내는 솜씨

가 빼어나다.

'생활밀착형 작가'라는 표현이 잘 어울릴 것 같다. 복잡하고 힘겨운 타향살이에서 누구나 겪을 법한 평범한 이야기, 하지만 한 꺼풀 벗기면 인간의 본질과 모순이 고스란히 드러나는 이야기…… 그런 익숙한 소재를 정겨운 생활언어로 조근조근 이야기하기 때문에 독자들이 재미있고 쉽게 읽고 바로 공감한다. 마치 내 이야기처럼 여겨져 금방 감정이입이 이루어지는 것이다.

어떤 소재나 주제를 집중적으로 다루느냐는 곧 작가의 개성과 취향의 문제다. 사회 부조리를 고발하고 역사를 논하는 큰 작품을 다루는 작가도 있고, 자신 주위의 작아 보이지만 절실한 문제를 진지하게 파고드는 작가도 있는 법이다. 이를테면, 역사의 유장한 물줄기를 커다란 시각으로 그린 박경리 같은 작가가 있는가 하면, 박완서처럼 일상의 작은 소재를 통해 인간의 본질을 이야기를 하는 작가도 있다. 어느 쪽이 훌륭하다고 함부로 평가할 일이 아니다. 망원경과 현미경은 쓰임새가 다를 뿐이다.

아무튼 작가 김영강은 우리 삶과 밀착된, 그리고 작가 자신이 절실하게 실감하는 소재를 능숙하게 다루는 '이야기꾼'이다. 자칫하면, 아줌마들의 일상적 수다로 그칠 수도 있는 이런 이야기를 문학적으로 끌어올리는 힘은 작가의 치밀하고 섬세한 장인정신과 확고한 가치관에서 비롯

된다.

김영강 작가는 무엇보다도 소재를 자신의 문제로 공감하고 함께 아파하는 진정성을 가장 중요하게 여긴다. 김영강의 작품에서는 갈등으로 맞부딪치는 대립적인 인물도 내면을 파고들면 결국 같은 고민과 아픔으로 괴로워하는 인간으로 그려진다. 다양한 주인공들이 여러 가지 모습으로 등장하지만, 어찌 보면 모두가 같은 인물인 것처럼 느껴지기도 한다. 즉, 작가의 분신들로 보이는 것이다. 이야기를 펼쳐나가면서 작가는 끊임없이 이런 상황에서 나라면 어떻게 했을까? 사람답게 산다는 것은 과연 어떤 것일까? 등의 본질적인 질문을 스스로에게 던진다. 독자들도 그렇게 해주기를 바란다.

"모든 작품은 자화상이다."라는 명언이 떠오른다.

*

김영강의 작품세계는 최근 몇 년 사이 주목할 만한 변화를 보여주고 있다. 세상을 보는 시각과 이야기 전개 방식에서 그동안의 작품과는 다른 의미 있는 변화다. 긍정적으로 평가할 수 있는 적극적이고 의욕적인 시도들이다. 앞으로의 작품들이 기대된다.

이 책에 실린 「꿈꾸는 우리 가족」「콩밭떼기 만세」 같은 작품에서 그런 뚜렷한 변화를 읽을 수 있다. 새로운 시도는 중편 「내 영혼 어디에」(소설집 『무지개 사라진 자리』 수록, 2019년 출간)부터 시작된 것으로 보인다.

「내 영혼 어디에」의 소재는 그동안 즐겨 다뤄온 남녀의 만남과 헤어짐을 바탕으로 한 사랑 이야기이지만, 이야기를 전개하는 방식이 달라져서, 기존의 작품들과는 아주 다른 느낌을 준다. 하늘나라에 있는 두 여자의 영혼이 지상에서 벌어지는 일들을 내려다보면서 나누는 대화 형식으로 펼쳐지는 이 작품은 새로운 관점과 차원의 변화를 보이면서 읽는 재미를 더해준다. 하늘나라에서 내려다보는 화자들의 자유롭고 객관적인 시각과 아래 인간세상에서 펼쳐지는 갈등과 반전(反轉)이 대비를 이루면서, 이승과 저승, 과거와 현재를 오가는 차원의 심도가 생겨나는 것도 이 작품의 묘미다.

「꿈꾸는 우리 가족」은 어느 이민가정 가족 사이의 인간적 갈등을 엄마, 아빠, 아들이 각각 자기의 관점과 시각으로 이야기하는 구도의 작품이다. 구로사와 아키라 감독의 영화 『라쇼몽』의 기본구도와 같은 입체적 서술이다. 작가는 이 같은 다각적 관찰과 서술을 통해, 세상일은 어떤 시각으로 바라보느냐에 따라 얼마든지 달리 해석될 수 있다는 메시지를 전하고, 진정한 소통을 위해서는 열린 마음으로 상대방을 바라보는 시각이 중요하다는 점을 강조한다.

「콩밭떼기 만세」는 소설을 통해 하나의 매력적인 인간상을 창조하려는 시도가 눈길을 끄는 작품이다. 작가의 이런 시도는 상당한 성공을 거둔 것으로 보인다. 개성적인 인간상 창조는 소설의 중요한 기능 중의 하나다. 예를 들면, 카잔차키스의 『희랍인 조르바』같은······.

작가 김영강은 이 작품을 통해 자신과는 전혀 다른 배경의 사람냄새 물씬한 인간상을 그려내고, 정겨운 사투리를 활용하는 시도를 한다.

이 작품의 주인공 콩밭떼기는 팔자가 기구해 가방끈은 짧지만 마음바탕은 한없이 착하고 순박한 인물로, 푸근한 사람냄새를 잃지 않는 매력적인 인간이다. 무슨 팔자인지 낯설고 말 설은 타향땅 미국에 와서 살면서, 미국인 사돈과의 관계로 힘들어 한다. 사돈은 큰 병으로 투병중이다. 그런 사돈과 잘 지내면서 도움을 주고 싶은 생각은 간절한데, 말도 전혀 안 통하고 사고방식도 영판 달라서······ 도무지 능력이 못 미치니 괴롭고 안타까운 것이다. 하지만 전혀 주눅 들지 않는다. 미국식이건 한국식이건 말이 통하건 말건 진심을 다하면 언젠가는 결국 통할 것이라는 믿음을 버리지 않는다. 큰 병으로 힘들어하는 사돈이 그저 안타까울 뿐이다.

그리고······ 콩밭떼기에게 천사가 나타나고 사랑이 시작된다.

*

　김영강은 매우 부지런한 작가다. 열심히 쓰기도 하지만, 이미 써놓은 작품을 고치고 다듬고 손보는 일에도 정성을 다한다. 이 책에 실린 「침묵의 그림자」가 좋은 예다. 이 작품은 원래 단편으로 발표되었는데, 내용을 추가하고 다듬어서 중편으로 만들었고, 다시 장편으로 발전시켜서 책으로 발간했다. 하나의 소재가 단편, 중편, 장편으로 변주를 거듭한 것이다. 흔한 일이 아니다. 마음에 들 때까지 고치고 다듬는 작가의 집념이 돋보인다. 작가의 말을 들어본다.

　김영강 작가는 이 작품 말고도 이미 발표한 작품을 압축해서 스마트소설로 만들기도 하고, 변주해서 완전히 다른 작품으로 재창작하기도 한다. 어쩌면, 우리 인생에서는 지난날의 실수를 고칠 수 없지만, 작품은 얼마든지 뜯어고치고 다듬을 수 있다고 생각하는 모양이다.

　"그리고 써 놓고는 고치고 또 고치고……. 퇴고를 하는 것도 그렇게 재미있을 수가 없었습니다. 문장 한 줄, 단어 하나 때문에 자다가도 벌떡벌떡 일어나곤 했어요. 마음에 들게 고치고 나면 기분이 날아갈 듯 좋았구요."

　— 작가의 말

문호 어니스트 헤밍웨이가 노벨문학상 수상작 『노인과 바다』를 완성하기까지 무려 87차례나 원고를 뜯어고쳤다고 한다. 무슨 말을 더 하랴. 그저 고개 숙일 뿐…….

*

이제는 서서히 내려올 때다. 작가 자신도 이렇게 말한다.

"나는 이제 황혼이 저물어가는 지상에 서서
시선이 닿지도 않는
저…… 저…… 천상을 우러러보며
생각에 잠겨 있다."

되돌아보면, 늦깎이로 등단했지만, 등단 이후 긴 세월을 쉬지 않고 꾸준히 써왔고, 4권의 작품집을 비롯하여 동인지와 문학지에 활발하게 작품을 발표해왔으니, 감사하고 축하할 일이다. 뜨거운 박수를 보낸다.

이제는 서두를 것 없이 천천히 느긋하게…… 어느 시인의 말처럼 올라올 때 미처 보지 못했던 꽃들도 찬찬히 사랑으로 살펴보고, 태평양 바다에 부딪치며 빛나는 저녁노을의 깊은 색깔도 음미하고, 열심히 걸어온 인생길도 되돌아보면서…….

물론 "쓰지 않고는 견딜 수 없는 열정이 살아있는 한 나는 계속해서 소설을 쓸 것이다. 문학의 본질에서 어긋나지 않고 진실성이 넘치는 아름다운 글을 쓸 것이다."라는 작가의 다짐은 여전히 유효한 현재진행형이다.

우리는 늙어가는 것이 아니라, 익어가는 것이라는 노랫소리가 들려온다. 세상이 험상궂고 각박해질수록 잘 익은 글의 향기가 그리워진다.

이 작품집이 디아스포라 문학의 한 귀퉁이를 떠받치는 작은 받침돌이 되기를 바라면서, 마종기 시인의 말씀을 가슴에 새긴다.

"디아스포라 문학, 해외문학이라고 제 아무리 이름을 근사하게 지어도, 좋은 작품이 아니면 아무 것도 아닙니다.

……〈줄임〉……

그 작품이 과연 읽는 독자의 기슴을 울리느냐 아니냐, 경련을 일으키느냐 아니냐, 감동으로 눈물을 흘리게 하느냐 아니냐가 관건입니다. 우리의 감성을 얼마만큼 흔들고 우리의 가슴을 얼마만큼 적시느냐가 문제지요.

작품의 질이 우선입니다."〈*〉